»Widowed – Die Chaos Theorie«

ISBN: 9783741261732

Bibliografische Information der Deutschen Nationalbibliothek: Die Deutsche Nationalbibliothek verzeichnet diese Publikation in der Deutschen Nationalbibliografie; detaillierte bibliografische Daten sind im Internet über http://dnb.dnb.de abrufbar.

Herstellung und Verlag: BoD – Books on Demand, Norderstedt

© 2016 Cedric Ohler

Basierend auf einer wahren Begebenheit

In diesem Buch erwähnte Marken, Lieder, sowie Band-Namen gehören den jeweiligen Eigentümern und liegen nicht im Besitz des Autors

„Manchmal trifft man
sein Schicksal auf der
Straße, die man einschlägt,
um ihm aus dem Weg zu gehen."
-Goldie Hawn

Alle Szenen, die in diesem Buch chronisch vor 2016 spielen, entsprechen der reinen Wahrheit und wurden aus dem Leben des Autors übernommen.

Fiktiv ist lediglich die Ermordung von Ethan's Eltern, sowie die Handlung ab 2016.

Der Rest ist die kalte Wahrheit.

Cedric Ohler

Die Chaos-Theorie

Opening...7
Prolog..15
Widowed – Die Geschichte............................25
Die Entscheidung......................................545
Das Ende: Lazarus.....................................547
Das Ende: Chaos-Theorie.............................555
Das Ende: Stairway To Heaven......................561

Sie sind faszinierende Tiere, diese Schweine. Ihr Todesurteil wird bereits am Tage ihrer Geburt gefällt. Sie sind dazu verdammt, in ihren engen Ställen zu überdimensionalen Fleischbällen auf vier Beinen heran gezüchtet zu werden, nur um eines Tages ihrem Schöpfer gegenüber zu treten. Können sie jemals erfahren, was Liebe bedeutet? Oder Freiheit? Ihr Schicksal sieht diese Aspekte nicht vor. Vom ersten Erblicken des Lichts, bis zum letzten Atemzug führen sie bloß ein lineares Leben, ohne jemandem viel zu bedeuten. Für uns sind sie bloß Futter. Und zu allem übel sehen wir sie auch noch als metaphorisches Symbol für Unreinheit und Schmutz. Dann werden sie kaltblütig ermordet. Aber für jede geschlossene Tür, öffnet sich eine Neue. So steht der gelernte Fleischer jeden Tag auf's Neue in seiner sterilen Kammer und bearbeitet die leblosen Körper der Tiere. Er hat nie etwas anderes getan. Morgen für morgen erwacht er in seinem Bett, steht auf, wäscht sich, zieht sich an. Und bevor er sich zur Arbeit aufmacht, blickt er kurz in die Zimmer seiner geliebten Kinder, die noch tief in ihren Träumen hängen. Dann fährt er los und beginnt seine Übeltaten. Sein Beil schnellt im Bruchteil einer Sekunde herab und schneidet in das Fleisch der einstigen Lebewesen. Ihr Blut glänzt an seiner Klinge wie Sterne in tiefster Nacht. Dieser scheinbar so gefühllose Mensch beraubt die Leichen ihrer Muskeln, ihrer Sehnen, ihrer Knochen. Und ihres Herzens. Er vertieft sich geradezu in seine Arbeit, von Sonnenauf- bis untergang. Niemand ist daher überrascht, dass seine Frau ihn verlässt. Sie sieht in ihm bloß einen sadistischen Mörder, der an der Zerstückelung eines Leichnams Freude findet. Sie packt ihre Sachen, nimmt ihre Kinder mit sich und flieht vor seiner Kälte. Doch für jede geschlossene Tür, öffnet sich eine Neue. Denn jeden Abend, wenn die Rolladen der Metzgerei herabschnellen, schleichen sich die verwaisten Kinder der Großstadt mit ermüdeten Augen durch den Hintereingang. Sie hoffen, dort den Inhaber des Ladens vorzufinden. Er gibt ihnen gerne das übrig gebliebene Fleisch des Tages. Für ihn ist es ohnehin kein Verlust. Seinen Kunden kann er ohnehin kein Geld für Wurst abverlangen, die tagelang unter dem insterilen Glas der Verkaufstheke liegen bleibt. Und für diese armen Kinder ist das wohl die letzte Rettung. Sie müssen sich ernähren um zu überleben. Abgemagert wie sie sind, ist jedes kleine Stück des geschlachteten Schweins wie ein Weihnachtsfest. Sie danken dem Tier für sein Opfer, ebenso wie sie dem frisch alleinstehenden Fleischer für seine ehrliche Arbeit danken. Für sie ist das der Alltag. Doch Hunger macht Menschen gierig. So ist es kein Wunder, dass die Kinder sich schon bald um ihr Essen zu prügeln beginnen. Der jüngste unter ihnen, gerade groß genug einen Schweineschenkel mit eigenen Händen tragen zu können, wurde schon immer vernachlässigt. Sein sicherer Hungertod war nur eine Frage der Zeit. Die anderen Kinder haben nicht einmal die Nerven, um ihn zu trauern. Hunger ist ihre einzige Sorge. Der Kleine hatte keine Chance. Doch für jede geschlossene Tür, öffnet sich eine Neue. So war es pures Glück, dass der Bürgermeister dieser heruntergekommenen Stadt erst durch die Leiche des Kindes auf die fatale Tragik des Geschehens aufmerksam wurde. Er führt ein Leben in Wohlstand und hat vermutlich keine Vorstellung, wie Obdachlosigkeit sich überhaupt anfühlt. Doch er trauert um das Verderben seines Volkes. Eine Hilfsinitiative sollte sein Lösungsweg sein. Über die Zeitung, das Radio, das Fernsehen und sämtliche anderen Medien macht er die Leute auf das Unglück aufmerksam, das für die verwaisten Kinder Alltag bedeutet. Er schiebt seine anderen Pflichten beiseite und versucht mit Herz und Seele, die Obdachlosen seiner Stadt zu retten. Nicht lange sollte es dauern, bis seine verfeindeten Parteien dies als Argument gegen ihn nutzten. Bei der nächsten Abstimmung war der gute Mann dazu verdammt, abgewählt zu werden. Die Gesellschaft der Stadt kümmerte sich nicht um das Leben ein paar fremder Kinder. Wichtiger war dem Volk die Erbauung neuer Kinos, Parks und anderer Freizeit-Attraktionen. Und dieser gutherzige Bürgermeister war nun arbeitslos. Doch für jede geschlossene Tür, öffnet sich eine Neue. Denn ein Schriftsteller findet darin die nötige Inspiration für sein Buch. Eine Geschichte über einen politischen Helden und darüber, wie die Gesellschaft ihre eigene Rettung mit ihrem egoistischen Größenwahn ablehnt. Nächtelang hockt der junge Mann vor seinem Computer und schreibt und schreibt und schreibt. Kaffee und RedBull sind seine einzigen Freunde. Sein Verlag ist läppisch und zahlt ihm nur wenige Cent pro verkauftem Exemplar, aber seine Leidenschaft zur Literatur zwingt ihn dennoch zum Schreiben. Kaum kann er die Inspiration in Grenzen halten. In der Zeit, in der er bloß einen einzigen Satz tippt, schießen ihm bereits die nächsten drei in den Kopf. Sein Verstand und sein Vorstellungsvermögen arbeiten auf Hochtouren und produktiver als je zuvor. Doch sein Körper ist überlastet. Nach nur wenigen Tagen des Arbeitens war sein Anfall also vorprogrammiert. Er hämmerte in die Tasten, als wäre es das normalste der Welt, doch von einem Atemzug auf den nächsten macht sein Herz den Druck nicht mehr mit. Er kollabiert direkt vor dem grellen Weiß des leeren Papiers, das er als nächstes zu Füllen versuchte. Der überarbeitete Mann konnte von Glück reden, dass seine Frau ihn bewusstlos auffand, ehe sich die Lage seiner Gesundheit zuspitzte. Sie wollte ihm gerade neuen Kaffee bringen, als sich ihr Weg schlagartig in Richtung Krankenhaus änderte. Schnell wurde klar: dieser junge Autor bedurfte einer monatelangen Reha, in der ihm das Schreiben verweigert werden sollte.

Seine einzige Leidenschaft brach zusammen. Doch für jede geschlossene Tür, öffnet sich eine Neue. Denn der behandelnde Arzt hinterfragte geradezu detailiert, was den Anfall ausgelöst hatte. Und er schien vollkommen gefesselt von der Geschichte, über die der Schriftsteller daraufhin berichtete. Gefesselt genug, um seiner Frau davon zu erzählen, die ihr Geld als leitende Lektorin eines weltberühmten Literatur-Verlags verdiente. Sie beordete die Ärzte, den Autor sein Buch in kontrollierten Maßen vollenden zu lassen und nur wenige Tage später zierte ein neuer Bestseller die Regale von Büchereien auf der ganzen Welt. Sechsstellige Einnahmen wurden dem Konto des genialen Autors gutgeschrieben und dem jungen Mann ging es somit besser als je zuvor. Sein Buch brach bereits in den ersten Wochen zahlreiche Rekorde und verkaufte sich besser, als sämtliche Konkurrenz jener Zeit. Nahezu alle anderen Autoren, die mit ihren Büchern auf Erfolg hofften, wurden dadurch in den Schatten gestellt. Sie verdienten nun nicht mehr das Geld, das ihnen zum Leben nötig war. Und bis in alle Ewigkeit, würden ihre Werke als »nicht gut genug« gebrandmarkt werden. Die Verlage beendeten ihre Verträge mit eben jenen Schriftstellern augenblicklich und zu viele Leute standen plötzlich als arbeitslos dar. Doch für jede geschlossene Tür, öffnet sich eine Neue. Denn der Verkauf des Buches über den heldenhaften Politiker stieg dadurch so stark an, dass selbst die bedeutendsten Staatsmänner des Landes darauf aufmerksam wurden. Sie waren zu tiefst berührt von der Geschichte darüber, wie die Gesellschaft sich selbst in den Abgrund stellt. Und nach einer gemeinsamen Konferenz wurde beschlossen, den Opfern dieses Größenwahns zu gedenken. Den verhungerten Kindern, ebenso wie allen anderen Obdachlosen auf dieser Welt. In der letzten Vollmondnacht des Jahres, so beschloss man, würden die Strom- und Energieunternehmen die Lichter der Stadt eine ganze Stunde lang komplett abschalten, um ihre Trauer für die Leidenden auszudrücken. Tausende Menschen würden sechzig Minuten lang nicht lesen, nicht kochen, nicht einmal in die Augen des anderen schauen können. Denn das Licht der Stadt war nun nicht mehr vorhanden. Doch für jede geschlossene Tür, öffnet sich eine Neue. Durch die temporäre Kürzung des Stroms nämlich, erschien der Sternenhimmel in jener Nacht heller als je zuvor. Jeder noch so kleine, weit entfernte Stern war mit bloßem Auge zu erblicken und stellte eine unvergleichlich wunderschöne Szenerie dar. Die Konturen der Milchstraße umrahmten den Mond in einem atemberaubenden Glanz. Und der Anblick jener Sterne, dieser gigantischen Gasbälle, bietet für mich die Inspiration zu dieser Geschichte. Ein Blick in den glühenden Himmel erschafft das wachsende Fernweh in mir, den Willen, dort oben zu sein. Doch ich bin an diese Welt gebunden und beschäftigte mich daher mit ihr. Wort für Wort, Satz für Satz tippe ich diese Seiten. Ich schaue ein weiteres Mal aus dem Fenster und bewundere die schiere Perfektheit des Himmels. Diese Geschichte fängt gerade erst an. Ihre ersten Buchstaben sind bereits geschrieben, die ersten Punkte sind schon gesetzt. Doch eines Tages muss sie ihr Ende finden. Denn erst dadurch kann ich sie mit anderen Menschen teilen. Erst durch diese Vollkommenheit, hoffe ich, andere Herzen mit meinen Worten berühren zu können. Für diesen Zweck ist der Abschluss der Geschichte erforderlich – so fern er auch noch sein mag. Sie muss eines Tages enden, damit du sie lesen kannst. Denn für jede geschlossene Tür, öffnet sich eine Neue.

Und das alles nur, weil ein paar Schweine in ihren Ställen geschlachtet werden.

Ich schreibe dieses Buch, weil abertausende, scheinbar bedeutungslose Ereignisse in meinem Leben mich an den Punkt brachten, an dem ich heute stehe. Eine Kindergärtnerin hatte damals vergessen, das Fenster zu schließen – ich war 4 Jahre alt. Hätte sie es nicht getan, wäre dieses Buch nie entstanden.

Dieses Prinzip nennt sich:
Die Chaos Theorie.

Prolog

»Ich liebe meinen Job, wissen Sie?«, klapperte er zwischen stotternden Lippen hervor. Er schaute ihnen direkt in die Augen, als wartete er auf eine Reaktion. Doch beide starrten sie nur stumm zurück. Bee spielte unter dem Tisch nervös mit ihren Fingern. Er musste ihr ansehen können, wie sehr die Spannung sie zerriss. Doch neben dem gelegentlichen Windstoß, der zwischen den Gardinen hervor stieß, war Stille das einzige, das den Raum zierte. Franklin hingegen ließ sich nicht beunruhigen. Lediglich ein neutraler Gesichtsausdruck lag auf seinem Gesicht. Hin und wieder streifte er sich kurz durch sein angrauendes Haar, blieb mit den Augen jedoch fixiert auf sein Gegenüber »Ich liebe meinen Job wirklich. Ich kann Menschen helfen. Ich habe nie etwas anderes gewollt«, stotterte der alte Mann weiter. Franklin beugte sich vor. »Was sollen die Spielchen? Wollen Sie uns jetzt sagen, was mit unserem Sohn verkehrt ist oder sollen wir uns eine andere Klinik suchen?« Der alte Mann schien keineswegs verunsichert. Vielleicht hatte er mit dieser Reaktion gerechnet, doch er fuhr selbstsicher fort: »Ich liebe meinen Job, Mr. Widow. Aber was ich Ihnen damit sagen möchte...« Für einen kurzen Augenblick hielt er inne und starrte wie gebannt auf den Kugelschreiber, der zwischen seinen Fingern hin und her wippte. »Was ich an diesem Beruf hasse, ist lediglich, dass die Wahrheit oftmals so kalt ist. Verstehen Sie?« Franklin behielt eine dunkle Miene aufgesetzt und zuckte nicht einmal mit der Wimper. Er bemerkte gar nicht, dass Bee still vor sich hin weinte. Vor seinem inneren Auge zerriss er den alten Psychologen wohl gerade in Stücke. »Mrs. Widow, bitte. Hier ist ein Taschentuch«, riss er auch Franklin aus seinen Gedanken, der ihn daraufhin noch kälter anstarrte als zuvor. »Klar ist die Wahrheit nicht immer eine schöne! Aber gibt Ihnen das einen Grund, sie uns zu verschweigen?«, stieß er lautstark hervor. Seine Stimme bebte förmlich durch den Raum und erschütterte nun auch die zuvor so gelassene Miene des alten Psychologen. »Ihr Sohn... Ethan leidet an einer Krankheit. Es nennt sich das Vitek-Syndrom.« Franklin grunzte in purer Aufregung, doch letztlich war es Bee, die ihre Fassung zurück gewann: »Was ist das?«, fragte sie. Ein klägliches Gebrechen war noch immer in ihrer Stimme zu hören. Für einen kurzen Augenblick stand sie unter Schock. Doch sie lauschte wie gebannt den Worten des alten Psychologen. »Es gehört zu einer Reihe von psychischen Behinderungen, die wir als die Autismus-Spektrums-Störung bezeichnen. Menschen mit dem Vitek-Syndrom sind distanziert. Stellen Sie es sich vor, als wäre Ethan in einer Blase gefangen. Wenn andere Menschen mit ihm reden, kann er die Worte zwar hören... doch er fasst sie nicht wirklich auf.« Ein sarkastisches Lachen mit provokantem Unterton flog über Franklin's Gesicht. Er senkte den Kopf und schüttelte ihn von Schulter zu Schulter, während seine linke Hand nach Bee suchte. »Aber Sir, das ist unmöglich!«, wandte sie ein. »Wir können die meiste Zeit doch mit Ethan reden! Wie mit einem normalen Jungen! Es kommt doch nur alle paar Tage vor, dass er...« Sie atmete stockend ein, um weiteren Tränen vorzubeugen. Sie war es nicht gewöhnt, tapfer sein zu müssen. Doch manchmal, so musste sie an jenem Tag lernen, blieb nichts anderes übrig. »Es kommt doch nur alle paar Tage vor, dass er... dass er anders wird.« Franklin schlug die Hände vor sein Gesicht. Was hatten diese Hände doch schon alles gesehen? Er wurde erzogen, ein Überlebender zu sein. Schon in frühen Jahren hatte man ihm beigebracht, sämtliche Aufgaben des Lebens alleine zu bewältigen. Er war schon immer ein Multi-Talent: Die Arbeit mit Werkstoffen lag ihm, als wäre es angeboren. Ebenso war er stets der beste Kopfrechner in seinen Schulzeiten. Und an der Universität hielt er nicht nur Vorträge über Elektronik oder Technik, sondern gar über Astronomie, fremde Planeten und potenziell fremdes Leben. Ihm war kein Thema wahrlich fremd, wie er sich immer selbst eingeredet hatte. Doch es war die Zeit gekommen, diese Illusion zu vernichten. Dies sollte die einzige Aufgabe werden, auf die er nicht vorbereitet war. »Mrs. Widow, Sie sagen Ihr Sohn hat mehrmals in der Woche seine Aussetzer? Das ist ein sehr kurzes Intervall und hilft leider nicht, die Wahrheit abzustreiten.« Bee versank in weiteren Tränen und Franklin bemerkte, wie sehr der alte Herr sie mit seinen Thesen und Bemerkungen zerstörte. »Halten Sie jetzt mal die Luft an! Was läuft bloß falsch mit dieser Welt? Heutzutage reicht es also aus, *Rain-Man* gesehen zu haben, um zum Psychologen ernannt zu werden? Was auch immer mit Ethan nicht stimmt, er ist garantiert kein zurückgebliebener Soziopath! Wohl eher sind Sie hier der...« Er wurde unterbrochen. »Mr. Widow, Vitek-Autisten sind das ziemliche Gegenteil von zurückgeblieben. Ist Ihnen je aufgefallen, dass Ihr Sohn kein Lieblingsspielzeug hat? Er ist darauf aus, in *allem* stets der Beste zu sein. Ein wahres Multi-Talent, stimmt es? Sagen Sie mir... was ist in der Schule sein Lieblingsfach?« Franklin's Gesicht war rot angelaufen. Er wischte sich einen schmalen Faden Speichel vom Kinn, der in seinem lautstarken Anfall aus Zweifel und Mutmaßung entronnen war. Es war ihm eine Entlastung, das Bee das Wort ergriff: »Er hat keines. Ich meine... er geht gerne zur Schule. Welcher Zweitklässler tut das auch nicht? Aber er fühlt sich mit jedem Fach vertraut.« Der alte Herr schloss selbstbewusst seine Augen und nickte bestätigend. Spontan griff er zu einem Kugelschreiber und notierte etwas, in seiner hektischen, unleserlichen Schrift. »Das habe ich mir gedacht, Mrs. Widow. Und wann konnte Ihr Sohn lesen? Und schreiben? Und schriftlich Multiplizieren?« Während Franklin weiterhin skeptisch blieb, begann Bee, der Wahrheit gegenüber zu treten. »Okay, ich erkenne das Muster, Sir. Lesen... Schreiben... da war er gerade vier. Er war der erste im Kindergarten. Die Erzieherinnen vermuteten schon damals, dass er anders ist. Doch die Kinderärztin versicherte uns, es sei nichts falsch mit ihm. Schriftliches Multiplizieren? Da war er fünf. Er bevorzugte es dennoch, im Kopf allen etwas vorzurechnen.« Es war lediglich aus Respekt vor Bee, dass Franklin sich letztendlich doch noch öffnete. Er hob den Kopf aus dem Brustkorb und schaute dem Psychologen nun mit etwas mehr Offenheit entgegen. »Und Sie sind sich da ganz sicher? Woher können Sie all das wissen?« Der alte Herr wischte sich kurz über die Stirn und hob die Augenbrauen seitlich an. Er brauchte einen Moment, um seine nächste Antwort vorzubereiten. Bee fing erneut an zu weinen und griff nach Franklin's Hand. Sie bemerkte kaum, dass sie durch ihr klägliches Schluchzen den Kaugummi in ihrem Mund verschluckte. Sie war gänzlich in Gedanken. »Ihr Sohn leidet an einer psychischen Krankheit. Behinderungen der

Autismus-Spektrums-Störung sind nicht etwa wie Krebs; Es ist unmöglich, die Erkrankung zu lokalisieren oder beispielsweise durch einen Ultra-Schall zu sehen. Sie ist einfach da. Und nur durch ausgeklügelte Tests können wir dies bestätigen.« Erst durch dieses Schlüsselwort fiel Bee ein, dass sie schon einmal vom Vitek-Syndrom gehört hatte. Es war in der Nacht, in der ihr zweites Kind zur Welt kam. Bevor sie dem spontanen Kaiserschnitt unterzogen wurde, lauschte sie in halber geistlicher Abwesenheit den Spätdokus im Discovery Channel. Sie hatte sich geärgert, dass im Krankenhaus-Fernsehen keine Spielfilme ausgestrahlt wurden. Doch nun hatte sie gelernt, dafür dankbar zu sein. Sie wusste, wie die Tests zur Diagnose des Autismus funktionierten. Es war prinzipiell einfacher, als man sich vorstelle: Das Subjekt musste lediglich ein paar Fragen beantworten, die in Punkten eingestuft wurden. Sofern alle Punkte addiert eine gewisse Summe überschreiteten, so sprach man von einer Autismus-Spektrums-Störung. Sie fühlte sich, als erleide sie einen Herinfarkt, als der Psychologe ihr den Fragebogen mit den Ergebnissen aushändigte, während sie noch in ihren Gedanken schweifte. »Aber das kann doch nicht sein! Sir, ich habe diese Diagnostik-Verfahren schon einmal gesehen! Ich dachte, nur bei Test-Ergebnissen zwischen 80 und 100 spreche man von Autismus?« Sie sah den alten Mann nicht einmal an, während sie mit ihm sprach. Sie starrte nur gebannt auf das Blatt Papier, doch Franklin riss es ihr aus der Hand. »Was soll das? Zwischen 80 und 100 ist man Autist, aber... Was soll das hier dann bedeuten, ist Ethan's Ergebnis vielleicht ein Witz?«, schnaufte er dem Psychologen entgegen. Dieser setzte seine Brille von der Nase, faltete sie behutsam zusammen und legte sie auf seinen Tisch. Es fiel ihm schwer, doch er ergriff das Wort: »Bei Testergebnissen zwischen 0 und 60 ist die Diagnose negativ. Zwischen 60 und 80 spricht man von einer sogenannten *nicht-definierten Beeinträchtigung*. Der Volksmund würde diese Menschen schlichtweg als *anders* bezeichnen, jedoch nicht anders genug, um von einer Diagnose zu sprechen. Zwischen 80 und 100, das ist korrekt, liegt eine Autismus-Spektrums-Störung vor. Im Falle Ihres Sohnes ist es das Vitek-Syndrom.« Franklin stand auf und trat seinen Stuhl nach hinten Weg. »Was soll dieser Bullshit? Wollen Sie uns auf den Arm nehmen oder können Sie nicht rechnen?« Der alte Herr erhob sich ebenfalls aus seinem Sessel und griff instinktiv zum Taser, der in seiner Hosentasche schlummerte. Er war alt, doch er musste es gewohnt sein, dass Klienten nicht immer nach seinem Willen handelten. Dennoch behielt er seine Fassung auf eine professionelle Art: »Mr. Widow, bitte beruhigen Sie sich. Wir wissen nicht, wie ein solches Ergebnis überhaupt möglich ist. Aber es ist keine Frage der

Rechnung, sondern der persönlichen Einschätzung. Deshalb ist dieser Fragebogen an über 50 Kollegen weltweit geschickt worden. Das Ergebnis, Mr. Widow, blieb immer gleich.« Bee begann zu hyperventilieren. Seine Frau so leiden zu sehen, beunruhigte Franklin nur noch mehr. Er hatte sie immer schon behandelt, als wäre er ihr Schutzengel. Doch in jenem Moment war er zu sehr mit sich selbst beschäftigt, um ihr seine Aufmerksamkeit schenken zu können. »Sie sagen, die Wahrheit ist kalt? Mag sein.«, fing er an zu schnurren. »Aber vielleicht sind Sie hier derjenige, der noch kälter ist, sie eingebildeter Mistkerl! Damit muss ich mich nicht abgeben! Und meine Frau auch nicht! Doch am allerwenigsten mein Sohn!« Der alte Herr ließ sich nicht aus der Ruhe bringen: »Mr. Widow, über 50 Spezialisten, die ihr Leben lang mit der Diagnose von Krankeheiten des Autismus-Spektrums verbracht haben, bestätigen das Ergebnis. Ich versichere Ihnen: Es stimmt.« Bee stand derweil aus ihrem Stuhl auf und ging zum Fenster. Sie hatte gar nicht bemerkt, dass ein Sturm am Himmel herrschte; ebenso wie in ihrem Mann. »Gut, dann stimmt die Diagnose halt! Wissen Sie, was auch stimmt?« Er trat mit ganzer Wucht gegen den Schreibtisch, erschütterte diesen und warf sämtliche Unterlagen dem Fußboden entgegen. »Es steht ebenso außer Frage, dass Sie ein reines Arschloch sind!« Bee zuckte zusammen, als sie Franklin derartig reden hörte. Doch dieser war bereits zur Tür raus, ehe sie ihn beruhigen konnte. Der alte Herr traute sich nicht, ihr gegenüber ein Wort zu ergreifen. Er konnte ihr ansehen, wie ihre Nerven innerlich zerbrachen. Sie nahm den Fragebogen ein letztes Mal in die Hand, begutachtete das Ergebnis, als traue sie ihren eigenen Augen nicht. Schließlich zerriss sie ihn und folgte ihrem Mann nach draußen, ohne sich zu verabschieden. Noch bevor die Schnipsel des Papiers den Boden erreichten, schlug sie die Tür hinter sich zu.

Und mein Schicksal war in Form einiger Papierfetzen für immer besiegelt.

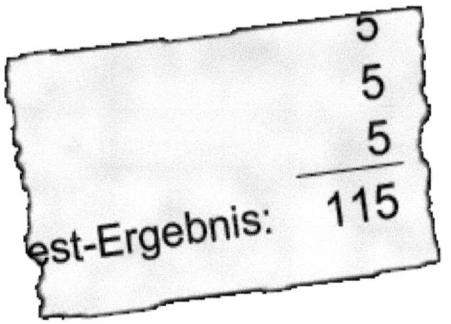

Chicago, Illinois
Vereinigte Staaten von Amerika

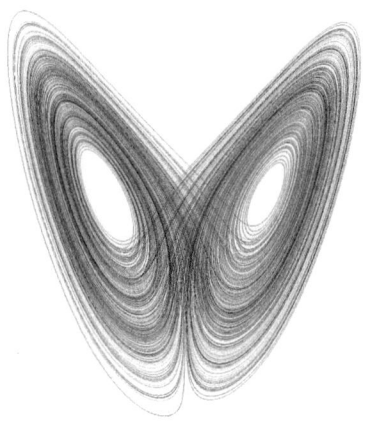

02. September 2019

I

»Mr. Ethan Widow, 21 Jahre alt, geboren am 11. Juli 1998, ledig, arbeitslos... Sie unterbrechen mich, wenn ich etwas falsches sage?« Ihre Stimme hatte einen rhetorischen Unterton. Ich bevorzugte ein mürrisches Schweigen gegenüber einer Antwort oder bloß einem Nicken. »Mr. Widow, wo ist Ihr Anwalt?«, fuhr sie fort. Ich schaute auf den leeren Stuhl neben mich, hob die Augenbrauen und warf meinen Blick zurück gen des Richterpodests. »Wonach sieht's denn aus?« Ich hätte mir einen Anwalt leisten können. Aber ich wollte nicht. Ich war schon immer dazu geboren, Diskussionen ohne Ende zu führen – das hatte Franklin mir vererbt. Ausnahmsweise sollte sich das nun als Vorteil herausstellen. Denn eine Gerichtsverhandlung war für mich nichts anderes als eine Diskussion. »Na gut, Sie vertreten sich also selbst«, fuhr sie fort und notierte zugleich. Der Kauderwelsch, der darauf folgte, tangierte mich nur äußerst peripher. Irgendein Quatsch von wegen Paragraph *Mir-Egal*, Abstatz *Leck-Mich-Doch,* Strafgesetzbuch... ich hatte hier nicht großartig viel verloren. Ich wollte lediglich mein Urteil haben – und dann wäre ich weg. »Mr. Widow, Sie werden der schweren

Körperverletzung angeklagt. Ihnen wird nun der Tathergang laut den vorliegenden Dokumenten der Staatsanwaltschaft vorgelesen. Danach obliegt es Ihnen, den Vorwurf einzuräumen oder abzustreiten. Vor Gericht dürfen Sie nur die Wahrheit sagen. Das bedeutet, die volle Wahrheit, Sie dürfen keine...« Ich hob vorwurfsvoll die Augenbrauen, atmete lauthals aus und schüttelte den Kopf. »Ja, ist mir schon klar. Hauen Sie einfach mal raus! Ich gestehe sowieso, mir doch egal!« Die Richterin sah mich verdutzt an, warf ihren Blick dann dem Staatsanwalt zu und schaute sogleich wieder zu mir. »Kriminelle wie Sie sind mir zu wider, Mr. Widow«, pfauchte Sie mich an. Ich begann lauthals zu lachen. Nicht etwa, um sie zu provozieren. Sondern weil ich wusste, dass meine nächste Aussage der Wahrheit entsprach: »Sowas dürfen Sie als Richterin doch gar nicht sagen, Schätzchen!« Sie schlug sämtliche Akten zu, stapelte sie auf einander und griff zu ihren Hammer. »Die Geladenen vermögen sich nun bitte zu erheben.« Der ganze Raum stand aus den Stühlen auf – doch ich benötigte natürlich eine Extra-Einladung. »Mr. Widow, im Sinne der Anklage zur schweren Körperverletzung gemäß Paragraph 226, Absatz 17, Strafgesetzbuch, befindet das Gericht Sie hiermit für schuldig. Ihnen werden 200 Pflichtstunden gemeinnütziger Arbeit auferlegt, sowie die Weisung, sich einer Therapie zu unterziehen. Eine geeignete

Einrichtung zur Vollziehung der Therapie wird Ihnen seitens des Gerichts zugewiesen. Die Stelle für die Ablegung der gemeinnützigen Arbeit dürfen und müssen Sie sich selbst suchen. Spätestens, wenn Sie 25 Jahre alt sind, kriegen Sie lebenslänglich wegen irgendeinem Blödsinn. Ich kenne Leute wie Sie. Glauben Sie mir. Die Verhandlung ist hiermit beendet.« Ihr Satz hatte den Anschein, noch fortgesetzt zu werden. Doch sie blickte so lange mürrisch drein, bis ich bereits meine Jacke überzog und in Richtung der Tür ging. »...und ich möchte nicht hoffen, Sie noch einmal wieder zu sehen, Mr. Widow. Selbstverständlich habe ich nun ein gewisses Vorurteil Ihnen gegenüber!«, schallte es von hinter mir durch meine Ohren. Ich drehte mich um, streckte die Brust raus und verschränkte meine Arme. »Na dann sollte ich mein nächstes Verbrechen wohl besser in einer anderen Stadt – mit einem anderen Gericht – begehen, stimmt's?« Weitere Worte folgten nicht. Ich drehte ihr lediglich meinen Rücken zu und wandte mich zur Tür, die ich mit enormer Kraft hinter mir zu schlug.

Naperville, Illinois
Vereinigte Staaten von Amerika

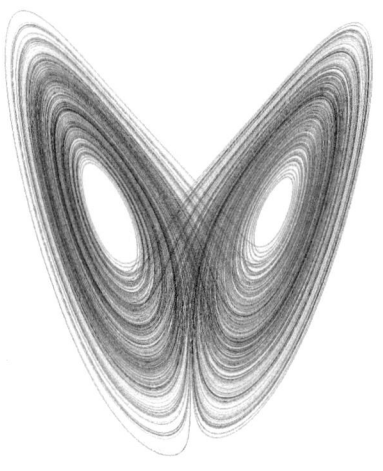

18. September 2019

II

Das kurze Piepsen des Elektrogeräts erschütterte meinen verkaterten Kopf. Wie gebannt starrte ich auf das kleine Lämpchen, dessen rotes Blinken sich in meine Netzhaut einbrannte. Meine zitternden Finger krallten sich förmlich an den Stuhllehnen fest und fuhren kleine Kreise über das edle Mahagoniholz, um meine Nervösität zu verarbeiten. Trotz einer sorgfältig aufgetragenen, dunkelbraunen Lasur konnte ich die Maserung des Materials deutlich wahrnehmen. Beinahe unbewusst fuhren meine Fingernägel durch die schmalen Rillen. Sie waren die einzige Eigenschaft, die Holz von Metall unterschied. Nicht etwa war es die Härte, die Temperatur oder die Form des Materials. Viel mehr zierte die Maserung eine Art Eigenleben. Ich erkannte darin eine metaphorische Spiegelung meiner Person. Meine Haut war vernarbt und stellenweise zerstört. Doch genau das zeichnete die Charakteristik meiner selbst aus. Die Menschen um mich herum schienen so oberflächlich. Glatt, wie ein abgeschliffenes Stück Metall. Das macht sie massiv und wiederstandsfähig, doch ebenso eintönig und bedeutungslos. Ich fühlte mich wie ein dünner, hölzerner Stock unter milliardenen Metallstangen. Einzigartig. Besonders. Aber dennoch schwach und zerbrechlich. »Mister Widow, habe ich noch Ihre Aufmerksamkeit?«, drang eine tiefe Stimme durch mein Trommelfell. Langsam hob ich den Kopf an und schaute in sein Gesicht. Er war ein Therapeut wie aus dem Lehrbuch. Ich musterte den kahlen Kopf, der aus dem weißen Kittel hervorragte. Über seiner breiten, gerümpften Nase saß ein schwarzes Brillengestell mit makellosen Gläsern. An seiner Brusttasche war ein Stift angeklemmt, doch ebenso nahm ich die Konturen eines weiteren Gegenstands wahr. Vielleicht eine Betäubungsspritze, falls ein Patient kein Gehorsam zeigte. Über seinen trägen, dunklen Augen zogen sich fragende Brauen entlang, die auf eine Antwort warteten. »Was wollen Sie denn noch? Ich habe Ihnen doch gerade schon alles erzählt«, fuhr ich ihn lautstark an und lehnte mich vor. Er musste solche Reaktionen gewöhnt sein, wie ich an seiner anhaltenden Gelassenheit erkannte. Offensichtlich war ich weder der Erste, der Letzte, noch der Einzige, der ihm derart entgegen kam. Die Frage war für mich jedoch, ob all seine Patienten einen Drang zu energischen Äußerungen verspürten, oder ob er schlichtweg ein Talent dafür besaß, Menschen in Aufruhr und Aggression zu versetzen. »Ich habe soeben mein Diktiergerät in Betrieb genommen, wie Sie sicher am Piepsen und Blinken wahrgenommen haben. Ich möchte Sie gerne bitten, Ihre bisherigen Worte nun einmal zu wiederholen. Achten Sie dabei auf Ihren Tonfall, denn die Aufnahme wird...« Ich knallte die Faust auf den Glastisch, an dem wir saßen. Mein Kopf lief rötlich an, während sich meine Augenbrauen angespannt über der Nase zusammenzogen. »Ich scheiße auf meinen Tonfall! Es ist verzwickt genug, dass ich überhaupt hier sein muss. Aber beinahe konnte ich mich tatsächlich darauf einlassen, Ihnen meine Gefühle mitzuteilen. Kritisch wird es erst wieder an dem Punkt, an dem Sie meine Worte öffentlich machen wollen. Wozu die Aufzeichnung? Sie sind der gottverdammte Therapeut, kein anderer der Beteiligten!«, donnerte ich ihn an. Es provozierte mich, dass er trotz meiner offensichtlichen Wut so ruhig blieb. Es kam mir vor, als wolle er damit eine Art Herrschaft symbolisieren. Als wolle er mir beweisen, dass ich ihn nicht aus der Fassung bringen kann. »Mister Widow, ich darf Sie darauf hinweisen, dass Sie rechtlich zu einer Therapie verurteilt wurden. Sollten Sie die ausgemachten Termine versäumen oder nicht korrekt mitarbeiten, sprechen die Auflagen gegen Sie. Ihnen droht eine Freiheitsstrafe«, begann er zu erklären. Ich kniff die Augen zusammen und spannte sämtliche Muskeln an, die mir freilagen. Ich spürte deutlich, wie meine angespannten Oberschenkel an den Nähten meiner Hose rissen.

Gleichzeitig zerrten meine trainierten Oberarme an dem karierten Hemd, das ich entgegen meines persönlichen Kleidungsstils speziell für den Anlass der Therapie gekauft hatte. Ich wollte auf etwaige Vorurteile verzichten, die eine verwaschene Jeans und ein altes Tanktop womöglich hervorgerufen hätten. Mir war bewusst, dass ihm meine Aufgewühltheit nicht entgangen war. Vielleicht rechnete er damit, dass ich jeden Moment den Stuhl wegtreten und die Tür herausstürmen würde. Doch stattdessen ließ ich sämtliche Muskeln wieder locker und atmete tief durch. Aus meiner gesenkten Haltung erhob ich nun den Kopf und sprach: »Wissen Sie, was mein Problem mit Ihnen ausmacht? Mit Ihnen und Ihrer gesamten Gefolgschaft von Seelenklempnern, die behaupten, eine Welt des Leidens verstehen zu können? Ich bin sicher, Ihre Mami und Ihr Papi sind stolz darauf, dass Sie einen guten Schulabschluss hinlegten und das Psychologie-Studium absolvierten. Doch was niemand versteht, ist, dass Sie bloß Aufzeichnungen und Statistiken kennenlernten. Nicht das Leben, das Ihre Patienten führen!« Ich versuchte bewusst, einen ruhigen Ton beizubehalten. Zwar legte ich keinen Wert auf seine Drohung zur Freiheitsstrafe, doch ich wusste, er würde meine Äußerungen nicht ernst nehmen, wenn Sie als Resultat von Wut entstanden. Würde ich jedoch ruhig aussprechen, was ich zu sagen hatte, so würde er erkennen, dass ich selbst in Momenten, in denen ich über meine Worte nachdenke, stets zu meiner Meinung stehe. »Werfen Sie mal ein Blick in ihr überfülltes Wartezimmer«, fuhr ich fort. »Haben Sie je an Depressionen gelitten? Haben Sie je versucht, Menschen aus Rache zu töten? Haben Sie je versucht, sich selbst zu töten? Sind Sie je an Ihrem verfickten Leben verzweifelt, so lange, bis jeder ersichtliche Ausweg der Falsche war?« Es fiel mir schwer, bei meiner ruhigen Einstellung zu bleiben. Unter dem Tisch krallte ich meine Fingernägel fest in die Oberschenkel. In meiner Stimme musste bereits ein Pfauchen vorhanden sein, das den Ernst der Lage symbolisierte. Mit zunehmender Wut fuhr ich fort: »Sie haben zahlreiche Auszeichnungen für Ihre therapeutischen Leistungen erhalten. Doch genau das macht Sie zu so einem niederträchtigen Arschloch! Wie können Sie, als erfolgreicher, glücklicher Mann, auch nur annähernd behaupten, die Gefühle und Handlungen eines psychisch labilen Patienten nachvollziehen zu können? Eine Ignoranz wie die Ihre rundet die Verdorbenheit der heutigen Gesellschaft perfekt ab.« Für einen kurzen Moment glaubte ich, ihn schmunzeln zu sehen. Er klappte sein Protokollheft zu und neigte sich vor, als wolle er mir seine Meinung auf persönlicher Ebene mitteilen. »Die Verdorbenheit der Gesellschaft«, begann er zu sprechen. »...ist kein Zeichen von Ignoranz. Sie ist Veränderung. Evolution. Offenkundig haben Sie ein anderes

Bild der Welt als ich. Teilen Sie mir doch bitte mit, was Sie zur Ansicht verleitet, die Gesellschaft sei ignorant.« Er knipste den Schalter seines Diktiergeräts aus. Meine Miene lockerte sich. Er hatte meinen Standpunkt noch lange nicht verstanden, doch er war bereit dazu, ihn in Betracht zu ziehen. Es hätte keinen therapeutischen Wert gehabt, mir ein Statement zu unserer Gesellschaft abzuverlangen. Also sah ich keinen Grund, nicht mit ihm zu reden. »Das ist doch offensichtlich, Sir. Niemand findet sich in dieser Welt auf fairer Weise zurecht. Die Ärsche sind die Guten. Die Guten sind die Ärsche. Die Reichen werden reicher, die Armen werden ärmer. Heutzutage beruht sogar Freundschaft und Vertrauen auf Kapitalismus. Wissen Sie...« Für einen Moment lang hielt ich inne und wandt meinen Blick nicht von ihm ab. Er schien mir gebannt zuzuhören. Nervös drückte er auf dem Knopf seines Kugelschreibers herum und schien dabei gar nicht zu bemerken, dass die herausschießende Miene das Deckblatt seines Protkollhefts beschmutzte. Ich holte tief Luft. »Ich glaube, auch die Apartheid hat nie geendet. Ein Schwarzer mag die gleichen Rechte haben wie ein Weißer, doch Akzeptanz in der Gesellschaft stellt sich dennoch nicht ein. Rassismus ist realer als der Einzelne einsehen will. Und das ist nicht das einzige Thema.« Ich unterbrach mich selbst. Hektisch schlug er sein Heft wieder auf und begann meine Worte mitzuschreiben. Er warf mir einen verlegenen Blick zu, als würde er meine Genehmigung abwarten. Scheinbar hatten ihn meine Worte deutlich fasziniert. Leicht begann ich zu grinsen und fuhr fort: »In keiner Bar dieser Welt kann ein Mann einen anderen Mann anbaggern. Auch wenn Homosexualität schon lange kein Delikt mehr ist, sind die ach-so-normalen Menschen in der Öffentlichkeit nicht bereit, damit umzugehen.« Sein Blick sprang förmlich hin und her zwischen meinem Gesicht und seinem Protokollheft. Gelegentlich stupste er seine Brille zurecht, die durch die rasanten Bewegungen seiner Nackenmuskulatur verrutschte. »Und die Kriege im nahen Osten?«, pfauchte ich weiter. »Beide Seiten liegen im Recht! Beide Seiten verteidigen bloß den eigenen Glauben! Die westliche Welt beklagt sich darüber, dass der islamistische Glauben mit Bomben belegt werden muss, was selbstverständlich ein Fehler ist. Doch indem *Uncle Sam* mit Bomben und Raketen antwortet, machen die es doch nicht anders! Diese beiden Fronten werfen einander einen Fehler vor, den sie selbst begehen! Und nun, Sir, sagen Sie mir doch bitte, wie Sie das nicht als Ignoranz bezeichnen können?« Er war fasziniert von meinen Worten. Für ihn schienen Sie eine Epiphanie darzustellen, wie er sie noch nie zuvor in Betracht gezogen hatte. Offen zeigte er seine Begeisterung durch weit aufgerissene Augen und erhobene Brauen. Sein breites Grinsen begann erneut, Worte auszustoßen: »Nun, eine sehr interessante Ansicht. Aber wissen Sie, eigentlich ist es doch so, dass...« Ich wusste, wenn ich ihn jetzt unterbrechen würde, hätte ich die Oberhand im Gespräch gewonnen. Würde ich mich jetzt über ihn stellen, wäre er matt. Hektisch streckte ich meinen gekrümmten Rücken gerade durch und erhob meinen Kopf, ehe ich das Wort ergriff: »Wenn Sie auch nur daran denken, mir jetzt zu widersprechen, sind Sie kein Stück besser als die soeben kritisierten Psychopathen. Sie wollten die kalte Wahrheit, bitte, jetzt haben Sie sie. Wenn Sie nicht in der Lage sind, sie auch einzusehen, habe ich kein Wort mehr mit Ihnen zu wechseln. Einsicht und Ignoranz sind Gegenteile. Die Entscheidung liegt bei Ihnen.« Stolz erhob ich meine Mundwinkel hinauf zu den strahlenden Augen und streckte die Arme zu den Seiten. Verlegen senkte er seinen Blick auf den Tisch herab und rieb sich über die Stirnfalten. Er legte seinen Stift nieder und gab sich geschlagen. »Na gut, Mister Widow. Wie ich sehe, haben Sie sich ernsthaft mit diesem Thema auseinander gesetzt. Ich darf Sie darauf hinweisen, dass unsere Stunde dem Ende zugeht. Noch heute werde ich den Behörden meinen Bericht zusenden. Wenn ich von Ihnen das Versprechen erhalte, dass Sie sich nächstes Mal an meine Anweisungen halten und offen auf die therapeutischen Maßnahmen eingehen, werde ich den Bericht als erfolgreiche Therapie-Einheit abstempeln.« Für einen Moment dachte ich nach. Er musterte meine Gesichtszüge, als wolle er meine Antwort erkennen, noch bevor ich sie aussprach. »Habe ich nicht klargestellt, dass ich gegen eine Therapie bin? Ich habe keine Angst vor der Polizei oder den Konsequenzen einer Verweigerung. Weshalb sollte ich mich auf Sie einlassen, Mr. Short?« Mit blinkenden Zähnen lachte er mir ins Gesicht und erhob sich aus seinem Stuhl. Er faltete seine Unterlagen und legte Sie behutsam in seine Arbeitstasche. Ruckartig erhob auch ich mich aus meinem Stuhl und setzte meine Schritte in Richtung der Ausgangstür. Ihm war bewusst, dass ich noch auf eine Antwort wartete. Es schien ihm zu gefallen, mich hinzuhalten und unter Spannung zu stellen. Für ihn war das eine Form von Sadismus. Er warf einen Blick aus dem Fenster und musterte den bewölkten Himmel. Schritt für Schritt trat er näher an die Scheibe und zuckte kurz zurück, als die ersten Regentropfen dagegen schlugen. Entnervt seufzte er und holte seinen Regenschirm aus dem Schrank. Nachdem er sich seine Tasche über die Schulter hing, drehte er sich zu mir vor und sprach: »Weshalb Sie sich auf mich einlassen sollten, Mr. Widow? Nun ja. Einsicht und Ignoranz sind Gegenteile. Die Entscheidung liegt bei Ihnen.«

Cook County Forest, Illinois
Vereinigte Staaten von Amerika

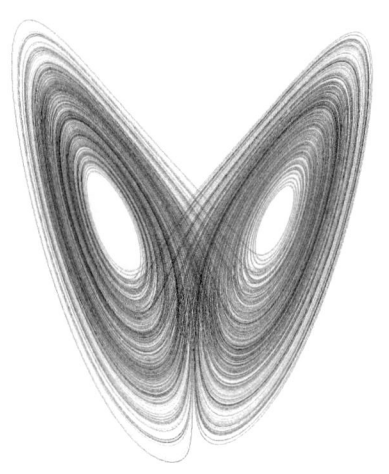

21. September 2019

III

Mein kurzes Pfauchen unterbrach seine gebrechliche Stimme. Er musste bereits über achtzig gewesen sein und für einen Moment befürchtete ich, ihn mit meiner energischen Art verscheucht zu haben. Er starrte entnervt auf den hölzernen Boden der Hütte und tippte mit dem rechten Fuß in schnellem Takt darauf her. »Mister Widow. Sie scheinen mir nicht gerade ein Naturbursche zu sein. Das Leben mitten im Wald kommt mit viel Verantwortung«, versuchte er, mich zu bekennen und hielt seinen Blick dabei bewusst von mir ab. Für mich bestand gar kein Zweifel. Das hier sollte mein neues Zuhause werden – falls ich das denn so nennen wollte. Das Gefühl von Heimat war mir mit den Jahren fremd geworden. Meinen trainierten Körper zierten die Narben einer Straßen-Jugend. Meinen Eltern war nie die Freude widerfahren, die Abschlussfeier ihres Sohnes sehen zu können. Nach vielen Jahren in den heruntergekommensten Vierteln diverser amerikanischer Großstädte, würde ich mich an jedem Ort wohlfühlen. Doch nicht jeder Ort würde sich mit mir wohlfühlen. Ich musste diesen sturen, alten Herrn also von mir überzeugen, dessen war ich mir bewusst: »Sie sehen aus wie ein sehr weiser Mann«, begann ich zu schleimen, »und ich glaube ebenso wie Sie, dass nicht jeder dazu in der Lage wäre, ein Leben in dieser einsamen Hütte anzutreten. Sie gehören zweifellos zu den Wenigen.« Ich beobachtete, wie er seinen Kopf anhob und begann, seinen Ziegenbart mit dem Daumen zu streicheln. Er starrte leer durch das zerkratzte Fenster, dessen Rahmen nur sperrlich an der hölzernen Außenwand verankert war. Vielleicht schwebt er in Erinnerungen, dachte ich mir. Was mochte er wohl zu früheren Zeiten hier erlebt haben? Es gab sicher viel, über das ein Mann wie er nachdenken konnte. Aber dass er mein kurzes Schweigen mit einem Augenverdrehen beantwortete, zeigte mir, dass ich noch seine Aufmerksamkeit hatte. »Ich glaube, Sir, Sie und ich haben viel gemeinsam.« Er stieß ein kurzes Lachen aus, doch seinen Blick konnte ich immer noch nicht einfangen. Er war bloß auf die Wand fixiert. »Ich sehe Ihnen an, dass Sie ein Mann mit Kopf sind. Anders als all die Narren der Großstadt, die sich dem leeren Folge-deinem-Herzen-Lebensstil verschreiben. Aber Sie und ich wissen, worauf es wirklich ankommt. Ist es nicht so?« Er rümpfte die Nase und stampfte auf den Boden. »Zum Donnerwetter, Bursche! Spar dir die Schleimerei! Denkst du, ich bin nie Kerlen wie dir begegnet? Die Straße ist dein Zuhause, du elender Streuner!« Ich senkte meine Augenbrauen und verfinsterte meinen Blick. Wollte ich mich von einem alten Mann so behandeln lassen? Von einem faltigen Greis, der sich morgen wahrscheinlich nicht einmal mehr an mich erinnern könnte? Seine Stimme wurde zu einem gebrechlichen Inferno aus Wut: »Dein Bett ist Stein, dein Essen ist Dreck, dein bester Freund ist Heroin! Dein zweitbester Freund ist Crack! Dein drittbester Freund...« Ich setzte zwei hektische Schritte auf ihn zu und stieß ihn zu Boden. »Ich habe keine Freunde, alter Sack! Das ist nur etwas für Schwächlinge, die sich dem Leben nicht allein stellen können! Dieser Planet ist eine rücksichtslose Welt. Es kümmert die Leute nicht wer man ist, was man tut oder was man sagt. Denn ignorante Drecksverle wie Sie haben sowieso immer ihr eigenes Bild. Aber ich sag Ihnen was, alter Mann...« Meine Miene lockerte sich und ich ließ ihn langsam los. Er konnte von Glück reden, dass ich ihn in seinem Hassanfall unterbrochen hatte. Hätte er nur ein einziges Wort weiter gesprochen, wäre er jetzt tot. Er hustete lautstark und ich dachte für einen Moment, er bräuchte Hilfe. Doch ich blieb stur und fuhr fort: »Es kommt tatsächlich nicht darauf an, wie man heißt, wo man wohnt oder wie man sich verhält. Wenn Sie korrekt über einen Menschen urteilen wollen, dann schauen Sie auf das, wonach er sich sehnt. *Ich* sehne mich im Moment nach einer warmen Unterkunft, jenseits unserer verdorbenen Zivilisation. Und wenn man bedenkt, wem diese kleine Hütte denn gehört, könnte man davon ausgehen, dass Sie dieses Gefühl kennen.« Ich reichte ihm meine Hand und war überrascht, als er Sie annahm. Mit einem kurzen Ruck zog ich ihn zurück auf die Beine. »Der Mietvertrag ist in meiner Bauchtasche. Unglücklicherweise haben Sie mir diese jedoch abgerissen, als Sie Raubtier gespielt haben.« Er deutete mit dem Finger auf den Boden. »Wären Sie so freundlich, Mister Widow?« Ich pfauchte ihn kurz an, beugte mich jedoch so gleich zu Boden und hob seine Tasche auf. Er kramte wie wild darin rum, doch für mich sah es aus, als wüsste er genau, wonach er suche. Schließlich zückte er ein doppelt gefaltetes Papier, drückte es mir ruckartig in die Hand und reichte einen Kugelschreiber nach. »Sie können sofort einziehen, ist alles Ihre Sache. Aber wenn nur der kleinste Schaden an *meinem* Haus entsteht, können Sie den Ratten in der Großstadt-Gosse gerne einen schönen Gruß von mir bestellen. Haben wir uns verstanden?« Er sah mich mit einem ernsten Blick an. Zwar mag er alt gewesen sein, doch er war entschlossen. Und mit ihm war nicht zu spaßen. »Haben wir«, entgegnete ich und legte den Mietvertrag auf den Tisch um ihn zu unterzeichnen. Der alte Mann knöpfte sich die Jacke zu, korrigierte seine Schiebermütze und trottete in Richtung Tür. »Feuerholz müssen Sie sich selbst besorgen. Und achja... ich schaue heute abend mal nach dem rechten. Besser Sie setzen eine Kanne Tee auf.«

Ich sah ihn an und nickte ihm stumm zu, woraufhin er die Hütte verließ.

IV

Ich wollte gerade den frisch geputzten Gasherd befeuern, als der alte Mann beschloss, seinen Termin einzuhalten. Er klopfte in langen Abstand drei Mal an die hölzerne Tür, ehe ich ihm öffnete. Stumm marschierte er in die Hütte, ohne eine Begrüßung. Er zog seinen Mantel aus und warf ihn über einen Stuhl. Ich beachtete ihn vorerst nicht weiter und wendete mich wieder dem Herd zu. Aus meiner Hosentasche zückte ich ein Sturmfeuerzeug, knipste die Klappe auf zündete die Flamme. Hinter mir hörte ich nur ein urteilhaftes Lachen. »Soll ich schonmal den Krankenwagen rufen, oder haben Sie ein Stabfeuerzeug zur Hand?« Entnervt drehte ich mich um und sah dem alten Mann ins Gesicht. »Das Ventil ist mittlerweile so alt wie ich«, erklärte er und deutete entlang der Rohre, die hinter dem Herd die Wand hoch liefen. »Bei der Menge Gas, die da raus kommt, sollten Sie besser nicht zu nah ran gehen.« Ich nickte ihm bloß stur zu und kramte in einer Schublade nach einer Packung Langstreichhölzer. Glücklicherweise blieben mir Verbrennungen erspart. »Sie können mich übrigens auch mit *Du* ansprechen. Ich bin Ethan«, sprach ich mit genervter, aber freundlicher Stimme. Zumindest so freundlich, wie es meiner Persönlichkeit möglich war. »Ich bin Graham Watson. Aber du darfst mich trotzdem weiter *sie*-zen. Für den ganzen zwischenmenschlichen Humbug bin ich mir einfach zu schade« Ich schmunzelte in mich hinein und setzte die Teekanne auf den Herd. »Da wären wir ja schon zwei«, entgegnete ich und setzte mich ihm gegenüber an den Tisch. Er holte eine Visitenkarte aus der Brusttasche seines Polo-Hemds, verdeckte sie jedoch mit seiner Hand. »Willst du nicht wissen, wieso ich dich als Mieter gewählt habe, Bursche?«, fragte er mich. Seine Worte hatten einen rhetorischen Klang. Er sprach sehr monoton und ich wusste, es bedurfte keiner Antwort meinerseits, damit er fortfuhr. Also schwieg ich ihm bloß mit finsterer Miene ins Gesicht. »Wenn Blicke töten könnten...«, lästerte er und schob mir die Visitenkarte zu. Ich hob die Augenbrauen an und war, zugegeben, sehr erstaunt. Doch ich ließ es mir nicht anmerken. »Wenn *er* Ihnen sagte, Sie sollen mir die Hütte vermieten, wieso haben Sie sich dann anfangs, bei unserem ersten Treffen, so angestellt?« Ich dachte mir, er scherzte vielleicht nur. Aber hätte er einen Grund dazu gehabt? »Ich wollte sehen, aus welchem Holz du geschnitzt bist, Kleiner. Leider ist mein Temperament dann mit mir durchgegangen«, erklärte er. Ich blickte mit geneigtem Kopf zu ihm herüber und nickte.

»Schätze mal, auch da wären wir schon zu zweit. Aber das erklärt immer noch nicht den Hintergrund Ihres abgekarteten Spiels.« Er schüttelte den Kopf. »Nicht alle Menschen sind böse und rücksichtslos, Junge. Mein Neffe gehört zu einem der Wenigen, die anders sind. Er möchte den Menschen helfen. Deshalb ist er auch Therapeut geworden. *Ihr* Therapeut. Er wusste um Ihre Situation und bat mich, Ihnen Unterkunft zu gewähren.« Das Pfeifen des Kessels unterbrach seine Stimme. Ich wendete mich wieder dem Herd zu, goss zwei Tassen Tee ein und ging zu Tisch. »Glaubt er, ich sei ihm jetzt etwas schuldig?«, fragte ich mit energischem Unterton. Graham schüttelte den Kopf und kicherte leise vor sich hin. »Mach was du willst, Junge. Mach was du willst.« Ich schlürfte an meiner Tasse und stellte sie sogleich wieder zu Tisch. Für einen Moment sah ich den alten Mann einfach nur an. Er hatte diesen eigenartigen, mürrischen Blick aufgesetzt. Ich konnte nur schwer ausmachen, was er damit ausdrücken wollte. Aber dennoch antwortete ich ihm: »Natürlich, Mr. Watson. Das habe ich nie anders getan.«

V

Dieses Mal kam er zu mir. Ich wusste es zu schätzen, dass er mir eine Heimsitzung anbot. Normalerweise tat er das nicht, wie er mir mehrmals predigte. Aber vielleicht meinte er es tatsächlich gut mit mir. Oder aber er wollte lediglich noch einmal die alte Hütte seines Onkels sehen, die ich nun mein Zuhause nannte. »Ich glaube, Ihr Onkel kann mich gut leiden, Mr. Short«, erklärte ich ihm. Er warf mir lediglich einen kritischen Blick zu und antwortete: »Das glaube ich nicht. Er kann niemanden wirklich leiden. Aber er weiß, dass er im Leben nicht weit kommt, wenn er das auch zeigt. Etwas, das Sie auch noch lernen müssen, Mr. Widow.« Während unseres Gesprächs sah er sich schon die ganze Zeit in meiner Hütte um. Er musste lange nicht mehr hier gewesen sein. Auch wenn es mich, zugegeben, etwas überraschte, dass er – ausgerechnet als Therapeut – das Umherschweifen im Raum gegenüber eines intensiven Augenkontakts vorzog. Doch ich war der letzte, der ihm das verübeln konnte. »Mr. Widow, glauben Sie an Schicksal?« Ich warf den Kopf in den Nacken und schlug die Hände über dem Gesicht zusammen. Mein lästerndes Kichern verriet ihm bereits die Antwort. »In der

Ausbildung zum Therapeuten lehrt man uns, der Glaube an Schicksal sei lediglich eine Illusion. Und, dass wir niemals einen Patienten damit belasten sollten. Mr. Widow, Sie haben eine harte Vergangenheit. Und vermutlich würde es Ihnen durchaus weh tun, wenn ich sage, das Universum hätte dieses Schicksal so für Sie vorgesehen. Aber ich glaube dennoch, dass es so ist.« Für einen Moment wusste ich nicht, was ich sagen sollte. Würde er von alleine fortfahren? Wartete er auf eine Antwort meinerseits? Ich schlürfte weiter an meinem Tee. Der würzige Geschmack brachte mich kurz zum Husten. Im selben Moment, in dem mein Therapeut beschloss, fortzufahren: »Ich glaube, dass bereits unsere Kindheit Kenntnis darüber gibt, für was wir bestimmt sind. Warum spielen manche Kinder lieber mit Flugzeugen, als mit Autos? Glauben Sie etwa, als Kleinkinder sind wir uns der Welt bewusst genug, um solche Sachen gegeneinander aufzuwiegen? Oder entscheiden wir vielleicht doch eher instinktiv?« Ich fühlte mich von seinen Fragen etwas überhäuft, doch ich wusste, worauf er hinaus wollte. »Wissen Sie... mein Leben war nicht immer so, wie es heute ist. Als Kind war auch ich ganz normal. Ich habe gerne mit Autos gespielt. *Und* mit Flugzeugen. *Und* mit Fußbällen. *Und* mit Stofftieren. Später lernte ich den Umgang mit Technik. *Und* das Gitarrespielen. *Und* das Schießen. Und außerdem lernte ich das Schreiben, im Sinne von

Geschichten.« Er nickte mir bestätigend zu. »Natürlich, Mr. Widow. Das hängt mit Ihrer Hochbegabung zusammen. Für Sie gab es nie ein einzelnes Fachgebiet. Sie wollten sich immer mit allem auskennen. Und wenn ich ehrlich sein darf, denke ich, dass das gelungen ist.« Ich musste ihn unterbrechen: »Sie verstehen nicht! Irgendwann wurde meine Diagnose gestellt und alles änderte sich. Haben Sie nur die leiseste Ahnung wie es ist, mit nur sieben Jahren zu erfahren, dass man unheilbar krank ist? Ich war schlagartig gezwungen, erwachsen zu werden. Ob ich wollte oder nicht war an dieser Stelle egal. Vielleicht gibt es also so etwas wie ein angeborenes Schicksal. Aber wenn das so ist, wurde mir das von Menschen wie Ihnen kaputt gemacht!« Er zuckte nur mit den Schultern, da er nicht mehr wusste, was er sagen sollte. Ihm war klar, dass ich recht hatte, was er auch schnell eingestand: »Mr. Widow...« Er hielt kurz inne. »Ich widerspreche Ihnen an dieser Stelle keineswegs. Aber hat die Diagnose Ihr Schicksal tatsächlich beeinflusst... oder *ist* die Diagnose Ihr Schicksal? Erzählen Sie mir vom ersten Tag, an dem Ihnen die Diagnose zum Verhängnis wurde.« Ich schluckte den angesammelten Speichel herunter und seufzte. »Wenn es sein muss... aber dann sollte ich vielleicht zwei Flaschen Bier raus suchen. Das hier wird ein langer Abend...«

Loverich, Nordrhein-Westfalen
Deutschland

21. Dezember 2005

Die Schule war zu klein, um sich eine Glocke leisten zu können. Zum Ende jeder Pause ging eine Lehrerin auf den Hof und schrie mit all ihrer Kraft die spielenden Kinder zusammen. »Es geht rein!«, wurde es auch an jenem Tag gebrüllt. Dennoch war es kein einfacher Schultag, nein. Es war der letzte Tag vor den Weihnachtsferien. Das bedeutete Spiele, gemeinsames Frühstück und gelassenes Unterhalten. Für die anderen Schüler war das der schönste Schultag des Jahres. Und schon Wochen zuvor wurde sich darauf gefreut. Aber für mich war es die Hölle – denn es zwang mich zu menschlicher Interaktion. »Ethan, wollen wir Schach spielen?« Trotz meiner Skepsis war ich deutlich erfreut von dieser Aussage. Schach war schon immer das einzige Brettspiel, das mir gut lag. Es basierte auf Taktik. Logik. Intelligenz. Für mich war es kein Spiel zum Zeitvertreib, sondern um meine intellektuellen Fähigkeiten unter Beweis zu stellen. »Ich spiele weiß. Stell die Figuren auf«, entgegnete ich. Mein Mitschüler sah mich etwas verunsichert an, führte meine Bitte jedoch ohne Nachfrage aus. Er war etwas kleiner als ich, zumindest hinsichtlich der Körpergröße. Er hatte kurzes, schwarzes Haar und ein breites Grinsen, das stets zu sehen war. Luke war damals der Schwarm aller Mädchen in der Klasse. Und er war Klassensprecher. Zweifellos stand er gewissermaßen über mir, daher wollte ich es mir nicht mit ihm verscherzen. Es war also durchaus positiv, dass ich mit ihm spielen durfte – auch, wenn es für mich mehr als nur ein Spiel war. »Weiß fängt an«, sagte er und deutete auf meine Figuren. Es gab einen Grund, warum ich immer weiß sein wollte; Es ist die Farbe des Lichts. Schwarz hingegen ist die Dunkelheit. Ich hatte immer schon Angst, von anderen als etwas dunkles betrachtet zu werden. Ich war nie derjenige der Albträume davon hatte, wie er angegriffen wurde. Ich war derjenige, den nachts der Gedanke plagte, selber andere anzugreifen. So wollte ich nie sein – aber irgendwie war ich genau so. Doch wo auch immer es ging wollte ich weiß sein, solange es mir noch möglich war. Und ich wollte die Dunkelheit besiegen. »Ja, ist mir klar. Ich kenne das Spiel besser als du«, entgegnete ich mürrisch. Erneut schien Luke leicht verunsichert. Er wusste, dass ich anders war. Unmittelbar nach meiner Diagnose kamen Psychologen in meine Klasse, um die anderen Mitschüler über meine Problematik aufzuklären. Doch wir waren bloß Kinder. Für die hieß das nur »Der ist komisch!«, anstatt »Wir sollten uns um ihn kümmern, denn er braucht das!« Doch Luke schien souverän damit umgehen zu können. Schließlich hatte er mich auch herausgefordert. »Wir werden ja noch sehen, wer von uns besser ist«, stachelte er. Mein Eröffnungszug war immer der Gleiche: Ich rückte meinen Bauern von E2 auf E3. Mein König stand nun frei, doch mein Läufer und meine Dame hatten freie Bahn. Auch meine Springer waren in ständiger Bereitschaft. Wie bei allem anderen auch war mir die Defensive egal; Ja, mein König war angreifbar. Aber solange ich in einer Position war, die mir eine große Offensive ermöglichte, war mir das egal. Luke setzte hingegen seinen Springer von G8 auf H6. Dadurch war es ihm möglich, seine hinteren Reihen von weiter vorne zu verteidigen. Ein sehr defensiver Zug. Doch wie ich nunmal war, schob ich meine Dame zunächst von D1 auf H5 und war nunmehr ein Feld von seinem Springer entfernt. Sein nächster Zug überraschte mich jedoch – auf eine sehr negative Weise. Er rückte seinen Springer von H6 auf G4 und bewegte ihn dabei bewusst über meine Dame. Diese nahm er sogleich vom Spielfeld und stellte sie zur Seite. »Nein, du Blödmann!«, schrie ich ihn an. »Du kannst meine Figuren nicht *über*springen und dadurch töten! Wir spielen hier Schach und nicht Dame!« Doch er widersetzte sich. Auch heute weiß ich noch, dass ich tatsächlich im Recht lag. Er hatte meine Dame nicht erlegt, schließlich hatte er sich über sie hinweg bewegt. Doch ich hatte nicht mehr die Geduld, ihm das zu erklären. Daher war mein nächster Zug nun keine Frage mehr von Taktik: Meine rechte Faust landete direkt in seinem Gesicht. Ich trat meinen Stuhl nach hinten weg und stand auf. Da ich mit einem Gegenangriff rechnete, wollte ich in Bereitschaft zum Konter sein. Doch außer einem kläglichen Schrei seitens Luke folgte lediglich das Eingreifen der Lehrerin.

Sie versuchte die Situation zu deeskalieren – und überraschenderweise gelang ihr das auch. Dies war eine der wenigen Situationen, in denen ich nach nur einem einzigen Schlag zufrieden war. Rückblickend bin ich immer wieder überrascht, dass ich nicht weiter auf Luke einschlug. Stattdessen ließ ich mich ohne Widerstand an die »Streitbrücke« führen.

Die Streitbrücke war eine Invention der Schulleiterin. Vor jedem Klassenraum hing auf dem Flur eine Reihe farbiger Blätter, welche die einzelnen Stufen einer Streitschlichtung darstellten. Zu Beginn standen Luke und ich einander gegenüber, auf Höhe des jeweils ersten Schildes der Streitbrücke. Auf dieser Station sollten wir einander erklären, aus welchem Grund wir den Streit anfingen. Warum wir uns provoziert fühlten und warum wir – oder in diesem Falle ich – keinen anderen Ausweg sahen als die Gewalt. Nach einer gegenseitigen Schilderung ging es weiter an die nächste Station. Dafür machten wir einen Schritt aufeinander zu und waren nunmehr etwa zwei Meter vom Gegenüber entfernt. Es war das Ziel, sich nun zu entschuldigen und zu versprechen, nie wieder einen solchen Fehler zu begehen – verdammt, ich habe damals schon den Mund zu voll genommen! Auf der letzten Station – nunmehr eine Armlänge voneinander entfernt – schüttelten wir die Hände als Zeichen des Friedens. Wie eine weiße Flagge – mit dem einzigen Unterschied, dass ich ihm diese in jenem Moment am liebsten rektal eingeführt hätte – und zwar nicht mit dem Griff zuerst.

Das war nur kurze Zeit nach meiner Diagnose. Die Probleme, die damit einhergingen, zeigten sich bereits im Kindergarten. Aber erst an jenem Tag, so glaube ich, hat es einen Unterschied gemacht, die Diagnose überhaupt zu besitzen. Man sollte meinen, sie ändert nicht viel; Die Krankheit besteht immerhin auch unabhängig davon. Aber das ist nur die halbe Wahrheit. Eine Diagnose ist wie ein Stempel. Jeder Mensch, der mir gegenübertritt, sieht diesen und denkt, ich sei verrückt. Das hindert ihn daran, sich eine eigene Meinung zu machen und mich erst einmal kennenzulernen, bevor zu raschen Urteilen gegriffen wird.

Mit nur sieben Jahren wurde auch mir ein riesiger Stempel auf die Stirn gesetzt... und er war blutrot.

Cook County Forest, Illinois
Vereinigte Staaten von Amerika

28. September 2019

Es herrschte Stille im Raum. Nach einigen Sekunden des Schweigens atmeten wir beide tief ein und wie synchronisiert tranken wir einen Schluck des Biers. Es war mittlerweile warm geworden. Während ich aus meiner Vergangenheit berichtete, wollte Mr. Short nicht trinken, sondern lediglich zuhören. Ich schenkte ihm dafür meine Anerkennung – was nicht gerade häufig passierte. Er setzte die Flasche ab. Und was er dann tat, öffnete mir die Augen: Er rülpste. Anstatt zu lachen oder ihn gar dafür zu verurteilen, wurde mir klar, dass auch er nur ein Mensch ist. Und keineswegs das reine Arschloch, für das ich ihn anfänglich hielt. »Tut mir leid, Ethan«, entschuldigte er sich. Nun sprach er mich mit Vornamen an? Ich war verunsichert. »Deine Geschichte ist keine einfache. Und auch deine Gegenwart nicht, das weiß ich. Aber darf ich dir einen Vorschlag machen?« Ich hob die Augenbrauen an, nahm einen weiteren Schluck aus meiner Flasche und stimmte ihm durch ein kurzes Nicken zu. »Such' dir 'ne nette Braut. Das ist alles was du brauchst. Deine Probleme sind lediglich Energie. Deine Wut ist Energie. Deine Depression ist Energie. Dein Hass gegenüber der ganzen Welt ist ebenfalls Energie – und zwar eine sehr starke!«, erklärte er. Ich fing kurz an zu Lächeln. Es gefiel mir, dass er nun so persönlich wurde. Dadurch fiel es mir leichter, mich ihm anzuvertrauen. »Danke für den Tipp, Mr. Short, aber...«, entgegnete ich. »Bitte, nenn' mich

Bobby!«, wurde ich mitten im Satz unterbrochen. Nachdem ich ihm lächelnd zunickte, fuhr ich fort: »Bobby, ist ja nett gemeint, aber wie soll mir das helfen? Das ist also alles nur Energie. Aber was hat das mit Frauen zu tun?« Er lehnte sich zurück, warf den Kopf in den Nacken und starrte an die hölzerne Decke. Vermutlich wollte er mich nicht ansehen, bei dem, was er als nächstes sagte: »Ist doch klar. Du hast noch nicht gelernt, deine Energie zu tunneln. Sie strömt in alle Richtungen aus dir raus – und das immer zu den ungünstigsten Momenten. Aber wenn du lernst sie zu tunneln, kannst du sie für vieles einsetzen. Manche Leute tunneln ihre Energie durch Adrenalinsport. Andere durch Laufen. Aber du, Ethan. Du solltest dir vielleicht einen ganz anderen Tunnel suchen, in den du deine Energie reinsteckst. Also, wenn du verstehst, was ich meine!« Er kicherte wie wild vor sich hin und sah mich wieder an. Ich glaube, es überraschte ihn, dass auch ich lachen musste. Noch bevor ich ihm antwortete, machte ich die nächsten zwei Flaschen Bier auf. »Vorsichtig, Junge, ich muss heute noch fahren!«, lachte er, akzeptierte das Bier aber nichts desto trotz. »Cheers!« Der erste Schluck einer Flasche Bier war immer der Beste. Ich habe nie verstanden, warum. Man sollte doch meinen, der Hopfen verteilt sich gleichmäßig und wird zur Mitte hin stärker. Aber der erste Schluck ist dennoch der wohltuendste. »Also, Bobby. Du meinst das ernst?« Er lachte zwar weiter, nickte mir aber dennoch bestätigend zu. »Ich würde dir ja anbieten, dass wir mal zusammen auf die Jagd gehen – aber mein Körper hat schon bessere Tage gesehen. Ich wäre dir sicherlich nur ein Klotz am Bein!« Mein Lachen senkte sich und er bemerkte das. Ich warf ihm einen kurzen Blick zu und er sah mich nur fragend an. »Keine Sorge, alles okay. Es ist nur... wie soll ich jemals wieder eine Beziehung aufbauen? Ich bin psychisch krank, ich bin ein Krimineller, ich bin...« Er unterbrach mich ruckartig: »Das müssen die Frauen doch nicht wissen, oder? Ich rede ja nicht davon, dass du die Liebe deines Lebens finden sollst.« Ich wischte mir kurz durch die Augen, ehe ich einen weiteren Schluck an der Flasche saugte. »Danke sehr, Bobby. Aber ich denke, ich konzentriere mich erst einmal auf mich selber. Vielleicht verschlägt es mich ja bald mal in eine gut besuchte Bar oder so... *nach* meinen Sozialstunden.« Nun senkte auch Bobby seinen Blick dem Boden empor. Er wuschelte sich kurz durch seine braunen Haare. Es wunderte mich immer wieder, dass noch keine grauen Strähnen durch schimmerten. Er war nun schon über fünfzig Jahre alt, doch über seinen blauen Augen war es lediglich ein helles braun, das seine Haare zierte. »Tut mir leid, Ethan. Das hatte ich schon ganz vergessen. Tust mir einen Gefallen?«, bat er mich. Ich schaute ihm nur stumm entgegen, ohne ein Wort zu sagen. Er wusste, dass dies in meiner ganz eigenen Sprache bedeutete, er solle fortfahren. »Ich wünschte, ich hätte dich und deine besonderen Eigenschaften schon früher kennengelernt. Aber nichts desto trotz wurdest du auf Anweisung des Gerichts zu mir geschickt. Ich finde es traurig, dass ich nur den Bericht gelesen habe. Warum hast du mir nie persönlich erzählt, was damals passiert ist? Es muss doch einen Grund für dein Handeln geben?« Ungefähr die Hälfte meines Biers war noch übrig. Doch was ich als nächstes tat, bestätigte bloß ein weiteres Mal, wer ich war: Ich überstürzte gerne. Innerhalb weniger Sekunden war die Flasche leer und mein Feuerzeug hing am Kronkorken der nächsten. »Ich sag' dir was: Wenn du die heutige Sitzung doppelt abstempelst und an die Justiz weiterleitest, erzähle ich es dir.« Ich erwartete, dass er anfängt zu lachen. Aber stattdessen hob er die Augenbrauen an, beugte sich vor und ergriff das Wort: »Ethan, weißt du eigentlich, was das für eine Kunst ist, die du da beherrschst? Du kannst aus jeder Situation einen Profit herausschlagen. Ich habe nie jemanden gekannt, der dieses Talent so ausgeprägt besaß wie du. Dafür hast du meinen Respekt. Und deshalb...« Er hielt kurz inne, wandte seinen Blick jedoch nicht von mir. »Deshalb nehme ich dein Angebot gerne an. Also. Gib mir mal den Flaschenöffner. Und dann schieß los.«

Geilenkirchen, Nordrhein-Westfalen
Deutschland

18. August 2015

Schon wieder war der Akku leer. *Dieses verdammte Ding!* Morgen war es so weit. Die neue Schule wartete auf mich. Ich war nie gut mit neuen Situationen. Sie machten mir Angst. Schon mein Leben lang war ich jemand, der gerne kalkulierte. Ich wollte immer wissen, womit ich es zu tun hatte. Aber dies war eine Situation, die ich nicht einschätzen konnte. Ich konnte nicht wissen, was auf mich zu kommt. *Ich muss das irgendwie verarbeiten! Jetzt ist der scheiß Laptop leer, das Ladekabel ist weg und ich kann keine Filme gucken, um mich abzulenken!* Ich war in absoluter Panik. Ich begann sogar zu hyperventilieren. Für mich gab es keine andere Wahl: Jetzt musste der Alkohol her. Ich griff zu meinem Schlüssel, stürmte aus meinem Zimmer und wollte das Haus verlassen. Diese verdammte Wohngruppe. Diese Einrichtung. Dieses Gefängnis! Sie nannten es *Jugendhaus*. Ziel der Einrichtung war es... nein, tut mir leid... es gab kein Ziel in diesem Drecksloch. Menschen, die keine Heimat hatten, wurden dort aufgenommen. Ich kannte dort Leute, deren Eltern sich durch Heroin selbst töteten, während andere schlichtweg aus ihrem wahren Zuhause heraus geprügelt wurden. Doch ich war aus einem anderen Grund dort: Frieden. Ich werde noch erzählen, wie es dazu kam. Hör mir einfach weiter zu. Ich verließ also mein Zimmer. Ian kam mir entgegen. Ich glaube, er wusste schon beim Anblick meines Gesichtsausdrucks, dass ich vor hatte, die Tankstelle aufzusuchen und mich zu besaufen. »Ethan, was ist los?«, fragte er mich. Noch war er freundlich zu mir – aber das sollte sich sehr bald ändern. »Geh mir aus dem Weg!«, pfauchte ich ihn an und drängte ihn zur Seite. Also ab durch den Flur und die Treppenstufen runter, in Richtung des Ausgangs. Ehe ich jedoch die Tür hinter mir zu knallen konnte, kam Ian mir nach. »Schon wieder Alkohol? Ethan, warum? Das ist doch keine Lösung!« Ian war ein guter Mensch. Er war lediglich in diesem Drecksloch, weil sein Stiefvater ihn geschlagen hatte. Seine Eltern hatten sich schon früh getrennt, da war er gerade noch ein Kind. Er zog zu seiner Mutter, die nur wenige Wochen später einen neuen Liebhaber fand. Als ich Ian kennenlernte, erzählte er mir sehr schnell, was ihm wiederfahren ist; sein Stiefvater hatte den Laptop seiner Mutter in einem alkoholisierten Wutanfall zerstört, die Schuld jedoch auf Ian geschoben – seine Mutter glaubte nur ihrem kranken neuen Stecher. Ian wollte lediglich die Wahrheit ans Licht bringen, also war er auf seinen Stiefvater los gestürmt. Zugegeben, ich hätte das gleiche getan. Doch Ian wurde noch in der selben Nacht von der Polizei abgeholt und zur Krisenintervention in das Jugendhaus gesteckt. Ich hatte also ein gewisses Verständnis für ihn – ich mochte ihn, kurz gesagt. »Sorry, Mann, aber halt dich gerade bitte von mir fern. Lass mich einfach in Ruhe«, entgegnete ich in einem tiefen Ton und mit grimmiger Miene.

Ich marschierte einfach an ihm vorbei und in Richtung der Tankstelle. Ich weiß nicht einmal, wie viel ich eigentlich getrunken hatte. Aber es war viel. Ich war so fertig mit den Nerven, ich wollte nur noch schlafen! Also ging ich zurück in Richtung des Jugendhauses. Es wunderte mich nicht, dass Ian dort bereits auf mich wartete. »Du hast das echt durchgezogen, Ethan? Du dreckiger Alkoholiker! Du meinst, nur weil du keine Freunde und keine Familie mehr hast, ist die Flasche jetzt für dich da? Du bist krank, du mieser Scheißkerl!« Vielleicht war er nur zum falschen Zeitpunkt am falschen Ort. Aber vielleicht sollte es auch so kommen, wie es kam. Ich trat auf ihn zu. »Hast du vielleicht irgendwas zu sagen, kleine Schwuchtel? Lass dir ein paar Eier wachsen und dann tritt mir auf der Straße gegenüber – oder geh mir verfickt nochmal aus dem Weg!«, brüllte ich ihn an. Er war nur wenige Zentimeter von mir entfernt und ich konnte spüren, wie sehr ihn das verunsicherte. Aber er wollte sich nicht anmerken lassen, wie sehr er verängstigt war. »Du hast keine Ahnung, worauf du dich da einlässt, du scheiß Alkoholiker! Also komm, worauf wartest du noch? Zeig mir, ob du auch körperlich zu provokant bist!« Ich hatte die Faust bereits zusammen geballt. Und ich wusste, dass es ihm da nicht anders ging. Aber es kam nicht zur Schlägerei – noch nicht. »Jungs! Wenn ihr euch nicht zusammen reißt, muss ich die Polizei rufen!«, rief eine aufgebrachte Stimme aus Richtung des Türrahmens. *Lissy, diese verdammte Schlampe.* Kaum ein Gesicht gab es, dass ich in jener Situation noch weniger hätte sehen wollen. Aber so war es nunmal: Sie war Betreuerin dieses Drecksslochs. Und sie hatte den Nachtdienst. Nach allem was passiert war... sie war tatsächlich nur zur falschen Zeit am falschen Ort. Ian rannte ihr hinterher wie ein Hund seinem Herrchen. Als die beiden bemerkten, dass ich ihnen mit schreienden Worten nach sprintete, schlossen sie sich im Büro des Hauses ein. Der Schlüssel rastete durch das Schloss, ehe ich überhaupt die Chance hatte, sie zu beleidigen. Aber es war zu spät, diesen Streit mit Worten zu klären – die Bestie hatte bereits den Besitz über mich ergriffen. Ich trat etwa einen Meter von der Tür weg... und mit nur einem heftigen Tritt zersplitterte sie in Einzelteile. Ich sah, dass Lissy bereits das Telefon in der Hand trug und die Polizei rufen wollte. Also war sie es, viel mehr als Ian, der ich mich als erstes zuwandt. In nur wenigen Schritten stand ich vor ihr, packte sie an den Schultern und brüllte sie an. »Wag' es ja nicht, die Bullen zu rufen! Du mieses Drecksstück!« Ich glaube bis heute, dass die Bestie, sobald sie denn die Kontrolle übernimmt, nur etwa 90% meinerselbst ausmacht. Die restlichen 10% gehören immer noch mir selbst. Und ich sah die Angst in Lissy's Augen. Ich schubste sie zur Seite und setzte gleich mehrere Schritte von ihr weg. Sie nutzte die Gelegenheit um zu fliehen, bekam jedoch gar nicht mit, dass Ian sich derweil eine Holzlatte gegriffen hatte, die aus der zertretenen Tür herausgesplittert war. Sie war spitz. Und sie war nur wenige Zentimeter von mir entfernt. Ian holte mit aller Kraft nach hinten aus und stieß sie mir entgegen – doch es gelang mir, seinen Angriff zu Kontern. Binnen weniger Sekunden landete meine Faust in seinem Gesicht, sein Rücken auf dem Schreibtisch und mein Körper dominant über seinem. Ich schlug mehrfach auf ihn ein. Nein, die Bestie schlug mehrfach auf ihn ein... bevor die Schere in meine Hand gelangte. Ich stach auf ihn ein. Und ich stach. Und ich stach. Und ich stach.

Cook County Forest, Illinois
Vereinigte Staaten von Amerika

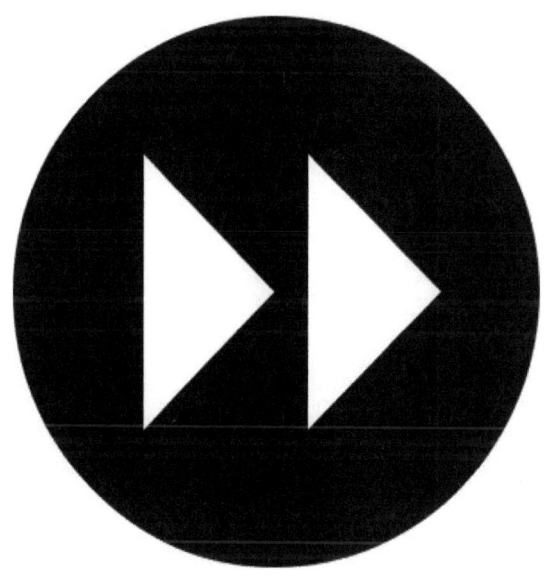

28. September 2019

»Es ist okay, Ethan!«, erklärte Bobby. Ich hatte gar nicht gemerkt, dass mein Puls mittlerweile über 150 sein musste – und, dass ich die Bierflasche in meiner Hand mit bloßer Kraft zersplitterte. »Es ist okay, wirklich! Ich sehe, was deine Vergangenheit mit dir anstellt! Keine Sorge, ich habe vollstes Verständnis dafür!« Die letzten Reste, die von der Flasche übrig waren, schleuderte ich ihm entgegen. »Du hast Verständnis? *Du hast Verständnis?* Du hast ein großes Ego, das ist, was du hast! Du wirst mich niemals verstehen! Egal, wie sehr du das behauptest! Und jetzt raus aus meinem Haus!«, brüllte ich ihn an. Ich hatte mich derweil unbewusst aus meinem Sessel erhoben und schrie nur noch. Keine Worte mehr, nur noch das reine Schreien. »Ethan! Bitte beruhige dich! Es ist okay!«, versuchte Bobby, mich abzuregen. »Verschwinde einfach aus meinem Haus, bevor ich komplett die Kontrolle verliere!« Ich weiß nicht, wer an dieser Stelle mehr Glück hatte; Ich oder er. Denn er entschied sich, auf mich zu hören. Er trat der Tür entgegen und verließ meine Hütte, ohne sich zu verabschieden.

Aurora, Illinois
Vereinigte Staaten von Amerika

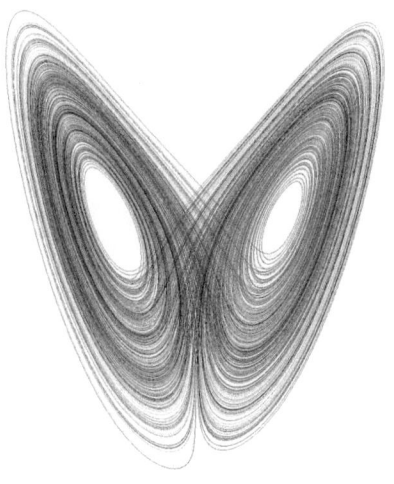

30. September 2019

VI

»Hi. Ethan Widow«, sprach ich, und streckte ihr meine Hand entgegen. »Ich bin hier wegen der Sozialstunden.« Ich musterte sie für einen kurzen Augenblick. Sie war etwa 60 Jahre alt, trug eine hellblaue Bluse unter dunkelgrauem Haar. Ich konnte ihr sofort ansehen, was für ein Mensch sie war. Ich weiß nicht, woher ich diese Gabe hatte. Aber ich konnte es einfach. Sie legte Wert auf Verantwortungsbewusstsein, Behutsamkeit und Vorsicht. Daher überraschte es mich nicht, wie sie reagierte: »Mhm. Man hat mir von Ihnen erzählt. Ich bin Mrs. White. Kommen Sie rein.« Sie freute sich nicht gerade, mich zu sehen. Aber das war mir egal. Ich war dort, weil ich dort sein musste. Und aus keinem anderen Grund. »Ich werde Ihnen jetzt das Haus zeigen. Die Senioren, die hier wohnen, sind manchmal etwas eigen. Lassen Sie sich davon nicht verunsichern. Und erst recht nicht provozieren, klar?«, sprach sie, ohne mich dabei anzusehen. Stattdessen war sie lediglich auf das Treppengeländer neben mir fixiert. Es war für mich kein Geheimnis mehr, dass sie Angst vor mir hatte. Aber für mich war das ein Kompliment. »Was genau soll ich jetzt hier tun? Alten Leuten den Arsch abwischen?

Oder soll ich ihnen vielleicht das Essen vorkauen?«, fragte ich in provokantem Unterton. Sie trat einen Schritt von mir zurück, als würde sie denken, ich wäre bereit sie zu attackieren. Aber sie versuchte mit höchster Professionalität, das Gespräch in ruhigem Ton beizubehalten. »Mr. Widow, mir ist zu Ohren gekommen, sie könnten Gitarre spielen, richtig?« Ich nickte. Jedoch hielt ich es nicht für nötig, ihr meine Worte entgegen zu schleudern. Manchmal genügte ein einfaches Nicken – so war ich einfach. »Mein Gedanke als Einrichtungsleiterin war, dass sie unsere Senioren mit ein wenig Musik unterhalten. Sie bringen einfach Ihre Gitarre mit, spielen und singen ein wenig und dann dürfen sie liebendgerne wieder die Fliege machen.« Es überraschte mich, dass sie so offen zu mir war. Dafür, dass sie nur wenige Sekunden zuvor noch vor mir zurückschreckte, war sie ziemlich direkt. »Ja, alles klar. Leider habe ich meine Gitarre nicht dabei. Darf ich jetzt wieder gehen?«, fragte ich ungeduldig. Ich wollte nicht dort sein. Und das wusste sie. »Nein, noch nicht ganz. Zu erst stelle ich Ihnen das Personal vor und zeige Ihnen das Haus.«

Ich war einfach kein Freund solcher Einrichtungen. Würde ich jemals lange genug leben, um in ein Seniorenheim zu kommen, wäre das alles andere als mein Wille. Lieber würde ich mich erschießen. »Das hier ist David Walker. Er ist so etwas wie unser stellvertretender Leiter, wenn ich einmal außer Haus bin«, erklärte die alte Frau und zeigte auf einen Mann, etwa 40 Jahre alt, der mir daraufhin seine Hand reichte. Zumindest er schien etwas freundlicher zu sein, als die alte Dame selbst. »Der Rest unseres Teams besteht aus Rainey, Karen, Lilly und Monica. Aber die sind gerade allesamt beschäftigt, versteht sich.« Bevor ich ihr antworten konnte, fiel mein Blick jedoch auf die junge Dame, die sich gerade am Schreibtisch des Büros den Abrechnungen zuwandt. Ich sah sie an, ohne ein Wort zu sagen. Aber die Einrichtungsleiterin hatte das bereits bemerkt, bevor ich diese junge Frau selber ansprechen konnte. »Das hier ist Juliet. Denken Sie nicht mal dran, Mr. Widow.« Juliet drehte sich zu mir um und es überraschte mich, dass sie mich anlächelte. »*Das* ist der Kriminelle?«, fragte sie. »Ich weiß ja nicht, aber der sieht doch gar nicht gefährlich aus?« Ich fühlte mich durch ihre Bemerkung gewissermaßen herausgefordert, also warf ich ihr den finstersten Blick zu, den mein Gesicht erlaubte. Aber obwohl ihr Lächeln schnell verschwand, hob sie lediglich die Augenbrauen an und zuckte unbeeindruckt mit den Schultern. Ihre breite, schwarze Brille hob sich mit ihrem Nasenrücken und durch ein kurzes Kopfschütteln viel ihr langes, braunes Haar von der einen Schulter zur anderen. »Juliet also, hm?«, fragte ich sie. »Dein Vater, war der vielleicht Shakespeare? Oder einfach nur besoffen?« Sie wandte sich von mir ab und schaute abermals zwischen dem Buch und ihrem Taschenrechner hin und her. »Mr. Widow, mein Vater hat mich, meine Mutter und meine Schwester verlassen, als ich noch ein Kind war. Passen Sie auf, was Sie in den Mund nehmen«, erklärte sie. Ich fühlte mich schuldig...

Ich fühlte mich schuldig?!

Was war das bloß?

Dieses Mädchen verunsicherte mich und ich beschloss sehr schnell, ihr während meiner Sozialstunden lieber aus dem Weg zu gehen. Aber eine Bemerkung konnte ich mir dennoch nicht verkneifen: »Schatzi, weißt du... ich würde dich jetzt gerne beleidigen und dir sagen, wie unrecht du hast. Ich alleine entscheide, was ich sage, und was nicht. Aber da du nicht die erste bist, die mich auf derartige Fehler hinweist, würde ich dir stattdessen lieber vorschlagen, dich einfach von mir fernzuhalten. Klar?« Sie legte ihren Kugelschreiber mit einer beeindruckenden Kraft zurück auf den Tisch und schwung ihre Beine über den Fußboden, was ihren Drehstuhl zu mir wendete. »Ich glaube, ich bin eher diejenige, die diese Bitte stellen sollte, Mr. Widow.« Ich schüttelte den Kopf und wendete mich der Tür zu. »Ich komme morgen wieder. Mit der Gitarre. Und dann sehen wir weiter«, murmelte ich vor mich hin. Auf meinem Weg nach draußen waren es nur wenige Worte, die ich aus Richtung meines Rückens vernahm – aber es waren genug. »Er spielt Gitarre?«, fragte Juliet. »Ja. Für unsere Bewohner. Das stellt seine Sozialstunden dar«, erklärte Mrs. White. Und die letzten Worte, die ich vernahm, ehe ich das Gebäude allmählich verließ, kamen von Juliet's Seite: »Wow... ich finde ihn irgendwie...«

Und die Tür fiel hinter mir zu.

Chicago, Illinois
Vereinigte Staaten von Amerika

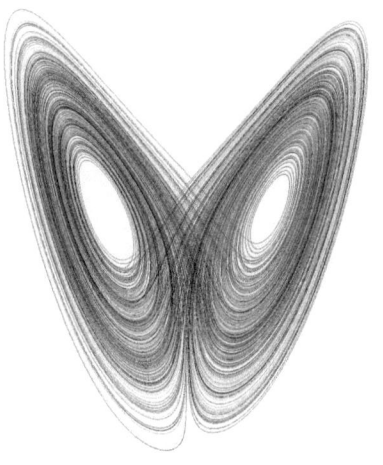

31. September 2019

VII

Ich weiß gar nicht, was mich dazu trieb. Aber ich brauchte neue Klamotten. Irgendetwas gab mir das Gefühl, ich könnte die guten Senioren im Altenheim verunsichern, wenn ich in meinem üblichen Aufzug erscheinen würde. Noch in Tanktop und Jeans wanderte ich durch die Innenstadt von Chicago. Es war eine beeindruckende Stadt. Sie war so linear und symmetrisch gebaut; Doch genau das machte sie so einzigartig. Sämtliche Straßen verliefen parallel zu einander und trafen, sofern überhaupt, ausschließlich in 90° Winkeln aufeinander. Selbst an diesem helllichten Tag schimmerten die grellen Leuchttafeln der Läden durch die ganze Straße und spiegelten sich in den Fenstern der Bürogebäude. Für einen kurzen Augenblick blieb ich stehen und lauschte dem Wind, der durch die Straßen fegte. »Windy City«, wie Chicago auch genannt wurde, ergab nun endlich einen Sinn. Über mehrere Sekunden war alles still. Die Stimmen der Bürger blendete ich einfach aus. Wer sollten sie auch gewesen sein? Lediglich fremde, die mich nicht kümmerten. Das gelegentliche Hupen der Taxi-Fahrer klingelte durch meine Ohren, drang jedoch nicht in meinen Kopf durch. Bis meine Gedanken durch ein

Klicken unterbrochen wurden. Ich drehte mich um und starrte direkt in den Lauf einer .45er. Der Hahn war bereits gespannt, die Kugel schon im Lauf. »Ethan Widow? Mitkommen!« Ich schaute ihn bloß mit dunkler Miene an, ohne ein Wort zu sagen. Ich hatte keine Ahnung, wer er war, was er wollte oder woher er meinen Namen kannte. Doch es war mir egal. Ich wollte unter all den Bürgern keine Aufmerksamkeit erregen – was mich jedoch auch versicherte, dass es ihm nicht anders ging. Er würde nicht abdrücken. Nicht unter all diesen Leuten. Ich duckte mich und in der selben Bewegung schlug meine Hand gegen seine Waffe. Ein Schuss löste sich. Und das nächste, das ich merkte, war der Baseballschläger auf meinem Hinterkopf.

???, ???
???

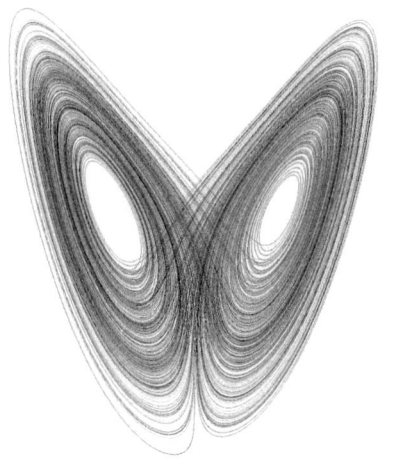

??. ??? ????

VIII

Aufgewacht. »Wer zur Hölle seid ihr Clowns? El Chapo und seine Möchtegern-Krieger?« Mein Gegenüber hatte ein südländisches Aussehen. Vielleicht hätte ich auf Mexiko getippt. Aber was wollte er von mir? »Nicht ganz, Ethan. Mein Name ist Pablo. Aber vielleicht sollte es dich eher interessieren, wer mein Boss ist.« Aus den Schatten des nur sperrlich beleuchteten Raums trat eine Gestalt in schwarzem Mantel, das Gesicht verdeckt von einer tiefen Kapuze. Es fiel mir schwer, ihn zu mustern. Seine ganze Statur war durch den langen Mantel versteckt. »Kennst du mich noch, Ethan?« Er nahm die Kapuze vom Gesicht und ich erschrak. Was hatte er hier verloren? Und was hatte *ich* hier verloren? Ich erkannte sein Gesicht sofort. *Dieser Dreckskerl.* »Das Problem des Underground ist, dass man niemals fliehen kann. Du hättest dich damals nicht auf mich einlassen sollen. Und erst recht hättest du mich nicht abziehen sollen, Ethan!« Seine flache Hand landete mit der Rückseite auf meiner Wange. Panisch versuchte ich, mich aus meinen Fesseln zu befreien – doch dadurch schnürte ich das Seil nur noch fester. Ich war ihm machtlos ausgesetzt. »Victor, du schlägst noch immer wie ein

Mädchen!«, pfauchte ich ihn an. Und schon wieder landete seine Hand in meinem Gesicht – dieses mal geballt zur Faust. Doch ich ließ mich nicht beeindrucken, sondern spuckte ihm lediglich das Blut ins Gesicht. »Na na, Ethan. Warum denn so ungezogen? Wir waren doch einmal Freunde?«

Es war schon lange her. Ich war zu jener Zeit in einem Auffanglager untergebracht. Es war gedacht für Jugendliche – ich war erst 16 Jahre alt – die keinen anderen Ort finden konnten, an dem sie wohnen könnten. Wenigstens was das angeht, hatte sich dieser Staat Gedanken gemacht. Aber was nicht funktionierte, war der Umgang unter den Insassen – wie ich sie nannte. Sie waren alle abhängig, vom härtesten Zeug, das ich in Lebtagen zu sehen vermochte. Heroin, Crystal Meth, Krokodil... es war alles dabei. Und mich hatten sie in ihren Bann gezogen – ich wurde einer von ihnen. Ich hatte es tatsächlich gewagt, sie meine Freunde zu nennen. Victor war einer von ihnen. Er war sozusagen ihr Boss. Sämtliche Drogen-Geschäfte regelte er. Doch so sehr ich auch versuchte, mich ihm und seinen Handlangern anzupassen: Im tiefsten Inneren war er mir stets zu wider. Als ich das Auffanglager verließ, beschloss ich also, eine offene Rechnung zu begleichen – eine Rechnung, die schon lange überfällig war. Ich hatte einen Deal mit ihm vereinbart; Er sollte mich um Punkt 12 Uhr nachts am Chicago Cloud Gate treffen. Doch er wusste natürlich nicht, dass dort die Polizei auf ihn wartete. Die Polizei. Das DEA. Das FBI. Ein riesiges Aufgebot. Und binnen weniger Sekunden wurde er abtransportiert.

»Wie bist du rausgekommen, Victor?«, fragte ich ihn mit einem leicht sarkastischen Unterton und wischte mein Kinn an der Schulter ab, damit nicht noch mehr Blut tropfte. »Aber Ethan... ich war doch nie wirklich drinnen! Meine Männer haben den Konvoi überfallen! Mensch, liest du denn keine Zeitung?« Mit jedem Wort, das er sprach, wurde ich wütender. Und die Bestie in mir war kurz davor, die Kontrolle zu übernehmen. »Also... ich werde dich töten. Freunde dich schon mal mit dem Gedanken an, während...« Er hielt kurz inne und begann unverschämt zu lächeln. »Während ich dich noch ein wenig foltere. Wir fangen klein an, ja?« Ich spuckte ihm mitten ins Gesicht – und schon kassierte ich den nächsten Schlag. Er zückte ein Sturmfeuerzeug und zündete es an. »Ich frage mich, ob du ohne Haare immer noch so ein verdammt hübsches Kerlchen bist, Ethan.« Er kam mir immer näher und ich konnte die Hitze der Flamme bereits spüren. Das war meine Chance.

Ich bewegte meinen Kopf zur Seite und hielt meine Handgelenke über die Flamme. Im Bruchteil einer Sekunde war die Fessel durchgebrannt und im nächsten Bruchteil der

Sekunde landete meine Faust in seinem Unterleib. Er sank in die Knie, während ich mich erhob und das Messer aus seinem Gürtelholster zog. Es landete direkt in Pablo's Brust, der nicht einmal schreien konnte, ehe er zu Boden sank und an Ort und Stelle starb. Mein Fuß landete von unten in Victor's Kehle, doch er schaffte es, meine Beine parallel vom Boden zu reißen. Ich fiel um, doch nichts desto trotz: Die Bestie war nun geweckt. Ich befand mich in einer Art übernatürlichem Zustand. Ich war meiner Umgebung nun im 360° Winkel bewusst – in allen drei Dimensionen. Ich spürte jede kleinste Erschütterung im Boden, hörte auch die leisesten Geräusche und schaffte es daher, mich zur Seite zu rollen, ehe er auf mich eintrat. In der nächsten Sekunde trat ich ihm – noch am Boden liegend – in sein freches Gesicht und führte noch in der selben Bewegung einen arkobatischen *Kip-Up* aus. Ich stand wieder. Und ich hatte die Oberhand. Doch was ich nicht hatte, war Zeit. Ich wusste, dass Victor's Leute schon bald hier ankommen würden. Doch ich wollte eine Botschaft senden; Also griff ich zum Feuerzeug, dass am Boden lag. Direkt neben Victor, der sich klagend hin und her welzte. Ich steckte ihn in Flammen. Und seine schmerzenden Schreie klingelten noch immer durch meine Ohren, selbst, als ich die Stahltür hinter mir zugeknallt hatte.

Aurora, Illinois
Vereinigte Staaten von Amerika

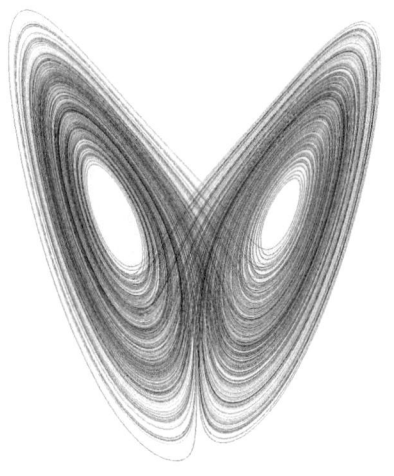

01. Oktober 2019

IX

Ich wusste schon, was kommen würde. Aber zu meiner Überrschung war es nicht Mrs. White, die es sagte. »Ethan, du hast gestern wohl verschlafen, hm?«, drang Juliet's zarte Stimme zu mir durch. »Sind wir jetzt schon beim *Du,* Prinzessin?« Sie senkte die Schultern herab und schüttelte enttäuscht den Kopf. Ihr Blick fiel abermals auf meine Gitarrentasche. Ich glaube, es gefiel ihr, dass ich ein Händchen für Musik hatte. »Also, wo warst du gestern? Betrunken unter der Brücke?«, fragte sie mich. Ich konnte an ihrem Tonfall hören, dass ich das nicht als Beleidigung aufnehmen durfte. Und irgendwie freute es mich sogar, dass sie sich überhaupt traute, mir gegenüber solche Bemerkungen auszusprechen. Sie schien keine Angst vor mir zu haben. »Ich wünschte, es wäre so einfach gewesen«, antwortete ich. »Aber das war es nicht, Kleines. Nichts im Leben ist je einfach.« Für einen Augenblick glaubte ich, in ihren Augen eine Art Bewunderung zu erkennen. Ich denke, sie wusste es zu schätzen, dass ich eine derartige Perspektive zum Leben hatte. Vielleicht sollte das heißen, sie hatte bereits ähnliche Sachen erlebt. »Mrs. White ist nicht da. David ist krank. Ich habe hier für den Rest der Woche das Sagen. Ob es dir passt oder

nicht. Du kannst dich fügen oder dem Gericht selber bescheid sagen, dass du deine Sozialstunden nicht abarbeiten wirst. In dem Fall, schick' mir doch 'ne Postkarte aus'm Knast, ja?«
Ich fühlte mich nicht provoziert.

Warum fühlte ich mich nicht provoziert?

Frauen zu schlagen lag selbst unter meinem Niveau. Aber es gab mehr als genug Situationen, in denen ich es mir gerne im Kopf ausmalte. Ihr Schädel auf der Kante eines Tisches, mein Knie in ihrem Bauch... ihr Blut an meinen Klamotten.

Aber dieses Mal war es nicht so.

Warum war es nicht so?

»Du bist ja genau so ein Arschloch wie ich, Juliet. Hmpf. Gefällt mir.« Ich zwinkerte ihr zu, doch sie rollte bloß die Augen im Kreis. »Worauf wartest du noch, Casanova? Ab in den Aufenthaltsraum und raus mit der Gitarre!« Ich musste lachen. Sie hatte Mut, die Kleine. Das ließ ich ihr. »Sonst was? Hetzt du mir sonst deine Senioren-Armee auf den Hals?« Sie kicherte. Und ich musste zugeben, schon lange nicht mehr so ein schönes Lächeln gesehen zu haben.

Hatte ich überhaupt jemals so ein schönes Lächeln gesehen?

Sie wischte sich kurz durch ihr junges Gesicht, nahm die Brille von der Nase und rieb durch ihre glänzenden, braunen Augen. Dann gähnte sie.

Und sie schien es gar nicht verstecken zu wollen. Ich glaube, sie war müde.

Hatte ich gerade die Emotion eines anderen Menschen lesen können? Empathie, was ist das?

»Na komm. Mir nach.« Sie zeigte in Richtung des Flurs, der vor uns lag und ging voraus – ich ging ihr hinterher.

Ich ging ihr hinterher? Ich folgte ihr? Als wäre ich ihr Sklave?

Ich musste etwas sagen. »Hey, äh, Juliet?« Sie blieb kurz stehen, wendete sich mir zu und wartete auf meine Worte. »Ich, äh. Ich habe mein Plektrum vergessen. Darf ich morgen wieder kommen?« Das war nicht unbedingt mein taktisch klügstes Manöver. Unter dem weit offenen Kragen meines Hemdes konnte sie eine Kette aus machen, an der ein Plektrum hing. Sie kam einen Schritt auf mich zu und fuhr mit ihrer Hand meinen Hals entlang, ehe sie den Verschluss der Kette löste. Ich ließ sie.

Warum ließ ich sie?

Erschrocken setzte ich einen Schritt zurück und sah sie mit großen Augen an. Ich wollte nicht berührt werden. Aber dennoch hatte ich es zugelassen. »Tut mir leid, ich wollte nicht...«, stotterte sie und senkte die Kette aus ihrer Hand, die sie mir kurz zuvor noch wörtlich unter die Nase hielt. Ich riss sie ihr aus den Fingern und ging weiter den Flur entlang. Schnell hatte sie mich eingeholt und ging wieder voraus. Ohne mich anzusehen sagte sie: »Also doch ein Arschloch, hm?« Ich grunzte kurz, warf ihr jedoch ebenfalls keinen Blick zu. »Was hast du erwartet? Einen Ritter in schimmernder Rüstung?« Ich öffnete ihr die Sicherheitstür, die vor uns lag.

Ich öffnete ihr die Tür?!

»Ethan... Wenn eine Rüstung schimmert und glänzt, hat sie noch nie einen Kampf gesehen. Ich weiß, dass es bei dir anders ist. Aber mit Respekt... damit hatte ich gerechnet.« Sie trat durch die Tür, legte hinter sich den Sicherheitshebel um und ging wieder voraus. »Du hast damit gerechnet? Oder du hattest es dir erhofft? Letzteres würde dich zu einer naiven Narrin machen. So sehe ich das.« Ehe sie antworten konnte, hatten wir den Aufenthaltsraum schon erreicht.

»Guten Morgen, meine Damen und Herren!«, sagte sie zu den Senioren, die uns nun alle ansahen. Zu meiner Überraschung sahen sie alle aus wie normale Leute. Ich konnte keine Rollstühle und keine Lebenserhaltungsgeräte ausmachen. »Das hier ist Ethan«, fuhr sie fort. »Ethan ist hier, um euch zu unterhalten. Er hat seine Gitarre dabei und wird für euch spielen, was auch immer ihr euch wünscht!« Ich sah sie verdutzt an und schüttelte den Kopf. »Soll das ein Witz sein? Schon mal drüber nachgedacht, dass man Helene Fischer nicht auf der Gitarre spielen kann? Ich komme aus dem Genre des Classic Rock!« Sie lachte. Und ich wendete meinen Blick nicht von ihr ab, obwohl sie sich wieder der Menge zuwandt. »Macht Ethan doch mal einen Vorschlag!« rief sie durch den Raum und während alle überlegten, kam sie mir einen Schritt näher und flüsterte etwas in mein Ohr: »Keine Sorge, Cobain. Hier gibt's ein paar Leute, dessen Musikgeschmack dir gefallen sollte.«

Cobain machte Grunge und keinen Classic Rock. Warum müssen die schönsten Mädchen bloß immer die dümmsten sein?

»Was die Leute hier angeht, Ethan... Sie haben Stil.« Die Art, wie sie das Wort »Stil« betonte, ging bis auf meine Knochen. Dieser ironische Unterton in ihrer sanften, zarten Stimme...

Reiß dich zusammen, Ethan!

»*Stairway to heaven!*« schallte es von einem der hintersten Tische zu mir durch. Ich riss die Augen auf, fing an zu grinsen und dachte, der alte Herr mache Witze. Einen verunsicherten Blick warf ich Juliet zu, die darauf hin erneut anfing zu lächeln. Sie zuckte mit den Schultern, nickte jedoch gleichzeitig. Ich griff mir einen Stuhl und setzte mich hin. Ich legte die Gitarrentasche auf meinen Schoß und öffnete den Reißverschluss.

Der ganze Raum starrte mich an. Diese Menschen waren mir unsympathisch. Ich wusste nicht, wieso eigentlich. »Ich wünsche euch viel Spaß! Hier ist, extra für euch, Ethan Widow mit *Stairway to Heaven!*«, sprach Juliet in lautem Ton, ehe sie in Richtung der Tür schritt. »Hey, äh, warte! Bleib bei mir«, rief ich ihr verunsichert hinterher. Ich runzelte mit der Stirn und hielt kurz inne. »Ich meine... Du willst mich doch nicht mit denen allein lassen, oder? Ich bin doch ein Krimineller!« Sie kam in langsamen Schritten zurück, griff sich einen Stuhl und schob ihn in die erste Reihe. »Ich stehe auf Led Zeppelin. Nur deshalb bleibe ich, klar? Und aus keinem anderen Grund«, sagte sie zu mir, ehe sie sich hinsetzte und gespannt zusah, wie ich mein Equipment weiter auspackte.

There's a lady who's sure
All that glitters is gold
And she's buying a stairway to heaven

Ich sah Juliet direkt in die Augen, als widme ich den Text ihr alleine.

When she gets there she knows
If the stores are all closed
With a word she can get what she came for

Wort für Wort drang es aus mir raus. Ich schloss die Augen, um mehr Emotion in meinen Gesang stecken zu können.

There's a sign on the wall
But she wants to be sure
'Cause sometimes words have two meanings

...denn manchmal haben Worte zwei Bedeutungen. Was für einen passenden Text dieses Lied doch hatte. Wie meinte sie das alles bloß, was sie da sagte? Und wie meinte ich bloß, was ich da sagte?

In a tree by the brook
There's a songbird who sings
Sometimes all of our thoughts are misgiving

...da ist ein Singvogel, der singt... Das sollte ich dann wohl sein. Ich sang den Text, spielte die Melodie, doch gleichzeitig war ich gänzlich in Gedanken.

And a new day will dawn
For those who stand long
And the forests will echo with laughter

Also nur, wer lange durchhält... nur für den würde ein neuer Tag anbrechen. Und nur für den würden sich die Wälder mit Gelächter füllen.

Yes, there are two paths you can go by
But in the long run
There's still time to change the road you're on

Ich glaube, von allen Zeilen im ganzen Lied, waren dies diejenigen, die ich mit der meisten Emotion singen konnte. Es gäbe zwei Pfade, die ich beschreiten könne... aber im Endeffekt ist immer noch Zeit, eine andere Straße zu wählen. Ich öffnete die Augen und freute mich, Juliet lächeln zu sehen. Und nicht nur sie; Der ganze Raum wippte im Takt hin und her. Überall diese lächelnden Gesichter, erfüllt von Freude. Doch es war Juliet, die mich in jenem Moment am meisten fesselte...

...and she's buying a stairway to heaven.

Cook County Forest, Illinois
Vereinigte Staaten von Amerika

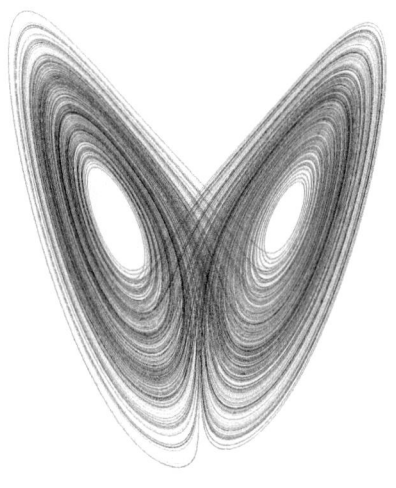

02. Oktober 2019

X

»Bobby, es tut mir leid. Ich hätte nicht so...« Er fiel mir ins Wort: »Ethan, wie bitte? Was geht denn mit dir ab? Es tut dir leid? Sowas habe ich aus deinem Mund ja noch nie gehört!« Er grinste. Nicht in einer verhöhnenden Art, sondern viel eher in einer erstaunten. »Es ist schon okay. Ich hätte nicht so sehr in deiner Vergangenheit rumwühlen sollen. *Mir* tut es leid«, fuhr er fort. »Also... genug davon. Was gibt es neues?« Wie beim letzten Mal bot ich ihm eine Flasche Bier an. Und wie beim letzten mal akzeptierte er sie gerne. »Ich wurde angegriffen. Von jemandem aus meiner Vergangenheit.« Bobby blickte gespannt drein. Er wollte mehr hören, aber etwas hielt ihn davon ab, mir das mitzuteilen. »Ich würde dir gerne einen Vorschlag machen: Ich möchte mehr über deine Vergangenheit hören. Früher oder später würden wir dann auch zu dem Angriff kommen, richtig? Aber ich möchte dich nicht überfordern...« Er brach mitten im Satz ab und ich wartete darauf, dass er seinen erwähnten Vorschlag präsentieren würde. Doch vorher nahm er noch einen großen Schluck aus seiner Flasche – und ich tat es ihm gleich. »Ich würde gerne ganz vorne anfangen. Erzähle mir alles, was es über dich und deine Krankheit zu wissen gibt. Wichtig ist nur, dass du ganz vorne anfängst. Dann wird es aus psychologischer Sicht nicht so aufwühlend sein. Was hälst du davon?« Ich brauchte einen Augenblick um zu überlegen und zündete mir eine Zigarette an. Was sollte ich anderes tun, als ihm zuzustimmen? Das Gericht hatte mich dazu verdonnert, die Gespräche mit ihm ausharren zu müssen. Außerdem hatte ich es ihm zu verdanken, dass ich jetzt ein Zuhause hatte. Also war ich es ihm vielleicht schuldig. »Okay, ich bin einverstanden. Wann fangen wir an?« Er nahm einen weiteren Schluck aus seiner Flasche und grinste mich dann nur noch an, ehe er antwortete: »Schieß los, Ethan. Ich habe Zeit.«

Baesweiler, Nordrhein-Westfalen
Deutschland

24. Dezember 2005

Es war Weihnachten. Die ganze Familie war beieinander. Mein Onkel Mike wohnte zu jener Zeit auf einem Bauernhofsgrundstück. Die Halle für die Traktoren war umgebaut zum Festsaal. Es war nur kurz nachdem meine Diagnose gestellt wurde. Die ganze Familie war mir gegenüber also etwas distanziert. Kaum einer wusste mit mir umzugehen. Ich stand einfach nur bei den anderen und hörte ihren Gesprächen zu, anstatt mich selbst daran zu beteiligen.

»Es freut uns, dass du einen neuen Lebensgefährten gefunden hast, Kristie. Es liegt uns immer noch auf den Knochen, dass Coral so früh gehen musste.«

Ich wusste nicht einmal, wer da eigentlich sprach. Es war so laut, dass ich die Stimmen nicht ausmachen konnte. Überall Gespräche in dieser großen, lauten Halle. Aber ich wusste, dass es um meinen verstorbenen Großvater ging – und darum, dass meine Großmutter jemand neuen fand. Ich konnte nicht mitreden.

»Danke«, entgegnete meine Oma Kristie und das Gespräch verstummte in einer unangenehmen Stille. Ich zog am Ärmel meiner Mutter Bee und sie fragte, was los sei. Doch ich antwortete nicht. Sie und mein Vater Franklin beschlossen, mich kurz vor die Tür zu führen. Sie wussten, dass etwas nicht stimmte.

»Mama? Was ist denn mit Opa Coral passiert?«, fragte ich in der selben Sekunde, in der wir die Füße vor die Tür der großen Halle setzten. Es schneite. Für ein Kind sollte weiße Weihnacht das schönste Ereignis des Jahres sein – nicht jedoch für mich. Mir war es gänzlich egal. Mir war gänzlich egal, dass es schneite, dass es stürmte und, dass es eiskalt war. »Ethan, du warst damals einfach zu jung, um es zu verstehen«, erklärte Franklin. Er warf Bee einen kurzen, fragenden Blick zu. Sie nickte. »Aber jetzt bist du schon sieben Jahre alt. Du darfst es erfahren.«

Ich weiß nicht, was sie sich davon versprachen, es mir zu erklären. Das Vitek-Syndrom in mir verbot es, Gefühle zuzulassen. Man sagte, die Krankheit mache einen Menschen kalt. Man sagte, *ich* sei kalt. Wie sollte man so jemandem bloß erklären, was der Tod bedeutet?

»Es gibt da eine Krankheit, Ethan. Es nennt sich Lungenkrebs. Wenn Menschen ein ungesundes Leben führen oder viel rauchen, dann lagern sich bestimmte Schadstoffe in der Lunge ab und es bildet sich etwas, das Ärzte einen Tumor nennen.«

Ich hörte wie gebannt zu. Aufgrund meiner Hochbegabung verstand ich jedes Wort dieses eigentlich so heiklen Themas – und das mit nur sieben Jahren. Ich lauschte den Worten meiner

Eltern und wartete darauf, dass sie fortfuhren. »Dein Opa hatte diese Krankheit.«

»Ist das eine Krankheit wie meine? War Opa Coral auch... anders?«

Franklin senkte den Kopf. Er wusste, wie schwer es Bee fiel, mir das alles zu erklären. Aber ich? Ich konnte es nicht sehen. Ich konnte nicht verarbeiten, was die Tränen auf ihren Wangen zu bedeuten hatten. Das Vitek-Syndrom stand in meinem Weg.

»Nein, Ethan. Lungenkrebs ist in den meisten Fällen tödlich. Ein Tumor ist ein extremer Wachstum des Gewebes. Du kannst es dir vorstellen wie einen Ball. Der Ball wächst und wächst und wächst. Und irgendwann verstopfte er die Lunge deines Opas.«

Sie wollten mir nicht ins Gesicht sehen. Beide nicht. Aber dann passierte etwas, das ihre Aufmerksamkeit erregte.

»Deshalb ist dein Opa... er ist einfach eingeschlafen. Der Ball in seiner Lunge wurde zu groß. Und das bedeutet, dass dein Opa nie wieder kommen wird...«

Ich begann zu weinen. Bee beugte sich zu mir runter. Sie bemerkte als erste, was los war. Doch Franklin folgte ihr so gleich. Sie griffen erst gar nicht nach einem Taschentuch. Stattdessen schlugen sie die Hände vor ihre Münder. Sie konnten nicht fassen, was da gerade passierte. »Franklin, ich dachte...«, fing Bee an zu reden, wurde jedoch unterbrochen: »Ja, ich weiß. Das dachte ich auch«, ergänzte Franklin.

Für sie war es ein Wunder. Ich hatte Emotionen gezeigt, obwohl mein Krankheitsbild sagte, das sei mir nicht möglich.

Dieser Tag änderte viel. Ich hatte immer noch meine Krankheit und inzwischen hatten meine Eltern das akzeptieren können. Aber an jenem Tag lernten sie dazu, dass auch Autisten nur Menschen sind – und keineswegs die distanzierten Inselbewohner, als die man uns oftmals betrachtet.

Denn kaum einer versteht: Niemand strandet freiwillig auf einer Insel. Und jeder Gestrandete würde alles dafür geben, noch ein einziges Mal die Liebe eines anderen Menschen spüren zu dürfen.

Cook County Forest, Illinois
Vereinigte Staaten von Amerika

02. Oktober 2019

»Ethan, das ist, äh...« Bobby fehlten die Worte. »Ich habe nie geglaubt, dass du durch deine Krankheit seltsam bist. Und ja, vielleicht bist du anders. Aber warum sollte jemals irgendwer denken, das wäre etwas schlechtes?«, fragte er mich. Ich öffnete die nächste Flasche Bier und reichte ihm mein Feuerzeug, damit er es mir nachmachen konnte. »Ich selber habe das anfänglich nie gedacht, Bobby. Aber es waren die anderen, die es mir eingeredet haben. Die anderen Kinder in der Schule. Die Erwachsenen. Die Ärzte. Und vor allem die Medien.« Es gibt eine gesellschaftliche Norm. Und wer nicht dieser Norm entspricht, wird als **anders** abgestempelt. Oder gar als **verrückt**. An jenem Tag wurde mir klar, dass Bobby mir zustimmen würde. »Ich verstehe, Ethan...« Er atmete tief durch. »Ich brauche einen Moment, um das alles zu verarbeiten. Ich bin vielleicht Therapeut, aber ich bin auch ein Mensch... was gibt es sonst neues in deinem Leben? Hast du mal über meinen Rat bezüglich der Frauen nachgedacht?« Ich musste kämpfen, um mir ein Lächeln zu verkneifen – denn ich wusste, er hätte es auslesen können. Und das wollte ich nicht. »Nachgedacht? Ja, das schon. Aber ich weiß nicht. Ich lasse das Thema einfach auf mich zu kommen, anstatt danach zu suchen.« Er nickte zustimmend, musste jedoch schmunzeln. Konnte er es mir ansehen?

Aurora, Illinois
Vereinigte Staaten von Amerika

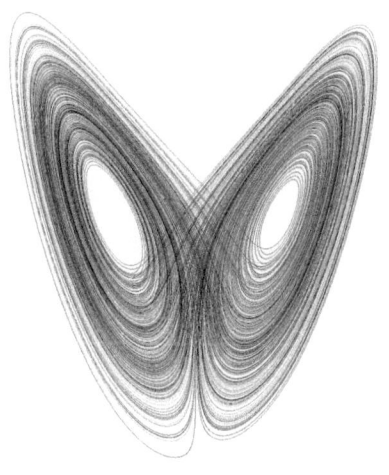

03. Oktober 2019

XI

Sie war diejenige, die mir die Tür öffnete. Hatte sie sich nach mir gesehnt? »Hey, ich bin Ethan. Freut mich, dich kennenzulernen. Ich bin 21 Jahre alt, stehe auf Classic Rock und Punk und manchmal bin ich ein Arschloch.« Juliet kicherte und sah mir danach mit ihrem schönsten Lächeln ins Gesicht. »Ethan, ich glaube, hier im Seniorenheim bist du richtig. Du hast scheinbar Alzheimer!«, lachte sie und ergänzte nur einen Atemzug später: »Wir kennen uns doch schon!« Ich glaube, sie hatte schon verstanden, dass ich nur einen Witz machen wollte. Und ich glaube ebenfalls, dass ihr mein Humor gefiel.

Humor?!

»Ja, wir kennen uns bereits, Juliet. Aber wir haben uns nie einander vorgestellt, oder? Nicht, dass du noch einen falschen Eindruck von mir erhälst! Nachher denkst du noch, ich wäre nett oder so etwas!« Sie lächelte mich weiter an und geleitete mich herein. »Ich bin Juliet, 22 Jahre alt und bewundere dein Charisma.«

Charisma?!

»...und ich finde sehr wohl, dass du nett bist. Du zeigst es nur nicht gerne, das ist alles.«

Nett?!

»Denke was du denken willst, Kleines. Also, was steht heute auf dem Plan?« Sie hatte bereits Tempo aufgebaut, um zum Aufenthaltsraum zu gelangen. War ich zu spät gekommen? Wollte sie mich dort schnell abschieben? Oder wollte sie mich lediglich singen hören? »Ich glaube, es wird dir gefallen. Vorausgesetzt, du könntest dich einem solchen Klassiker annehmen.« Ich war gespannt, also ging auch ich einen Schritt schneller. Zu meinem Überraschen applaudierte die Versammlung der Senioren, als ich den Raum betrat. Es war ein langsames, gelassenes Klatschen. Aber keineswegs leise oder bescheiden. »Mrs. Aberfield hat sich für heute einen Song gewünscht. Mrs. Aberfield, möchten Sie Ethan davon erzählen?« Ich setzte mich auf meinen Stuhl und packte die Gitarre aus. Ich beachtete die Frau dabei durchaus – jedoch nur, weil Juliet dabei war. »Mein Mann hat es immer für mich gespielt«, fing sie an zu erzählen. »Er hatte im Krieg ein Bein verloren, daher war ich diejenige im Haushalt, die arbeiten gehen musste. Aber jeden Abend, wenn ich nachhause kam, saß er schon im Wohnzimmer und begann, unser Lied zu klimpern.« Ich lächelte sie an, in der Hoffnung, Juliet würde diese positive Geste meinerseits sehen können. Ich weiß nicht, ob sie es tat. »Lassen Sie mich sagen, Ethan, mein Mann konnte zwar nicht mehr laufen, aber seine Hände... und seine Stimme... die funktionierten besser als je zuvor. Seitdem wünsche ich jeder Frau einen Musiker zum Mann.« Ich nickte ihr zu. Und ich blickte instinktiv zu Juliet, die jedoch weiterhin auf Mrs. Aberfield fixiert war. »Wann immer ich nachhause kam, da fühlte ich mich wie in einem 5-Sterne-Hotel, wissen Sie? Und es hatte einen Namen, dieses Hotel!« Mehr musste sie nicht sagen. Ich hatte verstanden, um welches Lied es ging. Und es freute mich unglaublich, wie sehr Juliet davon begeistert war. Ich begann zu spielen...

On a dark desert highway, cool wind in my hair
Warm smell of colitas, rising up through the air
Up ahead in the distance, I saw shimmering light
My head grew heavy and my sight grew dim
I had to stop for the night

So war es also, dieses Hotel. Ich schloss meine Augen und stellte mir vor, ich wäre dort.

There she stood in the doorway
I heard the mission bell
And I was thinking to myself

'This could be heaven or this could be Hell'
Then she lit up a candle and showed me the way

Dieser Teil erinnerte mich an das erste Mal, als ich hier war. Als ich diese Menge das erste Mal mit meiner Musik begeistern durfte. Denn Juliet stand im Türrahmen und zeigte mir den Weg... und ich dachte mir bloß, dies könnte der Himmel oder die Hölle sein.

Welcome to the Hotel California
Such a lovely place
Such a lovely face
Plenty of room at the Hotel California
Any time of year you can find it here

Diesen Teil fingen alle an mitzusingen. Jeder kannte den Refrain zu »Hotel California« von den Eagles. Und jeder liebte es.

Mirrors on the ceiling,
The pink champagne on ice
And she said, we are all just prisoners here,
of our own device.

Wie viel Wahrheit doch in diesem Satz steckte... wir waren alle bloß unsere eigenen Gefangenen.

And in the master's chambers
They gathered for the feast
They stab it with their steely knives

Kaum einer weiß, dass *Hotel California* eigentlich eine sehr dunkle Bedeutung hat. Und dass die Menschen, die im Hotel wohnen, es niemals verlassen dürfen. Und...

...they just can't kill the beast

Denn das konnte auch ich nie. Wann finde ich endlich jemanden, der es kann?

Cook County Forest, Illinois
Vereinigte Staaten von Amerika

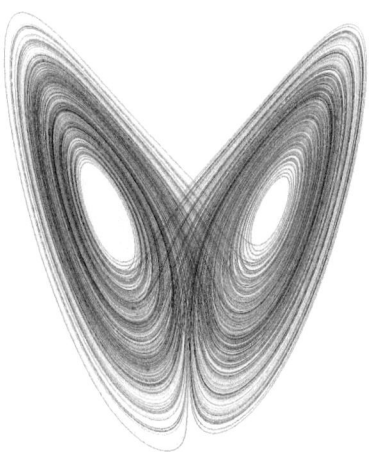

05. Oktober 2019

XII

»Hier wohnst du also, ja? Ist ja ganz schön... *old-school!*« Sie meinte es nicht böse. Aber ob es ihr gefiel? Das war eine andere Sache. Sie schaute sich eine ganze Zeit lang um. Auf den Regalen, in den Zimmern, durch die Fenster. »Wem gehört der '93er Del Sol da draußen? Deinem Vermieter?« Diese Aussage meinte sie tatsächlich ernst, dessen war ich mir bewusst. Aber Lachen musste ich nichts desto trotz. »Nein, das ist meiner. Gefällt er dir wenigstens?« Sie riss die Augen begeistert auf und schaute mich ungläubig an. Ich zückte den Schlüssel aus meiner Hosentasche mit dem goldenen Honda-Logo in der Mitte. Sie war erstaunt. »Wie kannst du dir denn so ein Auto leisten?«, fragte sie. Mein Blick senkte sich dem Boden empor und ich ging vor die Tür, ohne ein Wort zu sagen. Doch sie folgte mir und legte eine Hand auf meine Schulter. Ich hielt sie nicht davon ab. »Das Erbe meiner Eltern«, erklärte ich. Sie streichelte mir den Rücken herunter und senkte ebenfalls den Kopf. »Tut mir leid, das wusste ich nicht«, entschuldigte sie sich und fuhr sogleich fort: »Ethan, vielleicht ist es ja etwas positives. Deine Eltern sind wenigstens nicht umsonst gestorben, oder? Immerhin hast du jetzt so ein schönes Auto!« Ich ging einige Meter vom Haus weg und signalisierte ihr, sie solle mir folgen. Wir waren allein. Nur sie und ich, allein im Cook County Forest. Es überraschte mich sehr, dass sie sich traute, mir zu folgen – und noch viel mehr freute es mich. Ich setzte mich auf einen alten Baumstumpf, den ich nur wenige Stunden zuvor niedergehackt hatte. Sie tat es mir gleich. »Ihr Tod war nicht umsonst, nein. Aber sie hatten es einfach nicht verdient. Ich... Juliet, ich war Schuld daran.« Sie beugte sich zu mir vor, anstatt sich von mir zu entfernen. »Wie meinst du das?«, fragte sie. Ich hatte nie gerne über das Thema geredet. Nicht einmal Bobby Short konnte mich dazu bringen, den Mund darüber zu öffnen. Aber Juliet war ich nun eine Erklärung schuldig. »Ich habe mir schon in meiner Jugend viele Feinde gemacht, verstehst du? Juliet, ich bin nicht unbedingt das, was die Gesellschaft als guten Menschen bezeichnen würde.« Sie legte eine Hand auf mein Knie und streichelte mit ihrem Daumen darüber. »Ich bin aber nicht die Gesellschaft, Ethan. Und ich glaube, Schuld trifft einen Menschen nur dann, wenn er etwas bewusst tut. Und niemand würde bewusst seine Eltern töten. Daher glaube ich auch nicht, dass du es Schuld bist, weißt du?« Ich legte meine Hand auf ihre. Ich konnte mir nicht erklären, was da gerade in mir vorging. Zuvor war meine Stimmungslage immer sehr linear: Entweder, es war mein Kopf, der über meine Taten entschied... oder aber, es war die Bestie in mir. Doch in jenem Moment war es das, was die meisten Menschen als »Herz« bezeichnen würden, das über mich waltete. »Juliet, der Mensch braucht immer einen Schuldigen. Egal für was. Hast du Geschwister?« Sie wusste nicht wirklich, worauf ich hinaus wollte. Aber sie nickte dennoch und streichelte parallel weiter über mein Knie. »Naja... ich auch. Ich habe einen kleinen Bruder. Joey. Er ist letzte Woche neunzehn geworden. Als wir noch Kinder waren... ich erinnere mich an einen Tag, da ging unser Fernseher kaputt. Ein altes Röhrenteil. Das 21. Jahrhundert hatte gerade erst begonnen und Flat-Screens waren der Welt fremd. Aber aus irgendeinem Grund ging diese alte Kiste plötzlich aus, während Joey und ich gerade einen Film schauten. Wir riefen also unseren Vater – ein Mann, der mit Technik sehr versiert war, glaube mir – und selbst er konnte keinen Fehler feststellen. Er fragte uns bloß, was wir angestellt hatten. Warum, Juliet? Einfach, weil er einen Schuldigen brauchte, um das Thema abhaken zu können. Noch in der selben Woche kauften wir einen neuen Fernseher. Aber zuerst musste mein Vater damit abschließen können, dass der alte kaputt war. Und dafür brauchte er einen Schuldigen... wie meinen Bruder und mich.« Juliet schmunzelte leicht. Es gefiel ihr, mir zuzuhören. Und ich hatte gar nicht bemerkt, wie sehr ich mich ihr gerade öffnete. Dass ich aus meiner Vergangenheit berichtete, ohne dabei durchzudrehen. »Ja, solche Situationen hatte auch ich abermals. Meine Zwillingsschwester Judy. Sie und ich waren eigentlich immer Kinder aus dem Lehrbuch, aber... aber manchmal mussten auch wir ein bisschen Scheiße machen«, erzählte sie nun aus ihrem Leben. Diese Art, wie sie das Wort »Scheiße« sagte... als wäre es ihr peinlich. Als würde sie sich dafür schämen. Mir persönlich waren Schimpfwörter nie fremd. Mein Vater hatte sie täglich benutzt. Und sein Vater vor ihm. Und sein Vater vor ihm. Und sein Vater vor ihm. So funktionierte das für mich nunmal, ich war so aufgewachsen. Aber Juliet war so nett. So brav. So... lieb. »Wo ist dein Bruder jetzt?«, fragte sie, nachdem sie merkte, dass ich nicht mehr antwortete. Ich schluchzte kurz und kratzte mich am Kopf. »Er hat den Tod unserer Eltern etwas anders verkraftet als ich. Ich, äh...« Ich schwieg für einen kurzen Augenblick. Sie senkte ihren Kopf, um mein Gesicht besser sehen zu können. »Ich bin damals zurück in die Underground-Szene geraten, in der ich früher schon einmal war. Ich begann erneut mit Drogen, Alkohol und Verbrechen. Aber mein Bruder? Er begann zu studieren. Er wollte unsere Eltern um jeden Preis stolz machen. Ich hatte dieses Talent nie. Selbst, als sie noch lebten. Ich war immer die Enttäuschung in der Familie.« Sie stand auf und gestikulierte, ich solle auf meinem Baumstumpf etwas rüber rutschen. Sie setzte sich neben mich, ohne zu fragen. »Familie ist ein kompliziertes

Thema, Ethan. Aber das bedeutet bloß, dass es ein wichtiges Thema ist«, erzählte sie und legte ihre Hand erneut auf meinen Oberschenkel. Sie fuhr leicht unter meine Bermuda und liebkoste meine Haut mit ihren Fingern. Es hätte eine stockdustere Nacht sein müssen... wäre da nicht dieses wunderschöne Mondlicht, das ihr Gesicht erleuchtete. »Ich vermisse Joey, weißt du? Ich war nie ein guter Bruder. Nicht eine Sekunde lang. Es überrascht mich nicht, dass er sich nie meldet. Selbst als ich ihn letzte Woche anrufen wollte, um ihm zum Geburtstag zu gratulieren... er hat den Anruf weggedrückt.« Ich schluchzte. Juliet bemerkte, wie weh mir das alles tat. Aber sie redete weiter auf mich ein. Sie wollte mehr über mich und meine Vergangenheit wissen. »Wieso glaubst du, ein schlechter Bruder zu sein? Erzähl' mir doch einfach mal von der Situation, von der du glaubst, da seiest du am schlimmsten zu ihm gewesen. Wie schlimm kann das schon sein? Hast du sein Lieblings-Spielzeug kaputt gemacht?« Sie kicherte vorsichtig. Ein richtiges Lachen konnte ihr nicht entfliehen, denn sie hatte Angst, ein so heikles Thema ins Lächerliche zu ziehen. Sie hatte Angst, mich zu verletzen. »Möchtest du das wirklich hören?«, fragte ich sie. Und sie nickte.

Loverich, Nordrhein-Westfalen
Deutschland

27. Juni 2010

Ich war zwölf Jahre alt. Joey war erst neun. Wir hatten damals einen Wintergarten; Einen überdachten Raum, gleich hinter der Küche, den wir im Sommer – es war Juni – als Wohnzimmer nutzten. Doch Joey und ich nutzten ihn auch gerne mal als Turnhalle. »Na los, wir nehmen meinen Ball!«, freute er sich und griff zum Sack, in dem all unsere Fußbälle verstaut waren. »Joey, das ist aber mein Ball! Und den nehmen wir nicht!«, pfauchte ich ihn an, nachdem er einen Ball aus dem Sack kramte. Er guckte mich verdutzt an. »Nein, Ethan! Das ist meiner! Und ich will jetzt damit spielen!« Ich weiß bis heute nicht, wessen Ball es tatsächlich war. Nach wie vor denke ich, es war meiner. Aber Joey wäre wohl auch heute noch anderer Meinung, wenn ich ihn darauf ansprechen würde. »Leg meinen Ball weg, kleiner Pisser!«, brüllte ich ihn an. Unser Vater arbeitete im Garten. Er pflog die Beete um, während unsere Mutter mit ihren Freundinnen unterwegs war. »Nein! Das ist mein Ball, Ethan! Ich will jetzt damit spielen, weil das mein Ball ist!« Es dauerte nicht lange, da schlug ich ihm den Ball aus der Hand. Und der nächste Schlag landete auf seiner Brust. Noch bevor er zu Boden ging, rief er bereits nach unserem Vater, der herein gesprintet kam. »Ethan, warum tust du immer deinem Bruder weh? Halt dich von ihm fern!« Aber ich hörte nicht. Ich ging nur weiter auf ihn los. Versuchte, ihn zu schlagen. Zu treten. Alles. Unser Vater hielt uns auseinander und beschloss in aller Panik, Joey in das Eltern-Schlafzimmer zu bringen, wo er fernsehen konnte. Den Schlüssel drehte er von innen rum. Mein Vater ging wieder in Richtung des Gartens und kam an mir vorbei, als ich gerade die Bälle wieder zusammenpackte. »Halte dich gefälligst von deinem Bruder fern, du Monster! Du bist ein Nichtsnutz! *Du* bist der Grund, warum diese Familie nie Besuch kriegt!«, schrie er mich an. Ich konnte diesen letzten Satz bis heute nie vergessen... denn er entsprach der Wahrheit. Ich bin kein Mensch, der von allen gemocht wird. Ich bin eher das Arschloch, dass allen weh tut, die ihn nicht mögen. Aber das wollte ich nie sein. Doch in jenem Moment war die Bestie in mir an der Macht. Sie führte meinen Körper die Treppe hoch, zum Schlafzimmer meiner Eltern, wo Joey sich in Sicherheit wägte. Ich versuchte, die Türklinke herunter zu drücken. Doch schnell bemerkte ich, dass abgeschlossen war. Ich entfernte mich einen Schritt von der Tür und holte aus; Mit aller Kraft trat ich das Schloss ein und die Tür sprang auf. Joey sah mir direkt in die Augen. Und er sah nicht mehr Ethan Widow... er sah nur noch die Bestie. »Ethan, bitte! Bitte tu mir nicht weh! Ethan ich hab dich lieb!« Sein kläglicher Versuch, zum guten Menschen in mir durchzudringen, scheiterte. Ich schritt weiter auf ihn zu und brüllte ihn an. Er weinte. Er weinte schlimmer, als ich ihn je zuvor habe weinen gesehen. Doch dann sah ich etwas, das die Bestie in mir stilllegte. Im Bruchteil einer Sekunde war ich wieder ich selbst. Und ich rannte davon. Was ich in diesem Moment gesehen hatte, sollte mein Leben für alle Zeit verändern. Es war Angst. Es war pure Furcht, die in Joey's Augen lag.

Bis heute habe ich noch nie eine größere Angst in den Augen eines Menschen gesehen. Und ich war daran Schuld.

Cook County Forest, Illinois
Vereinigte Staaten von Amerika

05. Oktober 2019

»Ich liebe Joey. Ich liebe ihn so sehr. Ich glaube, ich habe ihn schon als Kind mehr geliebt als meine Eltern. Und um alles in der Welt wollte ich ihn beschützen, vor allen Hürden, die das Leben offenbarte. Aber wie, Juliet, sollte ich ihn bloß vor mir selbst beschützen?« Sie legte ihren Arm um mich und ihren Kopf auf meine Schulter. Trotz allem, was ich gerade erst erzählte, schien sie mich keineswegs für die Bestie zu halten, die ich eigentlich war. »Ethan, vielleicht solltest du aufhören, immer nur das Negative zu sehen. Ich bin sicher, es gibt viele Situationen, in denen du für deinen Bruder da warst wie ein bester Freund. Wie ein großer Bruder nunmal.« Ich wusste nicht, ob ich nicken oder den Kopf schütteln sollte. Nicht einmal eine Wimper rührte ich.

Was war gerade eigentlich passiert? Ich hatte ihr aus meiner Vergangenheit berichtet, ohne dabei die Kontrolle zu verlieren. Das heikelste Thema, das es für mich gibt, habe ich ihr soeben offenbart. Bobby hatte ich an selbiger Stelle angegriffen. Warum nicht sie?

Das eigentlich so grelle, blendende Mondlicht wurde durch die Bäume in einen angenehmen Farbton gefiltert. Es schien in ihr wunderschönes Gesicht. Ja... ich war inzwischen so weit, sie *wunderschön* zu nennen. Ich fuhr mit meiner Hand durch ihr Haar und sah ihr tief in die Augen. »Juliet, ich bewundere dich. Selbst in den schlimmsten Situationen kannst du immer noch positiv und optimistisch bleiben. Wie machst du das nur?« Sie lächelte mich an, als wollte sie versuchen, mich aufzumuntern. Als wollte sie versuchen, mir etwas von ihrem Optimismus einzubrennen. »Ich finde dich toll«, sagte sie. »Ich finde dich unheimlich toll, Ethan. Ich weiß, dass du kein Ritter in schimmender Rüstung bist, wie du es nanntest. Aber ich finde dich trotzdem toll. Also wieso strebst du nach Perfektion, wenn das Leben auch *so* funktioniert?«

Ich kannte keine Antwort.

Naperville, Illinois
Vereinigte Staaten von Amerika

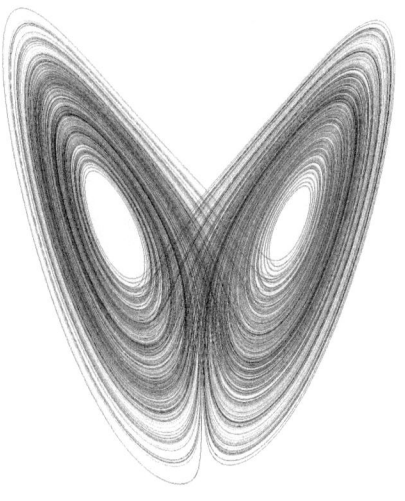

07. Oktober 2019

XIII

»Danke, Ethan, dass du heute nach hier kommen konntest. Ich hätte ja auch gerne deine alte Holzhütte besucht, aber meine Termine...« Ich lächelte Bobby an und sagte ihm, es sei okay. Und das meinte ich auch so. »Mensch, na du bist ja heute gut aufgelegt!«, sagte er zu mir und ich grinste ihm wortlos entgegen. »Warte eine Sekunde, Ethan... es geht um eine Frau, richtig?« Mein Grinsen verbreiterte sich. Ich konnte Juliet wirklich gut leiden. Wir hatten uns zwar noch nicht geküsst oder dergleichen, aber ich war mir trotzdem sicher, dass sie meine Gefühle erwiderte. Ich war lediglich noch nicht weit genug, Bobby davon zu erzählen. »Wollten wir heute nicht weiter in meiner Vergangenheit herum schaufeln?« Er fing lauthals an zu lachen. Dass ich das Thema vermied, bestätigte für ihn umso mehr, wie recht er hatte. »Natürlich, Ethan. Also... wo geht es weiter? Wir waren stehen geblieben am Weihnachtsabend 2005. Was passierte als nächstes?« Es freute mich, dass er sich noch so gut an unser letztes Gespräch erinnerte – obwohl ich beim vorletzten Mal ein Arsch zu ihm war. Doch Juliet sagte mir, ich solle mich nicht von meiner schlechten Seite beeinflussen lassen. Also fing ich an, zu erzählen.

Aachen, Nordrhein-Westfalen
Deutschland

18. September 2010

Das war vermutlich einer meiner schlimmsten Aussetzer. Die Bestie war an diesem Tag stärker als je zuvor... und sie war *noch* wütender.

Sportunterricht. 6. Klasse. Völkerball.

»Ethan, was sollte das? Hast du gerade absichtlich daneben geworfen, oder bist du einfach nur so schlecht?«, kratzte die Stimme dieses Idioten durch mein Trommelfell. »Fick dich, Lucky! Fick dich!« Es schien ihn nicht großartig zu kümmern, dass ich gerade beleidigte. Also versuchte ich es erst gar nicht weiter.

»Für heute ist Schluss, Jungs!«, rief der Sportlehrer quer durch die Halle. Ich ging in Richtung der Umkleidekabinen. Ich werde nie vergessen, wie diese Sporthalle aussah. Wie sie gerochen hat. Wie sich der Boden anfühlte, auf dem wir herum rannten, sprangen und turnten. Ich werde nie vergessen, was dieser eine Tag – diese paar Minuten – in mir auslösten und veränderten. Ich war als einer der ersten in der großen Umkleidekabine. Lucky kam erst später nach. »Was sollte der Scheiß, Ethan?«, brüllte er mir entgegen. »Du bist so eine Pussy! Du hast absichtlich daneben geworfen! Und du hast dich absichtlich treffen lassen!« Er warf mir noch weitere Schimpfworte an den Kopf, doch ich vernahm sie nicht einmal wirklich. »Lucky, geh mir verdammt nochmal aus dem Weg, sonst stopf ich dir deine krummen Zähne in deinen verlogenen Hals, du hässlicher Wichser!« Es war mir in jenem Moment egal, ob ihn meine Worte verletzten. Ich *wollte* ihn verletzen. »Lucky, lass es einfach sein«, rief Mario dazwischen. Er war damals mein bester Freund. Einer der wenigen Freunde, die ich je hatte. Und er war immer für mich da, sogar in einer solchen Situation. »Du bist einfach ein Vollidiot, Ethan! Und hau mich ruhig, wenn du möchtest!«, wendete Lucky sich wieder mir zu. Mario missachtete er einfach. Ebenso wie meine Warnungen. »Lucky, noch ein einziges Wort und ich schlag dir die Augen aus der Fresse!« Für einen kurzen Augenblick war Ruhe. Mario sah mich an und hielt mich am Arm. Nicht etwa, um mich von ihm fernzuhalten. Sondern um mich zu beruhigen. Vergebens. »Ethan, du bist einfach...«, fing Lucky an zu reden. Und die Bestie übernahm die Kontrolle. »Jetzt hast du verkackt, Lucky, du dreckiger Hurensohn!« Ich riss mich aus Mario's Griff los und schritt auf Lucky zu. Zuerst landete meine Faust in seinem Gesicht. Erst Tage später erfuhr ich, dass ich ihm in jenem Moment einen Zahn ausschlug. Ich boxte auf ihn ein, so feste ich konnte. Auch meine Knie und Füße taten ihre Arbeit. So lange, bis Lucky heulend am Boden lag.

Die anderen Schüler hatten derweil den Sportlehrer gerufen, der mich von Lucky wegzerrte und in den Geräteraum einschloss. Dort war ich für niemanden mehr eine Gefährdung... dachte er. »Was ist das für ein krankes *etwas*, dieser Ethan?«, hörte ich sie bis durch die Tür reden. Sie waren nur wenige Meter von mir entfernt, daher konnte ich alles exakt vernehmen, was sie sagten. »Der gehört weggesperrt. So ein Opfer. Voll aggro, der fette Arsch!« Mir war es langsam genug. So musste ich mich einfach nicht nennen lassen. Klar hatte ich Lucky zu Boden geschlagen. Aber ich hatte ihm doch vorweg gesagt, dass ich genau das tun würde, wenn er nicht seine verdammte Fresse halten würde – er wollte ja nicht hören. Ich griff eine Leuchtstoffröhre und trat die Tür durch, die zwischen mir und diesen dreckigen Missgeburten stand. Ein einziger Tritt und sie war durch. Nichol kam mir entgegen. Versuchte, mich zu kontern. Aber die Leuchtstoffröhre landete direkt in seiner hässlichen Fratze. Dieser miese Dreckskerl. Dieser verfickte, inzestgezeugte, entstellte Wichser. Ich hätte ihn töten sollen, ich hätte...

»Ethan!«

Cook County Forest, Illinois
Vereinigte Staaten von Amerika

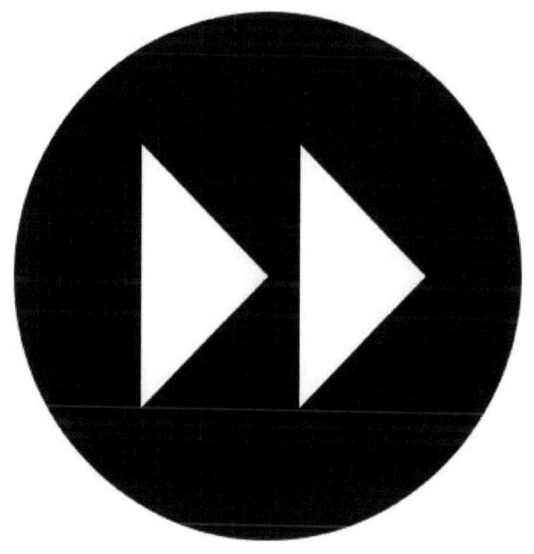

07. Oktober 2019

»Bobby!« Warum griff ich ihn an seine Kehle? Was war gerade passiert? Und ich dachte, ein Therapeut wäre darauf ausgebildet, solche Angriffe abzuwehren?! Ich ließ ihn los und kroch meterweit von ihm weg. Wir lagen beide auf dem Boden. »Bobby, was ist passiert? Was läuft hier für ein Dreck?!« Ich hatte nicht einmal gemerkt, dass die Bestie inzwischen die Kontrolle übernommen hatte. Doch ich war froh, dass Bobby es geschafft hatte, mich von ihr zu befreien. »Ethan, es tut mir leid, ich hätte einfach nicht schon wieder in deiner Vergangenheit wühlen dürfen! Bitte vergib mir!« Ich konnte ihm ansehen, wie ernst er es meinte. Und ich wusste selber nicht, was zur Hölle sich gerade ereignet hatte. »Bobby, es tut mir so leid«, erklärte ich ihm – und ich meinte es verdammt nochmal ernst. Ich wischte mir über mein Kinn... ich dachte, es wären Tränen. Doch es war Blut, das quer durch mein Gesicht lief. »Ich denke, es ist besser, wenn du jetzt gehst«, meinte Bobby. Und ich nickte ihm mit angehobenen Augenbrauen zu.

Doch ich hatte etwas gelernt, an jenem Tag. Die Bestie in mir schien immer dann rauszukommen, wenn ich von meiner Vergangenheit redete.

Falsch... sie schien immer dann heraus zu kommen, wenn ich mit Bobby über meine Vergangenheit redete.

Immer noch falsch... die Bestie in mir übernahm immer dann die Kontrolle, wenn ich mich jemandem öffnete, der...

...wenn ich mich einer Person öffnete, die *nicht* Juliet war.

Aurora, Illinois
Vereinigte Staaten von Amerika

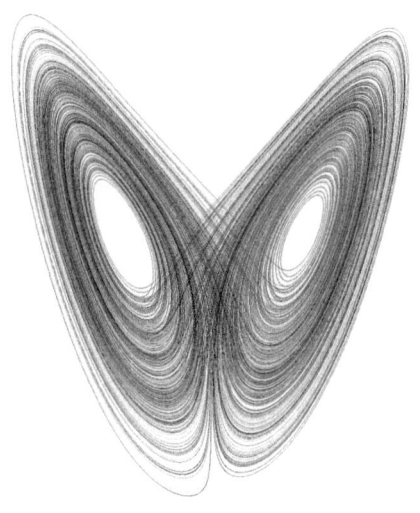

08. Oktober 2019

XIV

»Womit darf ich Sie heute erfreuen, meine Damen und Herren?«, rief ich in die Menge. Wenige Tage. Nur wenige Tage. Aber was war da bloß aus mir geworden, in diesen wenigen Tagen? Ich war auf einmal nett! »Heute möchte ich mir einen Song wünschen, Ethan«, rief Juliet rein. Ich lächelte sie an. Ich lächelte sie so unglaublich glücklich an. »*If it means a lot to you* von A Day To Remember«, war der Titel, den sie wählte. Keiner der Senioren schien etwas dagegen zu haben. Und ich? Ich war lediglich überrascht, dass Juliet und ich die gleichen Lieblingsbands hatten.

Hey darling, I hope you're good tonight
And I know you don't feel right when I'm leaving
Yeah, I want it, but no, I don't need it
Tell me something sweet to get me by

Es war schon immer eines meiner Lieblingslieder. Mein Halbbruder Henry war es, der mich auf diese unglaubliche Band aufmerksam machte. Und seitdem war es mir stets eine Ehre, ihre

Songs spielen und singen zu dürfen. Melodie und Botschaft kamen immer an gleicher Stelle. Das liebte ich so sehr an diesem Song.

And hey sweetie, I need you here tonight
And I know that you don't wanna be leaving
Yeah, you want it but I can't help it
I just feel complete when you're by my side

Ich musste es mir schwerstens verkneifen, Juliet bei diesen Sätzen ins Gesicht zu sehen. Es hätte zu offen dargestellt, was ich für sie empfinde.

If you can wait 'til I get home
Then I swear to you that we can make this last
If you can wait 'til I get home
Then I swear, tomorrow, it'll all be in our past
It might be for the best.

Wie sehr hätte ich mir doch an dieser Stelle gewünscht, der originale Sänger des Songs zu sein. Wie sprach er mir doch aus dem Herzen... ich wünschte mir, auch ich könnte meine Vergangenheit hinter mit lassen.

You know you can't give me what I need
And even though you mean so much to me
I can't wait through everything
Is this really happening?
I swear I'll never be happy again
And don't you dare say we can just be friends
I'm not some boy that you can sway
We knew it'd happen eventually

Hatte Juliet diesen Song bewusst ausgewählt, um mich anzusprechen? War das etwa, was sie unter Flirten verstand? Um ehrlich zu sein, ging es mir da nicht anders.

La, la la la, la la la
If you can wait 'til I get home
Now everybody's singin' la, la la la, la la la

Ich schaute ihr nun direkt in ihre bezaubernden Augen. Und es war mir egal, was sie daraus verstand. Denn am liebsten hätte ich ihr jetzt schon geschworen, dass meine Gefühle für sie niemals enden würden...

And I'd swear to you, that we can make this last.

Cook County Forest, Illinois
Vereinigte Staaten von Amerika

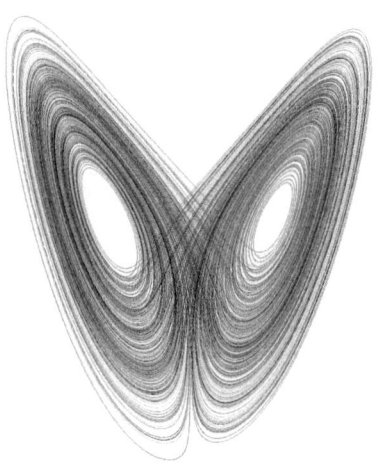

11. Oktober 2019

XV

»Erzähl es mir doch einfach, Ethan«, bot sie mir an. »Erzähl mir von dem Tag, an dem du dein Zuhause verlassen musstest.« Juliet war so eine wunderschöne Frau. Und ich konnte kaum begreifen, wie ich bloß in der Lage sein konnte, mich ihr zu öffnen. »Juliet? Hör mal... als ich das letzte Mal jemandem aus meiner Vergangenheit berichtete – und das will ich dir nicht schön reden – da griff ich ihn an. Und ich hatte kein Kontrolle darüber.« Sie streichelte mir über die Schulter. »Ich weiß, dass du mir nichts tun wirst, Ethan. Ich weiß es einfach.« Abermals lächelte ich sie an. »Warum interessiert dich das so sehr?«, fragte ich sie. Sie saß ohnehin schon neben mir, und zwar sehr nah. Doch nun rückte sie sogar noch näher an mich ran, sodass sich unsere Oberschenkel berührten. »Ich möchte einfach alles über dich wissen. Weißt du, Ethan, so ist das nun mal, wenn man...« Sie schwieg mir für einen kurzen Moment geradewegs ins Gesicht, um ein wenig Spannung aufzubauen. »So ist das nun mal, wenn man verliebt ist.« Ich wusste gar nicht, was ich sagen sollte – oder welche fassaden-hafte Miene ich nun aufsetzen sollte. »Willst du mir etwa sagen, du hast es noch nicht bemerkt?«, ergänzte sie. »Ich war nie besonder gut darin, es zu verstecken. Aber die Art, wie du Gitarre spielst. Wie du redest. Und alleine die Art, wie du mich ansiehst... Ethan, es ist nicht so, als hätte ich Einfluss darauf. Aber ich habe mich in dich verliebt.« Ich streichelte ihr sanft über die Wange. »Ich habe trotzdem gewonnen«, sprach ich. Sie schien nicht ganz zu verstehen, worauf ich hinaus wollte. Ihre eleganten Augenbrauen hoben sich in einer selbstbewussten, jedoch verwunderten Art an. Und das Mondlicht am Himmel des Cook County Forest spiegelte sich in ihren Augen. »Ich möchte immer der Schnellste sein, Juliet, weißt du? In allem. Deshalb war ich derjenige, der sich zuerst verliebt hatte, ist das klar? Das musst du akzeptieren, sonst muss ich dich leider bitten, jetzt zu gehen« Ich grinste sie breit an, um ihr zu zeigen, dass ich bloß scherzte. Und ich hatte sie noch nie zuvor so breit lächeln gesehen. Es war zweifellos das schönste Lächeln, das ich je gesehen hatte. »Also, erzählst du mir jetzt von deiner Vergangenheit, oder willst du mich lieber sofort küssen?«, fragte sie mich, das Lächeln immer noch auf ihrem Gesicht.

»Am liebsten beides, Juliet. Am liebsten beides.«

Immendorf, Nordrhein-Westfalen
Deutschland

15. Mai 2015

Es ging um eine Frau. Laurel. Sie war eine ziemliche Schlampe, jetzt, wo ich darüber nachdenke. Aber zu jenem Zeitpunkt war sie meine beste Freundin. Und gleichzeitig war sie die Partnerin meines Cousins Jolan, der zu jenem Zeitpunkt mein bester Freund war. Es war ein Abend wie jeder andere. Ich hörte laute Musik, trank das ein oder andere Bier und schrieb per SMS mit Laurel.

»Hey :) Wie geht es dir?«, schrieb ich ihr.

»Hach lass mich in Ruhe, Ethan. Keiner kann dich leiden, klar?«

»Was? Laurel, WTF? Was soll das?«

»Halt dich von mir fern. Und von Jolan auch!«

»Ich dachte, wir wären Freunde?«

»Wer würde schon mit dir befreundet sein wollen, du hässliche Missgeburt?«

»Laurel?! Mit wem schreibe ich gerade, und was hast du mit meiner besten Freundin angestellt?!«

»Ach halt doch die Fresse, Ethan. Ich werde dich jetzt blockieren. Ich ruf die Polizei, wenn du mir noch ein mal schreibst!«

»Aber was ist denn los? Was habe ich denn getan?«

Blockiert. Keine Nachricht wurde mehr durchgestellt. Was sollte das bloß? Laurel war meine beste Freundin. Aber nun verhielt sie sich, als wären wir Feinde. Und Jolan? Der reagierte ebenso wenig auf meine Nachrichten. Im Nachhinein musste ich erfahren, dass Laurel ihn unter Druck setzte – aber das wusste ich damals noch nicht.

Ich drehte die Musik bis ans Limit und begann, den depressiven Text mit lauthalser Stimme nach zu schreien. Eine Flasche nach der anderen wanderte meine Kehle herunter.

»Ethan! Was soll das? Was ist los?«, rief mir meine Mutter entgegen, die mitten in der Nacht durch die laute Musik geweckt wurde. »Du bist so eine Enttäuschung für unsere Familie! Hoffentlich verreckst du am Alkohol!« Ich sah sie unbeeindruckt an. Ich ließ mich nicht provozieren – obwohl ich allen Grund dazu hatte. Sie knallte die Tür zu und ich warf ihr eine Flasche hinterher, die an der Wand zersplitterte... nur wenige Zentimeter von ihrem Kopf entfernt. Sie, mein Vater und mein Bruder beschlossen, zu meinen Großeltern zu fahren. Sie hatten Angst vor mir... verständlicherweise.

»Wir schicken jetzt die Polizei her, Ethan. Pack schon mal deine Sachen! Hier wirst du nicht länger wohnen!«, brüllte mein Vater mir direkt ins Gesicht.

»Papa, es ist Laurel! Sie hat gesagt...«

»Es kümmert mich einen Scheißdreck, was Laurel sagt! Sie macht dich zu einem Monster! Und es ist egal, woran das liegt. Wichtig ist bloß, *dass* du ein Monster bist! Und dagegen müssen wir Maßnahmen ergreifen! Ich hoffe, sie erschießen dich, die Bullen!«

Allesamt stürmten sie die Tür raus... und ich sprintete ihnen nach. Mein Messer landete in der Rückleuchte des Autos, doch es gelang ihnen, zu entkommen.

»Joey!«, war das einzige, das ich ihnen hinterher brüllte. Es war mir egal, ob meine Eltern mich allein ließen. Aber mein Bruder... ich liebte ihn einfach zu sehr. Und ich hätte mich am liebsten selber dafür umgebracht, dass ich ihn verängstigt hatte... ein weiteres Mal.

Ich rannte, so schnell ich konnte, in Richtung des Feldes. Mir war bewusst, dass meine Eltern keine Witze machten. Sie würden tatsächlich die Polizei rufen. Und ich musste abhauen, um dem Gefängnis zu entgehen.

Etwa eine Stunde verbrachte ich auf der Bank, inmitten des kleinen Waldstücks, ehe mein Handy klingelte. »Ethan, bitte komm nachhause. Wir vermissen dich, okay? Es tut uns leid! Ethan, es tut uns leid!« Ich hatte ihren Bluff erkannt. »Schon klar. Zuhause wartet doch bloß die Polizei auf mich, ihr dreckigen Lügner!« Ich legte auf und versuchte, auf dieser verrotteten

Parkbank wieder zur Ruhe zu finden. Doch schnell wurde mir klar: Ich brauchte mehr Vorräte. Mehr Equipment.

Wie auch mein Vater – und sein Vater vor ihm – und dessen Vater vor ihm – wurde auch ich als Überlebender erzogen. Ich wusste mir zu helfen, wenn ich einmal ohne Obhut, ohne Essen und ohne Trinken dar stand. Aber die grundlegende Ausrüstung war noch immer in meinem Zimmer. Ich rannte nachhause und spähte bereits aus der Ferne, ob ich irgendwelche Streifenwagen sehen konnte.

Nachdem ich all mein Zeug zusammen gesucht und den Rucksack angezogen hatte, schloss ich die Haustür hinter mir und trat auf die Straße. Es waren nur etwa 15 Meter, die ich gehen konnte.

»Hände Hoch! Polizei! Und keine Bewegung, Arschloch!«

Ich dachte, die Cops wären nur in den mittelklassigen Hollywood-Streifen derart brutal und direkt. Aber es musste sich herausstellen, dass ich falsch lag.

»Whoa, ganz ruhig!«

»Wir wollen Ihnen nur helfen, Mr. Widow!«, rief mir einer von Ihnen entgegen, während ich auf den Lauf der Waffe seines Kollegens fokussiert war.

»Wie wär's wenn sie das nochmal wiederholen, sobald ihr Guerilla dadrüben die Walther zurück ins Holster steckt, Mistkerl?!«

Sie kamen auf mich zu gesprintet und drückten mich auf den Boden. Ich küsste den puren Asphalt. Der Dreck abertausender Schuhabdrücke wurde mir in den Mund gedrückt, als die Polizisten mein Gesicht in den Boden pressten.

»Wir wollen Ihnen helfen, Mr. Widow. Wir bringen Sie jetzt ins Krankenhaus«, erklärte einer der Cops.

»Wollen Sie mich vielleicht verarschen? Sie richten eine verfickte P99 auf mich und meinen immer noch, dass Sie mir helfen wollen? Tja, und wenn ich weggerannt wäre? Wäre ich dann jetzt tot?«

»Unser Job verpflichtet uns zu solchen Maßnahmen, Mr. Widow.

»Klar, Wichser. Und mein Job verpflichtet mich dazu, Ihnen mal ordentlich die Fresse zu polieren!«

Er knallte meinen Schädel erneut auf den Asphalt. Ich konnte bereits sehen, wie mir das Blut aus dem Gesicht lief. Ich weiß nicht einmal, ob es aus der Nase oder aus dem Mund kam.

»Sie Bullen spielen auch immer nach unfairen Regeln, oder? Schätze mal, ich kam mit 'nem Messer zur Schießerei...«

»Halten Sie einfach ihre Schnauze, Mr. Widow. Sonst zeigen wir Ihnen gerne mal, wie diese P99 geladen aussieht!«

Die nächsten Stunden waren vermutlich die schlimmsten meines Lebens. Ich war betrunken und hatte Schmerztabletten konsumiert, daher durfte ich nicht im Streifenwagen transportiert werden. Es musste extra ein Krankenwagen gerufen werden. In der halben Stunde, die dieser zur Ankunft brauchte, wurde ich etliche Male geschlagen und getreten – und ich hatte keine Chance, mich zu wehren.

Nachdem mich der Krankenwagen abschleppte, wurde ich in die nahegelegenste Klinik gebracht. In Aachen. Etwa 30 Kilometer entfernt. Die Fahrt dorthin war die Hölle. Diese scheiß Bullen hatten mir die Handschellen hinter dem Rücken angelegt, weshalb ich während der Fahrt auf meinen eigenen Händen saß.

»Hey, Sir, können Sie mir die Handschellen nicht wenigstens vorne herum anlegen, damit ich nicht auf meinen Händen sitzen muss?«

»Schnauze halten, Widow.«

Kurze Zeit später kamen wir im Krankenhaus an, wo sich herausstellte, dass wir die falsche Abteilung erwischt hatten. Und die nächste Klinik mit der passenden Abteilung war in Viersen – rund 60 Kilometer entfernt. Über eine Stunde musste ich im Krankenwagen ausharren. Die Taubheit meiner Hände verbreitete sich schnell auf meine Arme und ich versuchte, zu schlafen. Doch ich blutete noch immer an allen erdenklichen Stellen. Mit gefesselten Händen konnte ich das Blut nicht einmal weg wischen. Und der Schmerz war unerträglich.

Ich verbrachte die Nacht in der Klinik in Viersen. Der dreckige Bulle gab mir einen letzten Tritt in den Hintern – wortwörtlich – ehe er mich in die psychiatrische Abteilung entließ.

Der nächste Morgen war vermutlich der schlimmste meines Lebens. Es war nie der Abend des Geschehens – es war immer der Morgen darauf, der am meisten schmerzte. Es war nie anders.

Die Klinik war voll besetzt, daher musste ich in einem Notfallbett auf dem Flur schlafen.

Es war die schlimmste Nacht meines Lebens.

Cook County Forest, Illinois
Vereinigte Staaten von Amerika

11. Oktober 2019

Sie hielt mich fest in den Armen. Und ich weinte.

Gleich zwei Sachen, die ich nicht verstand.

»Es ist okay, Ethan. Das ist jetzt Vergangenheit, okay? Du musst so etwas nie wieder durchmachen«, flüsterte sie mir zu. Abermals streichelte sie mich. Am Rücken, am Kopf und am Oberschenkel. Ihre andere Hand hielt derweil meine. »Es ist alles vorbei, Ethan. Du bist in der Gegenwart. Hier, mit mir. Außerdem glaube ich, dass du auch positive Sachen aus deiner Vergangenheit erzählen kannst! Situationen, in denen du der Gute warst!« Ich sah sie mit großen Augen an und legte meine Stirn auf ihre, als aus heiterem Himmel massive Regentropfen zu Boden sanken. Beide grinsten wir uns an – unser Lächeln nur wenige Millimeter voneinander entfernt. »Wir sollten es uns drinnen gemütlich machen, oder?«, sprach ich, als der Regen immer stärker wurde und auch das gelegentliche Hagelkorn auf unsere Köpfe schlug. Ein grelles Blitzen schoss durch den Cook County Forest und nur zwei Sekunden später folgte ein gigantischer Donner. »Ja, vermutlich hast du Recht. Aber auf dem Weg zur Hütte... Erzähl mir von einer Situation, in der du der Gute warst, okay?« Ich nickte ihr zu und gemeinsam setzten wir unsere Füße durch den Schlamm in Richtung meiner Hütte.

Geilenkirchen, Nordrhein-Westfalen
Deutschland

01. August 2015

Vin und Moe gehörten nie zu der Art von Mensch, die sich gerne etwas befehlen ließen. Kein Wunder, dass sie den Drogentest verweigerten, als dieser im Jugendhaus gemacht wurde. Für Moe waren die Regeln streng: Er war zu jener Zeit bereits volljährig und das bedeutete, das Jugendamt würde die Unterbringung in der Einrichtung jederzeit beenden, sobald er sich nur einen kleinen Fehltritt leistete. Dann würde er auf der Straße sitzen. Aber der Einrichtungsleiter war ein kalter Mann. Er beleidigte ihn ständig als Junkie. Es gab einen Grund dafür, dass Moe damals mein bester Freund war: Er war genau so ein Arschloch wie ich. Daher griff er zu einem der Becher, den ein anderer Bewohner zum Drogentest zuvor mit Urin gefüllt hatte... und der gesamte Inhalt landete im Gesicht des Einrichtungsleiters.

Ich muss sagen: Es war eine sehr stilvolle Art, »Fick Dich« zu sagen. Andere hätten lieber einen Schlag ausgeteilt und Schimpfwörter durch den Raum geschmissen. Nicht aber Moe. Was er tat, war nicht immer das Richtige – aber selbst wenn nicht, so tat er es stets mit Leidenschaft und Stil. Sogar das Ausschütten eines Pissbechers.

»Pack dcinc Sachcn, dcinc Jugcndhilfc ist beendet!«, donnerte die Stimme des Einrichtungsleiters durch die Wände. Das nächstes, was ich hörte, war Vin: »Ey Alter, du kannst Moe doch nicht einfach rausschmeißen!

Wo soll der denn hin? Unter die Brücke?!« Aber der Leiter ließ sich nicht beeindrucken. »Fehler sind in Ordnung und werden bis zu einem gewissen Maß ja auch toleriert, Vin. Aber was dein Freund Moe sich gerade geleistet hat? Kein anderer hier ist *so* krass drauf! Niemand sonst würde so etwas doch tun!«, erklärte er. Für einen kurzen Augenblick musste Vin nachdenken. Er war ein dummes Kerlchen. Er war einfach das genaue Gegenteil von intelligent. Wenn ich mit ihm sprach, musste ich bewusst alle Worte vermeiden, die mehr als drei Silben hatten. Er war einfach nicht schlau. Aber er war loyal. Loyaler als alle anderen Menschen, die ich je getroffen hatte.

Inzwischen war ich die Treppe runter gerannt, um nach Moe zu sehen und bekam daher mit eigenen Augen mit, wie Vin seine Loyalität gegenüber Moe dieses Mal beweisen musste...

Er griff zu einem anderen Pissbecher und schüttete ihn dem Einrichtungsleiter ebenfalls ins Gesicht. »Du auch, Vin! Verpiss dich hier!«

Ich erinnere mich noch daran, wie laut ich über die Wortwahl des Leiters lachen musste – *verpiss* dich.

Ich half Vin, seine Sachen zu packen. Der Junge war erst 16 Jahre alt – und während ich in jenem Alter schon als besonders erwachsen und reif tituliert wurde, war er die Kindheit in Person.

Vin und Moe wollten um jeden Preis zusammen bleiben, da draußen auf der Straße. Ich begleitete sie zu einem nahegelegenen Spielplatz. Im Häuschen unter der Rutsche machten sie es sich bequem – sofern man das als bequem bezeichnen konnte.

Einige Tage harrten die beiden dort aus. Schon mehrmals war ich mit ihnen in die Stadt gegangen und hatte ihnen Deckung gegeben, damit sie Essen aus den Obstläden klauen konnten. Aber so konnte es nicht ewig weiter gehen.

Von da an begann ich – jeden Tag – Essen und Trinken aus dem Jugendhaus zu stehlen. Immer in kleinen Mengen, damit es ja nicht auffiele. Anfangs waren es nur ein paar Scheiben Brot. Mal war es sogar eine ganze Pizza, die ich vorher unter Paranoia im Jugendhaus backte – würde ich entdeckt werden, müsste auch ich auf die Straße.

Aber ich nahm das Risiko auf mich.

Dann gab es diesen einen Tag, an dem die Betreuer des Jugendhauses Döner bestellten. Außer mir waren nur zwei andere Bewohner im Haus – alle anderen waren unterwegs, es waren immerhin Ferien. Daher hatten die Betreuer Ruhe und wollten das mit frischem Döner genießen. Ich hatte mitbekommen, wie sie beim Imbiss angerufen hatten. Und schon war mein nächster Plan geboren.

Ich ging zurück auf mein Zimmer und suchte einen Tennisball raus. Dann versteckte ich mich im Türrahmen des Badezimmers und zielte...

Treffer.

Der Ball landete exakt auf dem Blumentopf im Flur, der daraufhin zersprang.

»Was war das?!«, hörte ich es aus dem Büro der Betreuer schallen. Alle drei von ihnen sprinteten in den Flur und die Treppe hoch, um den Schuldigen zu finden. Das war meine Chance.

Ich schlich auf leichtem Fuß ins Büro und plünderte die Kasse. In jener Kasse befand sich jedes noch so krumme Geld, das die Betreuer einspielten.

Sei es beim privaten Pokern während der Nachtschicht, beim Abknüpfen eines Bewohners oder lediglich Entschädigungsgeld, wenn ein Jugendlicher mal wieder einen Gegenstand zerstörte. Hunderte von Euros befanden sich in dieser Box – und kein einziger Cent davon war gerechtfertigt. Ich nahm sämtliche Scheine, ließ die Münzen zurück und rannte wieder ins

Badezimmer. Nachdem die Betreuer einen anderen Bewohner, der sich noch im Haus befand, dazu verdonnerten, den Dreck des Blumentopfes wegzumachen, gingen sie zurück ins Büro und schlossen die Tür. Jetzt musste alles schnell gehen.

Ich sprintete durch den Flur und auf die Straße. Dort versteckte ich mich im Anhänger eines VW Bully, der in der Einfahrt stand, und tat so, als würde ich dort arbeiten. Den Kopf hielt ich stets unten. Noch konnte ich nicht in Richtung des Spielplatzes fliehen. Einen letzten Spielzug hatte ich noch... und auf meiner Hand waren nur Joker.

»Hey, wer hat hier Döner bestellt?«, fragte ein grimmiger Türke, der eine Tüte in der rechten, eine Geldbörse in der linken Hand trug. »Das war ich, hier«, rief ich ihm zu. In hektischer Bewegung zückte ich ein paar Scheine, die ich erst zuvor geklaut hatte, und bezahlte die Bestellung. Danach versteckte ich mich – samt der Tüte voller Döner und Pommes – wieder im Anhänger, bis der Lieferant verschwand.

Ich kroch aus meiner Deckung und sprintete zum Spielplatz, wo Moe und Vin auf mich warteten. Zu aller erst überreichte ich ihnen den Döner – ihr absolutes Lieblingsessen.

Sie stürzten sich darauf, wie die Möwen auf das Brot. Ihr bestialisches Zähnefletschen ließ sie so zufrieden wirken, dass sie für einen Moment zu vergessen schienen, wie schlecht es um ihre Zukunft stand. Sie waren der Abfall unseres heutigen Systems. Gier und Eigensinn waren ihre Peiniger. Und ich war ihr Robin Hood. Ich erwartete kein Dankeschön. Es erfüllte mich bereits genug, eine solche Freude in ihren strahlenden Augen zu sehen und zu wissen, ich war daran Schuld. Dann knallte ich den Bündel der Geldscheine direkt vor ihre Füße und sie begannen sofort, es durchzuzählen – ihre Gesichter erfüllt von reinster Freude. Für einen Moment lächelte ich stolz über sie herab, ehe ich mich umdrehte und Schritt für Schritt in der Dunkelheit verschwand. »Warte«, schallte Vin's krächzende Stimme hinter mir durch die Gasse. »Wie können wir uns bedanken?« Ich legte den Kopf in die Schulter und blickte zurück, ohne ihnen den Körper zuzuwenden. »Haltet mir einfach einen Platz warm«, stöhnte ich. »Schon bald werde ich unter euch weilen...«

Cook County Forest, Illinois
Vereinigte Staaten von Amerika

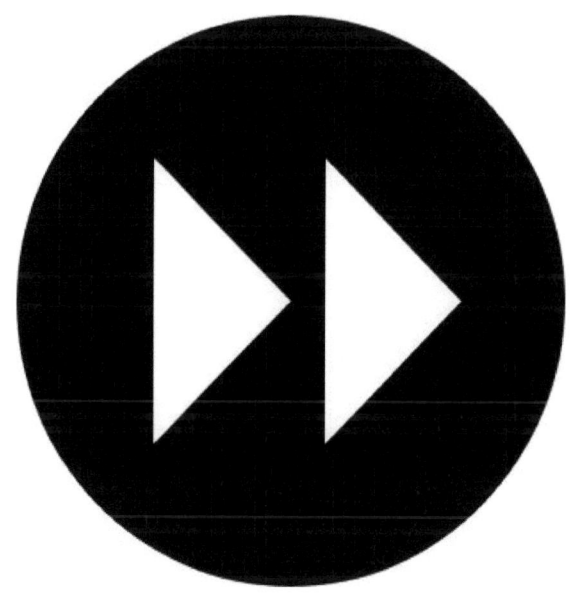

11. Oktober 2019

»Tja, Juliet, so bin ich nunmal. Ich beklaue Leute und nenne mich dann einen guten Menschen. Es liegt wohl in deinem Urteilsvermögen, ob das auch stimmt.« Der Regen prasselte auf uns herab und wir waren komplett durchnässt. Aber dennoch gingen wir in gemütlichem Tempo in Richtung meiner Hütte und hatten sie fast erreicht. Es blitzte. Es donnerte. Es blitzte wieder. Es donnerte wieder. Und schon von weitem konnten wir sehen, wie die Lichter in meiner Hütte ausgingen – Stromausfall. Doch Juliet ließ sich nicht verunsichern. Und ich auch nicht. »Ethan, ich finde...« Sie blieb inmitten des Regens stehen und schaute mich an. »Ich finde, was du da getan hast, war der größte Akt von Menschlichkeit, von dem ich je gehört habe.« Dann nahm sie mich in den Arm. Und trotz des Sturms hielt sie mich fest. Ich musste weinen, wie ich noch nie zuvor geweint hatte. Doch es schien ihr nichts auszumachen. Sie weinte mit.

Als wir die Hütte betraten, zündete ich den Kamin und die Kerzen an. Zu aller erst fiel ihr Blick auf meine Gitarre. Das dunkelrote Mahagoniholz brannte sich in ihre Augen ein und ich wusste, dass ich für sie spielen sollte. »Okay, schon verstanden. Was möchtest du hören?« Sie grinste mich aus lauter Freude an, da ich sie verstanden hatte – wie per Telepathie. »Spiel mir einfach ein Lied vor, das dir viel bedeutet. Etwas mit einem schönen Text, ja?« Ich setzte mich auf den Boden und sie sich gegenüber von mir. Nur etwa einen halben Meter entfernt. Gerade genug, dass ich sie nicht mit dem Hals meiner Gitarre erschlagen würde. Und ich fing an, zu spielen.

I am a question to the world,
Not an answer to be heard
Or a moment that's held in your arms.
And what do you think you'd ever say?
I won't listen anyway...
You don't know me,
And I'll never be what you want me to be.

And what do you think you'd understand?
I'm a boy, no, I'm a man..
You can't take me and throw me away.
And how can you learn what's never shown?
Yeah, you stand here on your own.
They don't know me 'cause I'm not here.

And I want a moment to be real,
Wanna touch things I don't feel,
Wanna hold on and feel I belong.
And how can the world want me to change?
They're the ones that stay the same.
They don't know me,
'Cause I'm not here.

And you see the things they never see
All you wanted, I could be
Now you know me, and I'm not afraid

And I wanna tell you who I am
Can you help me be a man?
They can't break me
As long as I know who I am

They can't tell me who to be,
'Cause I'm not what they see.
Yeah, the world is still sleepin',
While I keep on dreamin' for me.
And their words are just whispers
And lies that I'll never believe.

Sie hatte schon verstanden, dass ich den Text ihr widmete. Nie gab es einen Song, der mich und mein Leben besser beschrieb als *I'm still here* von John Rzeznik. Dieses Lied war das reinste Kunstwerk und es war mir immer wieder eine Ehre, es spielen zu dürfen.

»Das war wunderschön, Ethan.«

Alle restlichen Worte schienen ihr zu fehlen. Wann sollte ich es ihr sagen? Ich dachte mir, es sei ein guter Moment. Gab es einen guten Moment? Das Lied hatte die Atmosphäre absolut perfekt vorbereitet. Es war an der Zeit, es ihr zu erzählen.

XIV

»Juliet, ich möchte die Stadt verlassen. Ich habe hier Feinde und für mich gibt es bloß schlechte Erinnerungen an diesem Ort.« Sie sah mich verdutzt an und schien nicht zu verstehen. Ab hier gab es zwei mögliche Auswege: Entweder, ich würde sie allein lassen müssen – oder aber... »Ethan? Ich komme mit dir.« Es freute mich, das zu hören. Aber ich wusste nicht, wie ernst sie es meinte. »Juliet, du hast einen anderen Menschen aus mir gemacht. Innerhalb dieser wenigen Tage wurde ich einfach... anders«, flüsterte ich ihr zu, ihr Kopf nur wenige Zentimeter von meinem entfernt. »Na bitte, dann nimm mich mit! Wir könnten nach Florida gehen! Oder nach Kalifornien! Irgendwo hin, wo immer die Sonne scheint! Oder in ein ganz anderes Land, Ethan!« Ich lächelte sie an und streichelte ihr behutsam durch ihr schönes Haar. Der Regen außerhalb meiner Hütte wurde noch kräftiger und der Strom würde so schnell auch nicht wieder kommen. Es blitzte im Sekundentakt. »Bitte erklär mir aber noch etwas«, fing sie an zu reden. »Wieso bist du nicht schon längst gegangen? Ich meine, gibt es denn gar nichts, was dich hier hält?« Sie sah mich verdutzt an. Ich glaube nicht, dass sie eine Antwort erwartete. Allerhöchstens eine Verneinung, denn sie kannte mich mittlerweile gut genug. Hätte es etwas gegeben, dass mich gehindert hätte zu gehen, so wäre ich zu stur gewesen um es zuzugeben. Doch nachdem ich sie einige Sekunden wortlos ansah, um die Emotion meines Gesichts in sie einzubrennen – ihr zu zeigen, was ich fühlte – fasste ich all meinen Mut zusammen und ergriff das Wort: »Nein...« Für einen Moment lang hielt ich inne und spürte, wie meine Knie zu zittern begannen. »Nicht *etwas*.« Ihre Augen funkelten so bezaubernd wie immer, doch sie gaben mir das Gefühl, nicht verstanden zu werden. Erst als mich mein pochendes Herz dazu zwang, einen Schritt auf sie zu zusetzen, schien sie zu begreifen. Ihre zarten Lippen öffneten sich erstaunt und saugten hörbar eine große Menge Luft ein. Unsere Körper waren sich nun so nah, dass ihr Brustkorb gegen meinen drückte, als er sich durch die Luftzufuhr anhob. »Ich weiß nicht, wo ich hingehöre«, flüsterte ich ihr leise zu. Mein Atem streifte ihr Gesicht und an ihrer Gänsehaut konnte ich erkennen, wie sehr ihr das gefiel. Es ermutigte mich, dass sie noch keinen Fuß nach hinten gesetzt hatte. »Aber ich weiß dennoch, wo ich mich am wohlsten fühle... *bei wem* ich mich am wohlsten fühle.« Ihre braunen Augen starrten reglos in meine. Kein kleinster Muskel an ihrem wunderschönen Kopf schien sich noch zu bewegen, aber dennoch hatte ich selten eine so ausdrucksvolle Miene im Gesichte eines

Menschen gesehen. Ich beugte mich langsam zu ihr runter. Wie in Zeitlupe bewegte ich mich auf sie zu, um ihr die etwaige Chance zu geben, zurückzuschreiten, so fern sie das für nötig hielt. Um keinen Preis der Welt wollte ich sie jetzt verjagen. Ich empfand es als unbeschreiblich befreiend, ihr so nah zu sein. All die Kälte, die ich hatte fühlen müssen, erschien nun vollkommen gleichgültig. Ich würde zwar nie vergessen, was mir wiederfahren war. Die Erinnerung an all die einsamen Jahre würde niemals dahinschwinden. Doch wenn sie bei mir war, umhüllte mich ihre Wärme und gab mir ein Gefühl von Sicherheit. Das machte meine Vergangenheit erträglich. Ihre sagenhafte Aura verzauberte mich und spülte all den Schmerz davon, der noch in mir chaotisierte. Löschte das Feuer, das in mir loderte. Zähmte die Bestie, die nun schon so viele Opfer gefordert hatte. In ihrer Anwesenheit war ich ein anderer Mensch. Solch traumhafte Momente hatte ich bislang nur in Filmen gesehen. Ich hatte nie damit gerechnet, selbst irgendwann eine solche Zuneigung zu erhalten wie die ihre. Doch was man mich in Hollywood lehrte, war dennoch falsch; ich brauchte kein Pianogeklimper, um die Romantik zu fühlen, die zwischen uns lag. Ihr sanfter Atem war die schönste Musik der Welt. Und keineswegs verspürte ich den Wunsch, ein Happy-End zu erhalten, wie es im Film der Fall wäre. Für mich zählte bloß noch der Moment. Ich trug einen schweren Weg hinter mir. Und womöglich trug ich auch einen schweren Weg vor mir. Doch uns blieb diese eine perfekte Nacht. Das war alles, das ich brauchte. Mein Herz war erfüllt. Und es drohte zu explodieren, als ich meine Stirn auf ihre legte. Denn nun konnte ich spüren, wie heiß ihre Haut war. Wie sehr ich ihr Blut zum Kochen brachte. Unsere Augen blieben aufeinander fokussiert. Lediglich für den Bruchteil einer Sekunde schweifte ihr Blick auf meine Lippen, die nach den ihren verlangten. Ich wusste nicht, ob sie es zu verstecken versuchte, doch als ihr Blick dann wieder zurück zu meinen Pupillen fand, wurde mir klar, dass meine Gefühle erwidert wurden. Das Blitzen außerhalb der Hütte wurde wieder stärker. Unerwartet dröhnte ein lautes Donnern durch unsere Ohren und kurz darauf fiel der Strom komplett aus. Für mich war das ein Zeichen, dass wir die Unterstützung des Schicksals hatten. Blitz und Donner dienten meinen verführerischen Absichten, indem sie das romantische Kerzenlicht zur einzigen Beleuchtung im Raum machten. Ich hatte nun alle Kraft, die ich brauchte. Behutsam drehte ich meinen Kopf zur Seite, und sie setzte ein leises Stöhnen ab, als der Kontakt unserer Stirne kurzzeitig unterbrochen war. Sie wollte mich spüren, ebenso wie ich sie spüren wollte. Das Letzte, das ich sah, bevor ich meine Augen schloss, waren ihre zaghaften Lippen, die sich auf meine zubewegten. Sie öffneten sich wie von alleine und empfingen meinen zärtlichen Kuss. Meine rechte Hand bahnte derweil unterbewusst ihren Weg zur Taille meiner Geliebten, und drückte ihren Leistenbereich dicht an meinen, während unsere Zungen einander liebkosten. Ich fühlte mich, als wäre es eine Medizin, die sie mir durch ihren Kuss injizierte. Herzen werden nie wahrhaft gebrochen, wie es in Hollywood dargestellt wird. Sie werden bloß verdunkelt. Doch manchmal ist die Liebe eines Menschen stark genug, um Licht in die düstere Höhle der beiden Herzkammern zu scheinen. Vor meinen geschlossenen Augen sah ich innerlich, wie das Tier in mir langsam zu Grunde ging. Es faltete seine Beine zusammen, legte sich auf den Boden, schloss die Lider und begann, sich aufzulösen. Das Monster in mir war gestorben. Ich tastete mich mit der linken Hand an ihrem Körper hinauf, durchfuhr ihr braunes Haar, bis meine Finger letztendlich streichelnd auf ihrer Wange verweilten. Tränen gerinnten über meine Hand, wie ich bemerkte. Für einen Moment lang wusste ich nicht, wie ich darauf reagieren sollte. Doch als ich meinen Kopf von ihr löste, fiel mir auf, dass es nicht sie war, die weinen musste. Stattdessen traten all die grauen Erinnerungen, all die schrecklichen Erlebnisse und all die Verluste meiner Vergangenheit in flüssiger Form aus *mir* heraus. Sie musterte mein Gesicht nur kurz, bevor sie beide Hände hinter meinen Kopf fuhr und begann, sämtliche Tränen vorsichtig weg zu küssen. Ihr musste aufgefallen sein, wie sehr das meine Atmung verschnellerte. Und obwohl ihr großer, wohlgeformter Busen zwischen unseren Herzen lag, konnte ich fühlen, dass auch ihr Puls gestiegen war. Ich krallte mich an ihrem Rücken fest und zog sie fest an mich heran. Meine Lippen arbeiteten sich von ihrer Wange zu ihrem Nacken herab, während meine rechte Hand zu ihrer Brust hochfuhr. Ihr entwischte ein lustvolles Stöhnen, als mein Daumen begann, ihren erhärteten Nippel zu streicheln. Es beglückte mich, zu spüren, wie gut ich ihr tat. Es beglückte mich, zu spüren, wie sehr ich sie erregte. Unlängst hatte sie mein festes Glied an ihrem Unterleib gespürt und begann, mir den Gürtel zu öffnen, während ihr Mund mir weitere, kleine Küsse versetzte. Als sie sich blind und einhändig an den Knopf meiner Hose wagte, flüsterte sie mir bei vollem Atem ein stimulierendes »Ich will dich« ins Ohr. Es löste eine unbeschreibliche Gänsehaut auf meinem gesamten Körper aus, als ihr Atem über meine Ohren und meinen Nacken herunter floss. Meine Hände fuhren zum Saum ihrer Bluse und rissen sie wie verkrampft nach oben hinweg, während auf unterer Ebene meine Hose zu Boden rutschte. Geschickt setzte sie einen Fuß darauf und schubste mich rückwärts zu Bett, wodurch das Textil über meine Knöchel streifte und uns nun nicht mehr im Weg war. Sie löste den Verschluss ihres Rocks, warf das Kleidungsstück zur Seite und entblößte sich jeglicher Unterwäsche, ehe sie sich splitterfasernackt auf mich drauf setzte. Ruckartig und elegant zugleich beugte sie sich herunter, öffnete ihren Mund und begann erneut, mich zu küssen. Unsere Zungen spielten genussvoll miteinander und trieben mein Lustorgan an einen Punkt der Erregung, an dem ich mich fühlte, als würde meine Unterhose jeden Moment zerreißen. Ihre Hände knöpften derweil mein Hemd auf und sie begann, mich weiter zu streicheln. Mehrere sanfte Küsschen setzte sie auf meinen nun befreiten Oberkörper, umkreiste meine Brustwarzen mit ihrer Zunge und auch ich konnte mir ein lautes Stöhnen nun nicht mehr verkneifen. Bei ihr war mittlerweile jeder kleinste Atemzug zu einem lustvollen Geräusch geworden, als sie mit ihrem Mund an meinem Unterleib angelangte. Ihre Zähne vergruben sich an der Naht meiner Unterhose und zogen sie mir geschickt herunter. Ich musste mich beherrschen, ihr nicht entgegen zu stoßen. Denn in diesem Moment war mein einziges Verlangen an einem unerträglichen Punkt angelangt – und es musste gestillt werden. Sowie meine Unterhose meinen steifen Penis freigab, rutschte sie ein Stückchen hoch und setzte sich wieder auf mich drauf. Meine gesamte Männlichkeit vergrub sich dabei zwischen ihren Schenkeln und wurde von der warmen Feuchte ihrer Vulva verwöhnt empfangen. Sie legte ihre Hände auf meine Brust ab und beugte sich leicht zu mir runter, als sich ihre Fingernägel in meiner Haut festkrallten. Ich schrie ihren Namen laut auf, unwissend, ob es wegen des Schmerzes oder wegen der Erregung war. Im nächsten Moment legte ich meine Hände an ihre Taillen und warf ihren Körper in einer schnellen Bewegung herum. Ich lag nun auf ihr und konnte das Tempo bestimmen, und für mich hieß das, es würde möglichst schnell und möglichst hart zur Sache gehen. Ihr Stöhnen wurde immer lauter und mündete gar zu einem Schreien. Sie war den Tränen nahe, weil sie mein Eindringen als so erfüllend empfand. Unsere Körper berührten sich an allen erdenklichen Stellen und rieben rhythmisch aneinander. Ihr weicher Busen haftete an meiner Brust, während ich meinen Kopf in ihrem Nacken vergrub. Mit beiden Händen ritzte sie mir mehrere, kleine Kratzer in den Rücken. Nun war sie es, die zur Bestie wurde. »Härter!«, brüllte sie mir direkt ins Ohr und ich merkte, wie ihre letzte Silbe vor lauter Geilheit heiser wurde und beinahe verstummte. Als ich mit aller Kraft, die mein Körper hergab, weiter in sie eindrang, merkte ich, wie jegliches Stöhnen verschwand. Ihre Arme breiteten sich seitlich aus, sie zog ihre Füße beinwärts an und ihr Verkrampfen kündete an, dass wir dem Höhepunkt bevorstanden. Es kam wie eine anrollende Flutwelle über uns, die sich am Ufer zu brechen begann und somit erneut ein erfülltes Stöhnen in uns auslöste. Es mussten mehrere Minuten gewesen sein, die der gemeinsame Orgasmus uns durch den Himmel trug. Es war wie Fliegen und Fallen zugleich. Ihre Augen verdrehten sich nach oben und sie kreischte solange, bis ihre Stimmbänder zu zittern begannen und ein befriedigtes Schluchzen aus ihrem Mund entwischte. Mein Sperma ergoss sich in ihrem perfekten Körper, als ich mein Gesicht aus ihrem Hals löste und wieder in ihre wunderschönen Augen blickte. Sowie ich wieder zu Atem gekommen war, flüsterte ich ihr ein leises, aber sicheres »Ich liebe dich« entgegen und sie erwiderte meine Worte, als die Kerze auf der Fensterbank langsam ausbrannte.

XVII

Es war noch früh am Morgen, doch ich lag schon wach. Dem dystopischen Sturm der letzten Nacht folgte ein wunderschöner Sonnenaufgang. Und er strahlte meiner Juliet direkt ins Gesicht. Womit hatte ich sie verdient? Meine Cousine Lynn hatte mir einst gesagt, auf jede Niederlage folge ein noch größerer Sieg. Und ich glaubte mittlerweile, sie hatte recht. In den 5 schlimmsten Jahren meines Lebens musste ich mehr Niederlagen einstecken, als die meisten Menschen zwischen Geburt und Tod. Aber nur das könnte erklären, wie Juliet bloß so wundervoll sein konnte – und, dass sie mich ebenso wundervoll machte. Doch ehe ich weiter darüber nachdenken konnte, klingelte mein Handy. Es war Bobby.

»Ethan? Wie geht es dir? Ich dachte mir, wir sollten vielleicht eine weitere Sitzung einplanen.

»Hey, Bobby. Hat das noch ein paar Tage Zeit? Im Moment geht es mir... es geht mir unbeschreiblich gut, weißt du?«

»Nein. Du hattest mir neulich erzählt, dass du von einem Typen angegriffen wurdest, oder? Wann hast du Victor das letzte Mal gesehen?«

»Bobby... ich habe dir seinen Namen nie verraten. Woher kennst du ihn?«

Ich schmiss die Decke beiseite und sprang aus dem Bett. Noch bevor Bobby antworten konnte, hatte ich bereits ein Hemd übergezogen und auch die Hose hing wieder an meinen Beinen.

»Das liegt vermutlich daran, dass ich gerade seinen Lauf an der Schläfe sitzen habe. Ethan, ich bin in meiner Praxis, ich weiß nicht, ob ich...«

Die Leitung war tot. In eiligster Panik zog ich mich an, steckte ein Messer in meinen Stiefel und warf einen letzten Blick auf Juliet, ehe ich das Zimmer verließ. Sie schlief noch tief und fest. Als nächstes rannte ich in die Küche und zog eine der Holzdielen aus dem Boden – darunter versteckt war meine Glock. Ich griff, was ich am nötigsten brauchte und rannte zu meinem Auto. Dieser Mistkerl hatte gerade einen Fehler begangen. Und es sollte sein letzter sein.

Naperville, Illinois
Vereinigte Staaten von Amerika

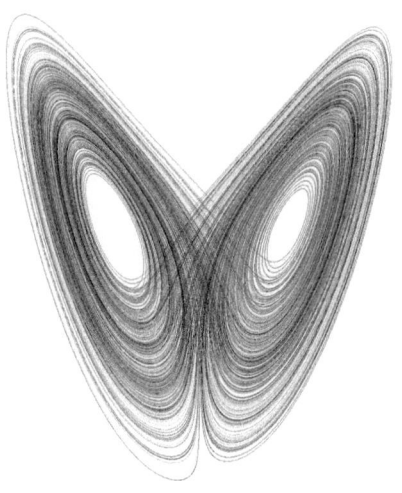

12. Oktober 2019

XIX

Ich knallte die Autotür hinter mir zu und hatte damit gerechnet, schon außerhalb des Gebäudes auf Widerstand zu stoßen. Meine Waffe war geladen – und ich ebenfalls. In schnellem Tempo, jedoch durchaus behutsam, schritt ich über den Parkplatz bis ins Treppenhaus. Es war niemand zu sehen. Erstes Stockwerk. Es war niemand zu sehen. Zweites Stockwerk. Es war niemand zu sehen. Drittes Stockwerk. Ich trat die Tür ein. »Bobby!«, brüllte ich quer durch die Zimmer der Praxis. »Ethan, hier!«, schallte es nur kurz darauf zurück. Ich trampelte kurz auf der Stelle, um etwaigen Feinden die Illusion einzuprägen, ich sei bereits an ihnen vorbei. Dann begann ich, jeden einzelnen Raum zu sichern.

Ich ging hinter die Rezeption und trat die Tür zum Mitarbeitersaal ein. Jede Ecke wurde von meinem Blick durchschweift.

Dann ging es weiter in die Therapieräume – doch irgendetwas stimmte nicht. Außer den eingetretenen Türen, gab es keinerlei Zeichen eines Einbruchs. Und ich war derjenige, der die Türen beschädigte. Es war niemand zu sehen.

Als nächstes ging ich vorsichtig und mit gezogener Waffe ins Hinterzimmer, wo Bobby an einen Stuhl gefesselt war.

»Was ist passiert?!«, pfauchte ich, während ich seine Fesseln durchtrennte. Sein Puls raste noch immer im Höchsttempo und sein Bauch hob sich vor lauter Hyperventilation panisch auf und ab. »Ethan, es war Victor! Er ist hier reingekommen!« Ich nahm auch diesen Raum sorgfältig unter die Lupe. Der Stuhl, an dem Bobby gefesselt war, hatte ein beschädigtes Bein. Er musste versucht haben, sich zu befreien. »Wo ist er hin? Waren da noch mehr Leute bei ihm?« Wie konnte ich nur Tage zuvor bloß so naiv sein, ihn in Flammen zu stecken? Er hatte deutlich zu hohe Chancen, es zu überleben. Und scheinbar tat er das. »Er ist einfach wieder abgehauen! Er hat mich hier gefesselt, hat sich deine Patientenakte gekrallt und ging einfach wieder!«

Ein kalter Schauer lief mir über den Rücken.

Juliet.

Cook County Forest, Illinois
Vereinigte Staaten von Amerika

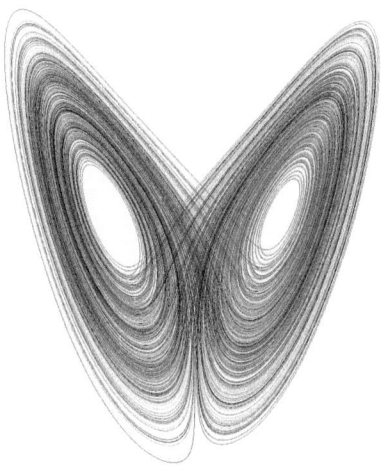

12. Oktober 2019

XX

Der Motor meines Wagens gröhlte mir durch die Ohren, als ich durch jede noch so verschlammte Kurve driftete. Victor durfte ruhig wissen, dass ich auf dem Weg war. Sein letztes Stündchen hatte geschlagen und ich wollte ihm die Chance geben, Frieden mit seinem Schöpfer zu machen – auch wenn es der Teufel höchstpersönlich war, der auf ihn wartete. Ich konnte die Hütte bereits in der Ferne sehen und schaltete einen Gang hoch, um durch fallende Drehzahl leiser zu sein – doch meine hohe Geschwindigkeit behielt ich bei. Ich parkte direkt vor der Hütte und wusste dadurch, dass Victor mich gesehen hat. Ich öffnete die Tür.

»Ethan, welch eine Freude! Hast wohl gedacht, ich würde einfach verbrennen, oder?«

»Victor. Wie zur Hölle hast du überlebt?«

Juliet war gefesselt und geknebelt auf einem Stuhl. Er stand direkt neben ihr und hatte die Waffe an ihrem Kopf. Sie war völlig durchnässt von ihren Tränen. Wo hatte ich sie da mit rein gezogen?

»Hast du dich nie gefragt, warum ich immer so einen langen Mantel trage?«

Wieso hatte ich bloß nicht darüber nachgedacht? Ich setzte einen Schritt auf ihn zu, merkte jedoch noch in der gleichen Sekunde, wie hinter meinem Kopf der Hahn einer Handfeuerwaffe gespannt wurde. Weiter konnte ich mich nicht bewegen.

»Ethan, Ethan, Ethan.« Er ging ein paar Meter auf und ab, doch seine Waffe blieb stets auf Juliet gerichtet. »Ich trage nichts *unter* dem Mantel, verstehst du? Kaum hattest du meine Lagerhalle verlassen, zog ich ihn aus und voila...« Etwas war seltsam an seinem Bewegungsablauf. Der Lauf seiner Waffe blieb so still. Sie bewegte sich in völliger Synchronisation mit seinem Handgelenk.

»Was willst du von Juliet? Töte *mich* doch einfach!«

Sie kniff die Augen zu und begann zu schreien. Doch all ihre Frequenzen wurden durch den Knebel erstickt.

»Oh, ich will niemanden von euch töten.« Er hielt kurz inne. Und dann senkte er seine Waffe.

»Ich will bloß deine Hilfe, Ethan. Sag, weiß deine Freundin von deiner Krankheit?«

Ich hastete auf ihn zu, doch einer seiner Männer stellte mir ein Bein und ich sank zu Boden. Ich hatte es Juliet nie erzählt. Und ich hatte es auch nicht vor.

»Also nein«, fuhr er fort und wendete sich meiner Geliebten zu. »Schätzchen, dein Romeo dadrüben... er leidet an etwas, das sich Vitek-Autismus nennt. Es ist eine Beeinträchtigung im Kopf des Menschen.«

Er sah ihr nicht einmal ins Gesicht, während er mit ihr redete. Stattdessen schaute er provokant in meines. Er wollte meine Reaktion sehen. Er wollte die Bestie wecken.

»Was hat das mit ihr zu tun, Dreckskerl?«, brüllte ich ihn an, die Betonung auf dem letzten Wort des Satzes.

»Aber Ethan, falle mir doch nicht gleich ins Wort!« Er wendete sich für einen Augenblick zu Juliet, fokussierte seinen Blick dann jedoch wieder auf mich. »Interessant, mein Schätzchen, ist das Ergebnis seiner Diagnose. Weißt du... Es sind ein paar einfache Tests, die durchgeführt werden. Ein Ergebnis zwischen 80 und 100 bedeutet, dass das Subjekt Autist ist.«

Er signalisierte einem seiner Männer, ihm meine Patientenakte zu reichen, die zuvor aus Bobby's Praxis entwendet wurde. Und er hielt sie Juliet direkt vor die Nase. Sie begann erneut, schwer zu weinen.

»Erklär mir das, kleine Schlampe!« Er kassierte die vermutlich heftigste Ohrfeige, die ich je ausgeteilt hatte. Doch er blieb unbeeindruckt. Warum tat es ihm nicht weh? Er zuckte nicht einmal mit der Wimper. »Also, Kleines. Erklär mir doch mal, wie das Testergebnis deines Freundes bei 115 liegen kann, hm? Ist er vielleicht doppelter Autist?« Er stieß ein unverschämtes Lachen aus, das eine pure Provokation in mir auslöste. »Nein. Was du über das Vitek-Syndrom wissen musst, ist... es macht Menschen nicht dumm oder zurückgeblieben, wie die Medien es dir verklickern wollen! Nein, es macht sie schlau! Es macht sie schlauer als jeden anderen! Wusstest du, dass Albert Einstein Autist gewesen ist? Und der Autor Arthur Conan Doyle, schrieb seinen Charakter Sherlock Holmes so, dass auch er Autismus...« Er kassierte die nächste Ohrfeige. Ich spuckte ihm direkt ins Gesicht und mein Speichel tropfte seine schwarzen, gegelten Haare herab, bis in die eisblauen Augen. »Worauf willst du hinaus, Victor?«, brüllte ich ihn an.

»Ethan, verfickt nochmal! Autismus *verbessert* Menschen! Sofern das Ergebnis über 100 liegt! Du hast die Gabe, deine Umgebung in einem 360° Winkel wahrzunehmen, stimmt's? Du kannst komplexeste Rechenaufgaben im Bruchteil einer Sekunde berechnen – ebenso wie die Flugbahn deiner Kugeln. Du bist ein Krieger, Ethan!«

»Und was willst du dann mit mir? Mich rekrutieren, damit deine kleine Hinterhofgang ein paar seriöse Kämpfer hat?« Jetzt kassierte ich einen Schlag und fiel erneut zu Boden. Wo hatte er bloß diese Kraft her?

»**ICH** bin Autist, Ethan! Genau wie du!« Mir fehlten die Worte... doch nicht etwa die Taten. Sein Mann hinter mir kassierte einen heftigen Tritt in den Unterleib, während meine Faust in Victor's Gesicht landete. Dann flog mein Fuß in seinen Bauch. Doch er zuckte immer noch nicht.

Es war wie Schach: Sämtliche Züge wurden in großen Abständen zueinander ausgeführt. Auf Schlag folgte Schlag, ohne Kontermöglichkeiten.

»Du kannst genau berechnen, was ein Mensch als nächstes tut! Es ist, als könnest du Gedanken lesen! Alles, was in deinem Kopf passiert, Ethan, passiert in enormem Tempo. Aber bei mir ist das nicht so!«

»Tja, vielleicht bist du einfach ein Vollidiot?« Der nächste Schlag landete auf meiner Schläfe. Ein weiteres Mal ging ich zu Boden.

»Unsinn, du Wichser! Mein Testergebnis lag bei 185! Erklär mir das, Klugscheißer!«

Er fuchtelte wie wild mit seiner Waffe vor meinem Gesicht rum. Doch ich konnte noch immer nicht ausmachen, warum sein Handgelenk so seltsame Bewegungen machte.

»Ich will deine Hilfe, Ethan! Ich will dein Hirn untersuchen! Teile deiner Zellen extrahieren! Dein Blut analysieren! Ich glaube, in dir steckt das Heilmittel für Autismus!«

»Du bist verrückt, Victor.«

Er signalisierte mit seiner Waffe, wie ernst er es meinte. Und endlich fiel es mir auf:

Die Pistole bewegte sich in einer Linie mit seinem Handgelenk. Als schien sie kein Eigengewicht zu haben. Ich ging zum Kühlschrank, öffnete die Tür und wendete ihm lediglich den Rücken zu. Das hier war Schach.

»Was soll das werden? Ein kleiner Brunch?«, fragte er mich.

»Meine Freundin hat einen verdammt trockenen Hals. Hörst du sie denn nicht husten?« Ich kramte eine Flasche Wasser heraus, sowie ein Glas aus dem Schrank, das ich sogleich füllte. Ich ging zu ihr hin und schüttete es in ihren Mund. Victor und seine Männer lachten mich aus.

»Das nennt sich Waterboarding, Ethan, du Vollpfosten! Der Knebel unterdrückt ihren Schluckreflex. Sie ertrinkt jetzt gleich, das weißt du schon, oder?«

Ich stellte das nun leere Glas zwischen ihren Beinen auf den Stuhl und ging zwei Schritte von ihr weg, während ich sie husten und würgen hörte.

Ich drehte mich um und trat den Hintermann mit einem gezielten Roundhouse-Kick zu Boden, er fiel sofort bewusstlos um. Mein Bein ließ ich dabei angehoben, um das Messer aus meinem Stiefel ziehen zu können. Ich schleuderte es auf den zweiten Mann, der in meiner Hütte patrouillierte. Das hier war Schach.

Und in meiner Kindheit war Schach das einzige Brettspiel, das mir je gut lag – ich war immer der Beste.

Victor richtete seine Waffe auf Juliet und zog den Trigger.

XXI

Der Moment lief wie in Zeitlupe. Doch es stellte sich heraus, dass meine Berechnungen stimmten. Seine Bewegungsabläufe... wie die Waffe in seiner Hand nicht zitterte... sie war nicht gespannt. Es löste sich kein Schuss und ein vergebliches Klacken des Magazinhammers war das einzige Geräusch, das durch die Wände schallte.

Er hob seine Hand an und fuhr mit der anderen an den Schlitten, um den Hahn zu spannen. Doch das Zeitfenster reichte aus. Ich setzte zwei rasante Schritte auf ihn zu und griff dabei das Glas, welches ich zwischen Juliet's Beine gestellt hatte. Es landete geradewegs in Victor's Gesicht und er sank zu Boden.

Während Juliet weiter vor sich hin keuchte, wendete ich mich ihr zu und löste den Knebel, sowie ihre Fesseln.

»Ethan, was passiert hier?! Ich will nicht, dass wir sterben! Ich liebe dich, Ethan, ich...«

»Wenn du mich liebst, dann setze dich jetzt auf den Beifahrersitz meines Autos und halte dir die Ohren zu.«

Es überraschte mich, aber sie tat, worum ich sie bat. Während sie – immer noch weinend – die Hütte verließ und in mein Auto stieg, schloss ich die Tür hinter ihr und beugte mich zu Victor herunter. Ich hob seine Pistole vom Boden auf, spannte sie und richtete sie direkt in sein Gesicht.

»Ethan, warte, ich...«

»Schach-Matt, Motherfucker.«

Seattle, Washington
Vereinigte Staaten von Amerika

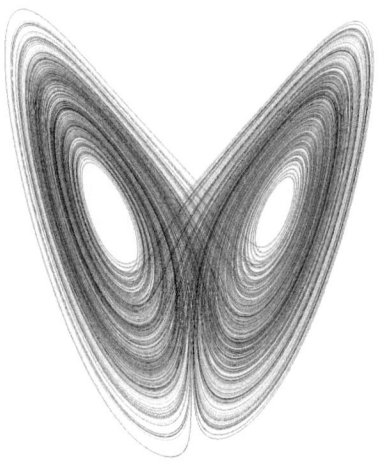

16. November 2019

XXII

»Schatz? Das Frühstück ist fertig!« Ihre wunderschöne Stimme drang an mein Trommelfell und weckte mich aus tiefsten Träumen. Ich öffnete die Augen und blickte in eine bezaubernde Morgensonne, die durch das Fenster schien. Der verführerische Geruch von Kaffee, Ei und Bacon zog durch meine Nase. Sie kam in unser Schlafzimmer und bat mich mit einem liebevollen Kuss dazu, aufzustehen. »Juliet, darf ich dir etwas verrücktes sagen?« Sie sah mich mit gespannten Augen an und lauschte jedem Atemzug, der meinem vernarbten Körper entronn. Ich hielt für einen Augenblick inne, doch ihr Lächeln sagte mir, dass ich fortfahren sollte. »Ich glaube... ich bin glücklich.«

Es waren fünf Wochen vergangen, seit Victor meine Hütte im Cook County Forest auf den Kopf stellte. Juliet und ich waren nach Seattle geflüchtet und wohnten seit jeher in einem ruhigen Motel im Norden der Stadt. Von dem Großstadt-Trubel Seattles war hier nicht viel zu merken. Das hier war die Ecke des Washington State, in dem Menschen ihre Kinder auf kilometerweit entfernte Schulen schicken mussten, während sie selber auf die Elchjagd gingen. Es war ein idyllisches Leben und ich konnte mir gut vorstellen, es für die nächsten Jahrzehnte hier zu verbringen – mit Juliet an meiner Seite.

Beim Frühstück jedoch, sprach sie ein Thema an, das seit dem Tag unserer Abreise aus dem Cook County Forest nur totgeschwiegen wurde. »Was, wenn Victor's Leute uns ausfindig machen? Er hatte doch sicher einen Boss, oder?« Es war nicht so, als hätte ich mir nicht ohnehin schon viele Gedanken darüber gemacht. Vielleicht sogar zu viele. Aber eine Antwort musste her – eine Antwort, die ich noch nicht kannte. »Ethan, ich möchte lernen zu schießen. Wir sind doch sowieso schon im 'Staat der Freiwildjagd', also wieso schnappen wir uns nicht einfach ein Gewehr und du zeigst mir alles, was du weißt?« Gewissermaßen fühlte ich mich stolz. Ich wurde als Überlebender erzogen und nun hatte ich die Chance, ihr all mein Wissen zu vermachen. Aber gleichzeitig wollte ich auf keinen Fall, dass sie eine solche Laufbahn einschlägt. In der heutigen Welt war es von Vorteil, töten zu können. Aber ich wollte nicht, dass sie es könnte. Es verändert einen Menschen. Ich schwieg. »Ich weiß, du hälst nicht viel davon. Aber was, wenn meine Vermutung wahr wird? Was, wenn ich angegriffen werde?« Ich schlürfte meinen nun schon leicht abgekühlten Kaffee. Er schmeckte so bitter und herb, da er nicht unter voller Hitze genossen wurde. Doch der unangenehme Geschmack wurde schnell durch das himmlische Spiegelei und das noch himmlischere Bacon vertrieben, das meine Liebste mir gekocht hatte. »Juliet... Ich möchte nicht, dass du so wirst wie ich bin.« Sie senkte ihren Kopf und nahm ebenfalls einen Schluck aus ihrer Tasse. »Du meinst wohl, ich soll nicht so werden, wie du einst *warst!*« Sie hielt für einen Augenblick inne und starrte mich wortlos an, während ich mein Spiegelei nachwürzte und es in Stücke schnitt. »Ich liebe dich, Ethan. Aber du kannst mich nicht immer beschützen. Ich weiß, dass du es versuchst, aber...« Das reichte für mich als Begründung aus. Ich wollte lediglich, dass sie immer in Sicherheit ist. Daher unterbrach ich sie: »Ich mach's. Es ist okay. Schon morgen früh fangen wir an, ja?« Sie lächelte, erhob sich aus ihrem Stuhl und setzte sich auf meinen Schoß. »Ich liebe dich, Ethan. Ich liebe dich so sehr«, flüsterte sie mir zu und gab mir einen langen, leidenschaftlichen Kuss. »Danke, Baby«, fügte sie hinzu. »Es ist mir wirklich wichtig. Vielleicht kriegst du heute Abend ja sogar ein kleines Dankeschön?« Sie fuhr mit ihrem Finger über meine Brust und gab mir einen weiteren Kuss, ehe sie sich wieder auf ihren Stuhl setzte. »Aber es gibt da noch etwas, das mir wichtig ist«, fing sie an, zu erklären. »Ich möchte wissen, wie deine Eltern gestorben sind. Wir leben gerade von ihrem Erbe, also vielleicht habe ich ja sogar ein Recht das zu erfahren!« Sie runzelte kurz mit der Stirn, während ich vor mich hin schwieg. »Nein, so meinte ich das nicht! Ich möchte es nur dann erfahren, wenn das für dich okay ist. Aber ich wollte sagen, dass...« Ich vollendete den letzten Schluck Kaffee aus meiner Tasse und setzte sie auf den Unterteller. »Lass mich noch gerade das Geschirr spülen, ja?«, unterbrach ich sie. »Dann erzähle ich es dir.«

»Ich liebe dich.«

»Ich liebe dich auch. Aber jetzt stell' dich auf eine lange Geschichte ein...«

Heinsberg, Nordrhein-Westfalen
Deutschland

28. Juni 2015

»Ethan Widow, richtig? Moe hat mir von dir erzählt.« Ich wusste noch nicht, mit wem ich es da zu tun hatte. Also nickte ich ihm bloß stumm zu. Er ging vor mir auf und ab und musterte mich von Kopf bis Fuß – ich tat es ihm gleich. Er hatte lange, schwarze Haare und trug zwei goldene Ohrringe. Seine Faustknöchel waren blutig. Wie viele Kerle hatte er damit wohl schon K.O. geschlagen? »Moe meinte, du seist der intelligenteste Kerl, den er je getroffen hat. Stimmt das?« Ich lachte mit einem sarkastischen Unterton und runzelte mit der Stirn. Meine Schultern zog ich bis zu den Ohren hoch. »Ich weiß ja nicht, mit was für Idioten Moe sich so abgibt. Also wie soll ich dir die Frage beantworten?« Er lachte ebenfalls und zeigte mit dem Finger auf mich, als wolle er sagen *Touché, Kleiner, der Punkt geht an dich.* »Nun, Ethan Widow, gehen wir doch einfach mal davon aus, Moe hat sich nicht in dir getäuscht... ich könnte noch jemanden wie dich gebrauchen. Für mein...« Er hielt kurz inne und begann zu grinsen. »Für mein Geschäft.« Ich nickte ihm zu und wendete meinen Blick kurz zum Fenster, ehe ich wieder das Wort ergriff: »Und was ist das für ein Geschäft, das du da führst, Captain Hook? Bist du ein Unterhändler von *Beate Uhse* oder verkaufst du vielleicht diese fürchterlich stillosen Ohrringe?« Er griemelte und fuhr sich mit seinen rauen Fingern durch den noch raueren Bart. »Na das hat wenigstens die Frage geklärt, ob du wirklich so intelligent bist. Ein Idiot wie Moe hätte mir jetzt Schimpfwörter an den Kopf geworfen. Aber deine stilvollen, sarkastischen Bemerkungen, Ethan Widow... ich bin beeindruckt!« Ich warf ihm einen provokanten Luftkuss zu und sagte: »Gern geschehen! Aber das erklärt immer noch nicht, ob du einen Piraten-Fetisch hast, oder tatsächlich auf diese goldenen Ohrringe stehst, aye? Erklär es mir doch, Matrose!« Er sprang auf mich zu und verpasste mir eine Ohrfeige. »*Du* bist hier der Matrose. Und *ich* bin der Captain, ist das klar, Klugscheißer? Also... ich schmuggel Drogen. Kokain, Crack, Meth oder einfach nur Gras... es ist alles dabei. Ich brauche jemanden, der für mich plant.« Ich lachte ihn aus. Ich verhöhnte ihn. Er versuchte, sich unbeeindruckt zu halten, doch es gelang ihm nicht. Seine Miene verfinsterte sich. »Was ist so lustig?«, brüllte er mir ins Gesicht. »Na wer hat dir den Schmuggel denn beigebracht, dass du so derbe darin versagst? Welcher deiner vielen Väter hat dich unterrichtet? Oder war es vielleicht deine Mutter?« Schon kassierte ich die nächste Ohrfeige. Doch ich empfand das Gespräch als zu amüsant, um es in einer Schlägerei enden zu lassen. »Du hälst dich für besonders schlagfertig, oder? Also... machst du's, oder machst du's nicht?« Ich verhöhnte ihn weiter und schüttelte nur den Kopf, ehe ich die dritte und vierte Ohrfeige einstecken musste. »Vergiss es, Captain! Mit Typen wie dir gebe ich mich nicht ab, verstehst du? Denn, naja... Richard Tirendi hat mal gesagt; *Wenn du der schlauste Mensch im Raum bist, bist du im falschen Raum.* Also was will ich dann bei dir?« Ich rechnete mit der fünften Ohrfeige, doch sie blieb mir erspart. Er ging nur weiter seine ruhigen Strecken im Raum auf und ab. Die Holzdielen knarrten und er schien kurz zu überlegen, ehe er sagte: »Na fein, Ethan Widow. Das wird Konsequenzen haben. Die schlimmsten Konsequenzen, die du dir vorstellen kannst, Klugscheißer!« Ich schlang meinen Rucksack wieder um und ging in Richtung der Tür. »Womit muss ich rechnen? Du brichst bei mir ein und stichst mir einen deiner verführerischen Ohrringe, während ich schlafe?« Ich lachte ihm ein letztes Mal ins Gesicht, ehe ich den Raum verließ und nur noch ein lautes »Fick Dich!« aus Richtung meines Rückens vernahm.

Zwei Tage später war es dann soweit. Es war der 30. Juni 2015. Ich hatte das Jugendhaus verlassen, um meine Eltern und meinen Bruder besuchen zu gehen. Die Tür stand offen und ich trat herein. Vermutlich wollte mein Vater gerade das Auto beladen, dachte ich mir – daher stünde die Tür offen. Doch ich lag falsch. »Mama? Papa?« rief ich durch den Flur. Ich wollte sie nicht erschrecken, daher tastete ich mich nur langsam vor... ehe ich das Blut am Türrahmen sah und einen stumpfen Schrei aus dem Keller hörte.

Ich sprintete die Treppe herunter und stolperte fast über meine eigenen Beine. »Mama! Papa!« brüllte ich, so laut ich konnte. »Joey!«, folgte sogleich. Ich trat die Stahltür zum Heizungskeller ein. All die Energie, die meine Bestie hergab, setzte ich in diesen einen Tritt. Und die mindestens 100 kg schwere Tür sprang aus dem Schloss.

»Joey!« Er war gefesselt und geknebelt. Aus seinem zugestopften Mund tropfte Blut in großen Mengen und es hingen zwei herausgeschlagene Zähne im Knebel fest, der von Blut und Tränen durchnässt war. Ich löste als erstes den Knebel, ehe ich ihn entfesselte.

»Ethan!« Er sprang mich an und umarmte mich. Ich hatte ihn seit Wochen nicht gesehen und nach allem was passiert war, hatte ich nicht damit gerechnet, dass er mir noch in die Augen sehen könnte. Aber jetzt hielt er mich fest im Arm und erdrückte fast meine Lungen. »Ethan, er hat Mama und Papa! Er hat sie in den Werkraum geführt, ich habe Schüsse gehört!« Meine ganze Welt wurde schwarz. Aus lauter Instinkt schubste ich Joey unabsichtlich von mir weg, sprang durch die zertretene Tür und rannte in den Werkraum.

Sie waren tot. Sie waren beide tot. Ermordet mit zwei sauberen Kopfschüssen. Joey rannte mir nach und zerbrach in Schreien und Tränen am

Boden. An der Brust meines Vaters klebte ein Zettel.

Na, Matrose? Willst du mir jetzt helfen? Ich kann dich ja nicht zwingen, aber nur so nebenbei: Die nächste Kugel trifft deinen Bruder, wenn du dich weigerst. Deine Entscheidung!

Nur deshalb hatte ich beschlossen, ihm zu helfen. Ich brachte Joey zu unseren Großeltern, doch ich betrat nicht einmal ihre Wohnung. Stattdessen ging ich zurück in das Haus meiner Eltern und klaute den Schlüssel zum Dodge RAM meines Vaters.

Ich machte mich auf die Suche nach dem Schwein, das meine Eltern getötet hat und drohte, das gleiche meinem unschuldigen, kleinen Bruder anzutun.

»Wusste ich doch, dass du es dir anders überlegst, Ethan!« Ich sprintete auf ihn los, verdrehte sein Handgelenk hinter seinem Rücken und brach ihm vier Finger in nur einer Bewegung. Als nächstes landete mein Bein auf seinem Knie, wodurch ich die Kniescheibe zerschmetterte und er – nach nur 2 Sekunden des Kämpfens – zu Boden ging. Doch es schien ihm nichts auszumachen. Warum machte es ihm nichts aus?! Er griff mit der anderen Hand an seine gebrochenen Finger und das gebrochene Handgelenk. Sämtliche Knochen renkte er problemlos wieder ein. Das gleiche tat er an seinem Bein und brachte die zerschmetterte Kniescheibe wieder in Position.

»Morgen ist dein erster Job. Die Nacht bis dahin ist zwar noch lang, aber vielleicht fängst du schon mal an, Ethan.«

»Nenne mir einen Grund, dich nicht hier und jetzt zu töten!«

»Naja... ich habe eine ganze Armee von Kriegern, weißt du? Und ich werde sie alle hinter dir und deinem Bruder Joey her schicken.«

»Und wenn wir uns aus dem Staub machen? Ich habe gehört, Chicago sei ganz nett!«

»Ich folge dir auch bis in die USA, wenn du darüber nachdenkst, mich abzuziehen. Und solltest du mich töten, werden meine Männer das halt übernehmen.«

»Ich mach's, nur sag mir... wie ist dein Name?«

»Ach Gottchen, Ethan! Wo bleiben denn meine Manieren?! Bitte entschuldige! Ich? Ich...«

Er hielt kurz inne.

»Ich bin Victor.«

Seattle, Washington
Vereinigte Staaten von Amerika

16. November 2019

»Also war es Victor, der deine Eltern getötet hat?« Sie war erkennbar verdutzt. Doch ein kurzes Nicken reichte ihr als Bejahung. »So ist es. Und er hat es auf jeden abgesehen, der mir nahe steht. Deshalb solltest du wohl tatsächlich sehr zügig das Schießen lernen, Baby.« Mittlerweile war es für mich fast schon zur Gewohnheit geworden, ihr aus meiner Vergangenheit zu berichten. Und das natürlich ohne ihr dabei gleich an die Kehle zu springen. Was würde Bobby jetzt bloß denken, wenn er mich sehen könnte? Ich hatte ihn einfach in seiner Praxis zurückgelassen, um Juliet retten zu können.

»Also, morgen geht es dann los, ja? Deine erste Übungsstunde. Such uns in den ganzen Flyern doch schon mal eine geeignete Stelle heraus!« Sie nickte mir lächelnd zu und begann so gleich, in den Schubladen des Motel-Zimmers herumzukramen. »Was machst du in der Zeit?«, fragte sie mich, als sie sah, dass ich meine Schuhe anzog.

»Na was wohl? Ich besorge uns ein Gewehr!«

Wenatchee Reservat, Washington St.
Vereinigte Staaten von Amerika

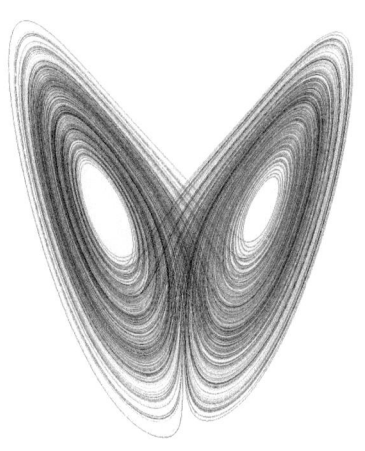

17. November 2019

XXIII

»Na los, du zu erst«, scheuchte ich sie voraus. Sie setzte den ersten Fuß behutsam auf die unterste Sprosse der morschen Leiter und blickte herauf zum Hochsitz. Das gesamte Gerüst beugte sich mit dem Wind, der durch die Baumwipfel strich. In eleganten Sätzen hopste sie über die Holzbalken, wich dabei gekonnt den Ästen aus, die ihr entgegen schlugen und platzierte sich dann auf der Sitzfläche, wie eine Löwin, die auf ihrem Felsen thront. Mein Blick schweifte während ihrer Klettereinlage auf die perfekten Beine, ihren Körper entlang und über ihren wohlgeformten Busen hinauf zum Gesicht. Sie lächelte auf mich herab und ich verlor mich im Moment. Hatte ich mich je dafür entschuldigt, am Anfang so ein Arsch zu ihr gewesen zu sein? Und vor allem so wortkarg? Ich schämte mich dafür. Doch so war ich nunmal – ein einsamer Cowboy, der keine Silbe zu viel in den Mund nahm. Doch als ich sie da oben sitzen sah, so verzaubernd auf mich herablächelnd, fiel mir crncut dicsc extreme Kehrseite meines Charakters auf. Wie sehr sehnte ich mich doch schon seit Jahren danach, mich zu öffnen. Wie sehr wollte ich jemandem meine

Gefühle anvertrauen. Wie sehr wünschte ich mir doch, ihre Geborgenheit zu spüren.
Und mit ihr war ich endlich so weit.

Der Mensch war schon immer ein Rudeltier. Und auch, wenn ich selbst die Schuld an meiner sozialen Isolation trug, fühlte ich mich dennoch nie wohl damit. Nicht, als mir bei ihrem Anblick jedes mal auf's neue klar wurde, wie wunderschön andere Menschen doch sein können. »Kommst du, Cowboy?«, kicherte sie mir zu und tippte mit ihrer Hand auf die leere Sitzfläche neben sich. Ich kletterte die Leiter hinauf, ließ Stufe für Stufe hinter mir. Es waren rund zehn Sprossen, die an den prächtigen Stamm des alten Ahornbaums angelehnt waren. Und als ich oben angelangt war, freute ich mich, endlich neben ihr zu sitzen. Der Hochsitz war zweifellos für nur eine Person gedacht. Mehr Platz wäre für Jagdzwecke nicht diskret genug gewesen, zu mal ein gemischter menschlicher Geruch jegliches Wild vertrieben hätte. Nein, hier war nur Platz für einen Jäger und seine Remington. Es war daher ganz schön eng. Doch es gefiel mir. Auch nach den gemeinsamen Wochen im Motel – und Kuscheln war dort ebenso wenig eine Seltenheit wie Geschlechtsverkehr – liebte ich es jedes Mal auf's neue, ihr so nah zu sein.

Ich erklärte ihr, wie ein Gewehr aufgebaut war. Es fing an mit den äußerlichen Aspekten. Vom

Schaft arbeiteten wir uns vor, über Kimme und Korn zum Magazin, bis über den langen Lauf dieser dunkelbraun lasierten Remington. Danach erklärte ich ihr die Technik und wie diese funktionierte. Sie lauschte gebannt meinen Worten. Für sie war es zweifellos Neuland, das wusste ich ohnehin. Aber ich war überrascht davon, wie wissbegierig sie war. Noch bevor ich fertig war mit meinen Erklärungen zur Waffe, erschien ein majestätischer Hirsch, nur etwa 20 Meter von uns entfernt. Er hatte uns noch nicht entdeckt. »Hier, versuch es!«, flüsterte ich ihr zu. Sie legte ihre zarten Hände an Abzug und Unterlauf, ehe sie durch das Visier blickte. Sie zog mit aller Kraft am Repetierhebel, doch es gelang ihr nicht. Sie musste leicht kichern – doch nicht laut genug, um dieses Prachtexemplar eines Hirsches zu verscheuchen. Ich griff mit der rechten Hand an die Waffe und repetierte sie. Zeitgleich löste sie die Sicherung, blickte erneut durch das Visier und war bereit zum Schuss.

Treffer.

»Und, war das gut?«, fragte sie, nachdem sie die Waffe bereits gesenkt hatte, doch sie verzog ihr Gesicht und packte sich instinktiv an die Ohren. »Es ist normal, dass dir der Schädel klingelt. Keine Angst, das ist gleich weg. Und du wirst dich dran gewohnen. Und, äh...« Der Hirsch ging sofort zu Boden, nachdem die Kugel traf. Unter

Waidmännern ist es keine Seltenheit, das Wild noch über mehrere hundert Meter laufen zu sehen, ehe es seinen Verletzungen erliegt. Aber wie sie es geschafft hatte, zeugte es nicht nur von Können, sondern war zudem so waidgerecht, wie das Töten nur sein konnte. »Ja, der Schuss war unglaublich!«, ergänzte ich meine eigenen Worte. »Lass mich mal!« Sie stellte die Sicherung wieder ein – ich war stolz, dass sie alleine so weit dachte – und gab mir die Remington in die Hand. Rund fünf Vögel konnte ich in den Ästen erspähen, der eine weiter entfernt als der andere. Die Distanzen lagen zwischen etwa 50 und 400 Metern Entfernung und ich musste den letzten Vogel töten, bevor nur ein einziger der Fünf den Schuss realisieren würde. Ich legte die Waffe an, löste die Sicherung und repetierte.

Treffer.

Ich repetierte erneut, ohne mein Auge vom Visier zu nehmen.

Treffer.

Meine Sinne krümmten Raum und Zeit. Alles erschien verlangsamt.

Treffer.

Der dritte Vogel fiel vom Ast und ich gab den nächsten Schuss ab, ehe der überhaupt den Boden berührte.
Treffer.

Ich repetierte ein letztes Mal und zog den Lauf in der selben Bewegung gerade. Dann zog ich den Trigger.

Treffer.

Erst jetzt landete der erste Vogel auf dem Boden. Wie beim Domino taten es ihm die anderen gleich. Alle waren sie tot. »Wie hast du das gemacht?«, fragte Juliet und lachte sogleich, als sie fortfuhr: »Mit Meditation und Kontrolle deiner Chakras?« Ich kicherte laut genug, um den ganzen Hochsitz zum Wackeln zu bringen. »Manchmal, da ist es eine Gabe, ja. Aber es hat nichts mit esoterischem Humbug wie Meditation oder Chakras zu tun. Sobald ich eine Waffe ansetze, kommt es mir vor, als würde die Zeit verlangsamt vor meinen Augen ablaufen.« Sie sah mich mit einem seltsamen Blick an und ich konnte nicht ausmachen, ob es Bewunderung oder Ungläubigkeit in ihren Augen war. Sie nahm mir die Waffe aus der Hand. »Lass mich nochmal, ich kann das!« Ich legte meinen Arm um sie und gab ihr einen Kuss. »Das weiß ich.«
»Mir ist da übrigens noch etwas eingefallen«, sagte sie, während sie die Waffe spannte. »Victor

hat also geschworen, er würde jeden töten, den du liebst, richtig?« Meine Miene senkte sich und auch das letzte Anzeichen eines Lächelns verschwand aus meinem Gesicht. Aber ich nickte ihr bestätigend zu. »Und du hast auch gesagt, dass Joey nicht an sein Telefon gegangen ist, als du ihm zum Geburtstag gratulieren wolltest, richtig?«

Wie konnte ich bloß so naiv sein. Ich riss ihr die Waffe aus der Hand, griff unseren Rucksack und sprang den Hochsitz in nur einem Satz herunter. »Wir müssen los, jetzt sofort!«, brüllte ich zu ihr hoch. Doch Joey's Geburtstag war mittlerweile fast zwei Monate her – als Victor noch lebte. Wäre unsere Befürchtung richtig, dann wäre er jetzt bereit tot. »Los, zum Auto!«, schrie ich und bemerkte dabei kaum, dass sie nicht hinterher kam. »Wo müssen wir denn hin? Sagtest du nicht, er studiert? Wo ist er denn?«, rief sie mir hinterher und rannte mir nach, so schnell sie konnte. Dennoch war sie völlig außer Atem. Doch der einzige Mensch, den ich so sehr liebte wie sie, war in Gefahr – und vermutlich bereits tot.

»In Seattle.«

Seattle, Washington St.
Vereinigte Staaten von Amerika

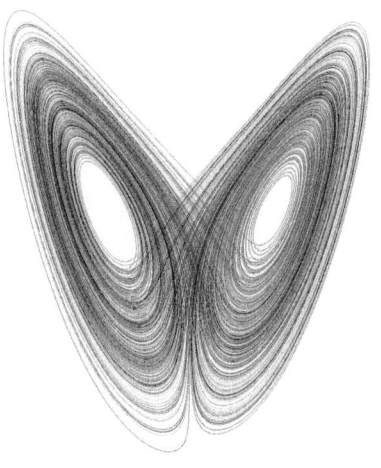

17. November 2019

XXIV

»Das hier müsste es sein, glaube ich«, erklärte ich Juliet in verunsicherter Stimme, als wir auf den Parkplatz auffuhren. »Heißt das, du warst noch nie hier?« Ich schüttelte den Kopf, versuchte jedoch, das Thema zu meiden. »Im Handschuhfach ist 'ne Browning. Stell die Sicherung ein und stecke sie hinten unter deinen Gürtel.« Sie warf mir einen unsicheren Blick zu. Doch jetzt war sie gezwungen, entschlossen zu sein. Das letzte Mal, als ich sie in einer solchen Situation allein gelassen hatte, wurde sie beinahe erschossen. Dieses Mal musste sie also bei mir bleiben. Und sie musste tapfer sein. Wir stiegen aus dem Auto aus und setzten unsere Füße in die Pfützen der Kuhlen, direkt neben der Parklücke. Ich schloss das Auto ab und setzte einen nassen Fuß nach dem anderen in Richtung des Hauses. »Bleib dicht hinter mir!« Es waren keinerlei Menschen zu sehen. Keine Studenten, keine Besucher, keine Bewohner. Nicht einmal ein Hausmeister oder eine Putzfrau. Am Briefkasten las ich, dass Joey im Zimmer 1337 verweilte. Das bedeutete – zufolge der Architektur amerikanischer Bauwerke des 20. Jahrhunderts – sein Zimmer läge im 3. Flur des 13. Stockwerks und endete auf die

Nummer 7. Es fiel mir schwer, die nächste Entscheidung zu treffen, doch um Joey zu retten war es vielleicht notwendig: »Hör zu. Du nimmst jetzt den Aufzug. Ich gehe über die Treppe. Halte deine Waffe griffbereit und schieße auf jeden, der dir verdächtig vorkommt.« Sie nickte mir stumm und entschlossen zu. Es war vielleicht eine halbe Stunde, die ich sie ausbilden konnte, doch sie schien ein Naturtalent zu sein – hatte es gereicht? »Nach wem muss ich Ausschau halten?« Es freute mich, dass sie mitdenken konnte. Ich hätte es in all dem Trubel vermutlich vergessen. »Ein kleiner Junge, etwas Bubi-artig, mit einer Justin Bieber-Frisur und einer Zahnspange« Sie runzelte mit der Stirn. »Ein kleiner Junge? Mit einer Zahnspange? Ethan, wann hast du deinen Bruder denn das letzte Mal gesehen?« Ich musste schmunzeln, schüttelte jedoch den Kopf und dachte kurz nach. Dann fiel mir der Code ein, den mein Bruder und ich kurz nach dem Tod unserer Eltern vereinbarten. »Wenn du jemand verdächtiges siehst, sage ihm *Sic parvis magna*. Wenn er mit *fratres in aeternum* antwortet, hast du Joey gefunden. Wenn nicht, dann musst du...« Sie nickte mir selbstbewusst zu. »Schon klar. Und jetzt los!« Die Aufzugtür schloss sich vor meinen Augen und sprintete die Treppe hoch. In jedem Stockwerk machte ich einen kurzen Halt, um zu kontrollieren, ob der Aufzug die Etage bereits passiert hatte. Doch im 6. Stockwerk stimmte etwas nicht: Die Anzeige besagte, der

Aufzug stecke eine Etage tiefer fest. Und ich hörte das laute Schreien einer männlichen Stimme aus dem Treppenhaus. Von wo kam es? War es mein Bruder Joey, der gerade angegriffen wurde? Oder war es ein Feind, der meiner geliebten Juliet gerade einen Kampf lieferte?

Los, Ethan! Denk nach!

Ich kramte mein Handy aus der Tasche und beschloss, Joey anzurufen. Und ich hörte es aus dem Treppenhaus klingeln.

Ethan, du musst jetzt die Bestie wecken!

Das war die einzige Chance, meine Sinne zu verstärken – weit genug, um das Klingeln im Treppenhaus lokalisieren zu können. Doch wie würde ich das anstellen?

»Hilfe!«, schallte Juliet's Stimme quer durch das Haus. Und es sollte ausreichen. Ich begann zu pfauchen und rannte meinem Instinkt nach, herunter ins 5. Stockwerk. Es stand jemand vor ihr und hielt eine Waffe auf sie. Er trug eine weiße Sweatjacke, war sehr dürr – beinahe schon abgemagert – und hielt seine 1911 wie ein Amateur. Ich sprang auf ihn zu und stieß ihn zu Boden, ehe ich ausholte, um auf ihn einzuschlagen. »Sic Parvis Magna!«, brüllte er mir ins Gesicht und noch in der selben Sekunde stieg ich von ihm runter. Die Bestie in mir hatte gar nicht erkennen können, mit wem ich gerade rangelte. »Fratres in aeternum, Joey.« Er stand wieder auf und wischte sich den Dreck von seiner Jacke. »Du bist ganz schön aus der Übung, Bruderherz!«, lachte ich ihm entgegen, obwohl ich durchaus froh war, ihn zu sehen. Er machte einen Satz auf mich zu, trat mir in den Knöchel und bog meinen Arm hinter meinen Rücken. Dann setzte er sein Knie in meinen Hintern und ich fiel zu Boden. »Hoppla... vielleicht auch nicht!« Er reichte mir die Hand, damit ich aufstehen konnte – und ich nahm sie an. »Ethan, warum bist du hier?« Die Freude schien nicht unbedingt seinerseits zu sein, doch ich wusste nicht, woran das lag. »Ach, ich hatte Lust auf ein Bier!«, entgegnete ich, doch er krümmte nichtmal einen einzigen Muskel, der als Grinsen hätte gedeutet werden können. Endlich steckte er die Waffe zurück unter seinen Gürtel. »Vor über einem Monat kamen sie her und schossen wild um sich. Sie brüllten unseren Nachnamen!«, begann Joey zu erzählen und leitete uns in ein Zimmer inmitten des 5. Stockwerks. »Alle, die Überlebten, wurden evakuiert. Aber ich musste herausfinden, womit wir es zu tun hatten – wir wurden als Überlebende erzogen, Ethan.« Er gelitt uns in sein schmales Wohnzimmer und ich konnte sofort erkennen, dass es nicht ihm gehörte. »Joey, du hast Poster an deiner Wand? AC/DC? Led Zeppelin? Black Sabbath? Verdammt, wie oft hatte ich damals versucht, dich auf die richtige Seite der Musik zu holen?« Und endlich sah ich ihn lachen. Natürlich hatte er das Zimmer nach dem Angriff erst zu seinem Eigen gemacht. Aber ihn denken zu lassen, das wüsste ich nicht, war mir sein Lachen definitiv Wert. »Es gehörte einem Mädchen, Ethan. Ihr Name war Lonney.« Er deutete auf die Klappsessel und signalisierte uns, wir sollten uns hinsetzen. »Apropos Mädchen. Wann willst du mich eigentlich mal vorstellen?«, fragte Juliet in einem sarkastischen Unterton und ich glaube, Joey fühlte sich schuldig, dass er sie nicht zu Wort kommen ließ. Aber ich hatte inzwischen verstanden, dass das ihre Art von Humor war. »Joey, das ist meine Freundin. Juliet. Sie ist die schönste Frau in ganz Chicago!« Ich musste husten. »Ich meine, sie ist die schönste Frau auf der ganzen Welt!« Und zu meiner Erleichterung musste sie lauthals lachen. Die beiden schüttelten sich die Hände und Joey ging zum Kühlschrank, um drei Flaschen Bier heraus zu kramen. »Na, was sagst du, Bruderherz? Sieh sie dir an! *Wer* von uns hat es drauf, hm?«, lachte ich Joey entgegen. Das war die Art von Witzen, die wir in unserer Jugend gerne machten. Aber er lachte nicht zurück. »Nichts für ungut, Juliet. Aber...« Er hielt kurz inne »Lonney war tausend Mal hübscher, weißt du, Ethan?« Ich beugte mich aus meinem Sessel hervor und stellte die Flasche Bier zu Tisch. »Du meinst, die Lonney, der dieses Zimmer gehörte? Soll das heißen...« Ich hörte auf zu reden, als ich sah, wie er zu schluchzen begann. Doch er nickte mir tapfer zu und Juliet klopfte ihm kurz auf die Schulter. »Das tut mir leid, Joey. Hat Victor etwa...« Und erneut nickte er, während er mit den Tränen kämpfte. »Er ist das Schuld, Ethan!« In einer langsamen Bewegung hob ich meinen Kopf auf und ab. »Sic parvis magna«, sagte ich dann. Und er ergänzte mich mit »Fratres in aeternum«. Wie synchronisiert erhoben wir unsere Flaschen und stießen an. Zu meiner Überraschung war Joey derjenige, der den größten Schluck trank. In unserer Jugend brauchte er sehr lange, um sich mit Alkohol vertraut zu machen. Aber ich konnte ihm ansehen, dass Lonney's Tod ein Mittel zur psychischen Verarbeitung brauchte. Und an seiner Stelle hätte ich es nicht anders getan. »Woher wusstest du eigentlich, wen ich mit Victor meinte? Ich meine... du kennst ihn?«, fragte ich Joey und er nahm einen weiteren, großen Schluck, ehe er antwortete: »Er hinterließ einen Zettel an Lonney's Leiche. Das System kennen wir ja schon, oder?« Ich hatte keinen Schimmer, woher Joey die Verbindung erkennen konnte – ich hatte ihm nie gesagt, dass Victor auch derjenige war, der unsere Eltern tötete. Aber dann wiederum; Wie viele Feinde kann eine Familie schon haben, die zum Töten bereit sind? »Warum hast du nie angerufen? Warum bist du nie an dein Handy gegangen?« Er senkte seinen Blick und wusste nicht recht, was er antworten sollte. Aber er tat es trotzdem: »Sie waren nur wegen dir hier, Ethan. Und naja...« Er atmete tief durch und saugte dann an seiner Flasche wie ein Säugling am Busen seiner Mutter. Er hatte Trost im Alkohol gefunden. Und ich konnte es ihm nicht verübeln. »Du bist damals nach Chicago gegangen und ich nach Seattle. Du hast dich ja nicht gerade um micht gesorgt, und nun stirbt meine Freundin wegen dir? Ich wusste nicht, ob ich dich wiedersehen wollte.« Ich versuchte verzweifelt, die düstere Stimmung durch einen humorvollen Beitrag zu heben. Doch ich hätte wissen müssen, dass es mir nicht gelingen würde. »Tja, Joey, sieh es doch mal so: Hätte ich dir in unserer Jugend nicht beigebracht, wie Frauen funktionieren, hättest du Lonney wahrscheinlich nie rumgekriegt!« Seine Miene blieb so finster wie zuvor doch in einem Moment des Schweigens wischte er sich kurz durch sein Gesicht – unter den langen, dunkelblonden Haaren hindurch und über die braunen Augen – ehe er die Brauen wieder anhob und allmählich freundlicher dreinblickte. »Also, wie geht es jetzt weiter? Wie töten wir ihn?« Ich sah kurz zu Juliet und lächelte sie stolz an, ehe ich meinen Blick wieder Joey zuwandt. »Das haben wir bereits. Ich drückte ihm eine Kugel aus seiner eigenen Knarre zwischen die Augen. Er ist hinüber.« Juliet sah mich an und streichelte mir kurz über den Oberschenkel. Alleine an ihrem Gesichtsausdruck konnte ich erkennen, was sie dachte. »...aber wir glauben, dass er seine Männer nach uns schickte. Sie werden ihn rächen wollen. Warum würde ich meiner Freundin sonst beibringen, eine Waffe zu bedienen?« Mein Bruder sah zu Juliet und musste lachen. »Auf solche Typen lässt du dich ein?«, fragte er sie. Und bevor auch sie in Gelächter ausbrauch, entfloh ihr ein sicheres: »Ich liebe Ethan.« Aber ich hinderte sie daran, noch mehr zu sagen: »Joey, du weißt doch, wie das ist...« Für einen Moment schwieg ich, grinste ihm jedoch weiterhin in sein gespanntes Gesicht. »Als Kind wolltest du Fußball spielen lernen – und ich das Bogenschießen. Ich war schon immer interessanter als du!« Ich zwinkerte ihm zu, doch ich wusste auch so, dass er es nicht als Beleidigung auffassen würde. Doch bevor er sich dazu äußern konnte, klingelte ein Wecker an seiner digitalen Armbanduhr. »Sorry, jetzt ist Fütterungszeit«, erklärte er und erhob sich aus seinem Sessel. Er griff in eines der vielen Regale in seiner Küche und ging in Richtung des Nebenzimmers. Dann öffnete er die Tür und ich wurde überrascht. »Das hier ist mein Hund«, begann er zu erklären. »Also, eigentlich gehörte er Lonney und mir, aber... nunja. Sagt 'Hallo, Harambe'!« Erneut musste ich lauthals lachen und Joey stimmte ein – Juliet schien derweil gar nicht zu verstehen, warum das lustig war. »Ihr habt euren Hund tatsächlich nach diesem Gorilla benannt, der 2016 erschossen wurde?« Und ich glaube, nun erinnerte sich auch Juliet an die Schlagzeile. »Harambe war unser Herr und Erlöser! Er starb, um eine Botschaft zu verbreiten! Wir müssen ihn ehren!« Als wir noch Kinder waren, war das einer unser beliebtesten Insider. Harambe, der Gorilla, der erschossen wurde, um die Menschheit zu retten. Aber wir meinten es nie ernst. Ich fragte mich lediglich, ob Juliet das auch verstand. »Jungs, ist ja ganz toll, dass ihr euch wieder habt«, fing sie an zu reden. »Aber wollen wir uns nicht langsam einen Plan ausdenken, wie wir... naja, ich weiß auch nicht... wie wir *verdammt nochmal überleben?*« Ich war erstaunt, dass sie derart redete. So etwas hatte ich aus ihrem Mund noch nie zuvor gehört. Und es verdrängte jegliches Lächeln aus meinem Gesicht, ehe sie fortfuhr: »Ich habe einen Plan... wir müssen uns einfach fragen...« Joey und ich warfen einander einen kurzen Blick zu und signalisierten uns dadurch, dass wir nicht wussten, worauf Juliet hinaus wollte. »Wir müssen uns einfach fragen: WWHT?« Joey runzelte mit dir Stirn. Vermutlich dachte er gerade, meine Freundin sei verrückt. Aber dann schoss es mir auch durch den Kopf: »Was würde Harambe tun?«, fragte ich sie vorsichtig. Und in lautem Gelächter stimmte sie mir zu, während Joey sich beinahe an seinem Bier verschluckte. »Also, Bruderherz. Du und Harambe kommt mit uns. Wir wohnen in einem Motel, nicht weit von hier. Dort werden wir dir auch ein Zimmer organisieren, klar?« Ich sah Juliet fragend an. Sie schien einverstanden. »Sic parvis magna, Joey.« »Fratres in aeternum, Ethan.«

Seattle, Washington St.
Vereinigte Staaten von Amerika

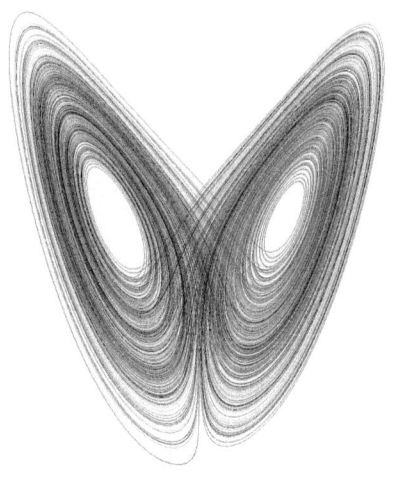

18. November 2019

XXV

Es war einer der schönsten Morgende seit langer Zeit. Ich wurde geweckt durch das strahlende Sonnenlicht, welches unser gesamtes Motelzimmer erleuchtete. Die Gardinen schienen förmlich zu glühen. Und wie schon in den letzten Wochen zuvor stand Juliet bereits in der Küche und bereitete das Frühstück vor. »Schatz? Ich geh deinen Bruder rüber holen, ja?« Ich war so angetan von diesem einen Moment. Von diesem einen Satz. Für nur einen Augenblick vergaß ich, in welchem Schlamassel wir alle steckten – und ich dachte mir, vielleicht sei es bereits alles vorbei. Vielleicht rannte ich so lange den Schatten meiner Vergangenheit hinterher, dass ich in ihnen versank. Aber dieser Morgen war die pure Normalität. Eine wunderschöne Frau, die für mich kochte und mich ausschliefen ließ. Ein geliebter Bruder, der sogar zum Frühstück vorbei kommt. Ein gemütliches Bett. Eine sichere Bleibe. Verdammt, sogar ein Sportwagen in der Einfahrt. Während ich vor dem Spiegel stand und meine Zähne putzte, malte ich mir aus, wie das Leben weiter gehen könnte. Ich würde mir einen Job suchen. Einen ganz normalen Job. Juliet würde sich um den Haushalt eines ruhigen Häuschens in einer noch ruhigeren

Gegend kümmern. Joey würde in der selben Straße leben. Mit seiner eigenen Frau, vielleicht sogar einem kleinen Sohn, den er – als erster in unserer Familie – nicht dazu erziehen müsste, ein Überlebender zu sein. Denn in dieser malerischen Welt gab es keine Kriege. Ich stellte mir vor, jeden Morgen aus dem Haus zu gehen, den Postboten zu grüßen, ehe ich zu meinem Minivan ginge und zur Arbeit fahre. Und nachmittags würde ich nachhause kommen, Juliet einen liebevollen Kuss geben, sobald ich auch nur den ersten Fuß in die Tür setzen würde. Wir könnten jeden Abend gemeinsam im Bett liegen, einen schönen Film ansehen und in den Armen des anderen einschlafen, ehe diese friedliche Routine am nächsten Tag von vorne beginnen würde. Jeden Freitag Abend könnten wir Essen gehen. Und jeden Samstag Mittag könnten wir mit Joey und seiner Frau picknicken.

Ich hatte zuvor noch nie von einer solchen Welt geträumt. Ich erkannte bloß Unterdrückung in Linearität und Routine. Sesshaft werden bedeutete für mich nichts anderes, als sich selber freiwillig in Ketten zu legen. Ich wollte ein Leben voller Abenteuer. Im einen Monat würde ich in Australien leben, im Monat darauf in Neuseeland. Den Sommer würde ich in der Karibik verbringen, den Winter in Alaska. So sahen meine Vorstellungen einer perfekten Zukunft ursprünglich aus – doch das war bevor ich Juliet kennenlernte. Jetzt war alles anders. Und zum ersten Mal – als mir der frische Geruch von Kaffee und Rührei durch die Nase zog und ich ein fröhliches »Yo Ethan, schon aus den Federn?« von meinem Bruder hörte – da konnte ich mich mit dem Gedanken anfreunden, sesshaft zu werden. Ich wollte, dass dieser Krieg endlich aufhörte.

»Hey, äh, ihr habt nicht zufällig Hundefutter da? Für Harambe?«, fragte Joey in einem rhetorischen Klang. Und ich musste nicht antworten, um seine Frage zu verneinen. »Die Straße runter ist ein Supermarkt. Ich geh' welches holen!«, bot ich ihm an und ich merkte, dass er sich freute. Es war sogar viel mehr als Freude. »Mensch, Juliet, was hast du mit meinem Bruder gemacht?«, lachte er. Und sie sah mich mit einem peinlichen Grinsen an – als wäre ihr diese Bemerkung unangenehmer als mir. Doch ich meinte es ernst. Ich tat es gerne.

Meinen Espresso trank ich in einem Schluck komplett aus, drückte mir eine Portion Rührei in den Magen und packte meine Schlüssel. »Ich bin in ein paar Minuten wieder da. Und äh...« Ein Grinsen konnte ich mir jetzt nicht mehr verkneifen – ich musste über meinen eigenen Witz lachen, noch bevor ich ihn aussprach: »Jocy, wenn du meiner Freundin peinliche Geschichten aus unserer Kindheit erzählst, dann bekommst *du* das Hundefutter serviert, klar?« Dann verließ ich das Motel.

XXVI

»Also, wie ist das so gewesen? Ich meine, mit Ethan aufzuwachsen?«, fragte Juliet meinen Bruder Joey. Er goss sich eine weitere Tasse Kaffee ein, spülte sie herunter und antwortete ihr: »Gewöhnungsbedürftig. Als wir noch kleiner waren – ich meine, *wirklich* kleiner – da war er ein wandelndes Klischee. Er spielte mir Streiche, lachte mich aus, wenn mir etwas schief ging und kommandierte mich herum. Unsere Eltern dachten oftmals, dass er mir etwas böses wollte – und daher dachte ich das auch. Aber irgendwann wurden wir älter. Und er entwickelte diesen super-intensiven Beschützerinstinkt. Als wäre er ein Tier, das sein Junges beschützt. Und er würde die Zähne fletschen, wann immer mir jemand zu nahe kam. Im schlimmsten Falle würde er sogar zubeißen.« Juliet hörte ihm interessiert zu, während er erzählte. Sie stellte sogar Zwischenfragen, um ihr Interesse zum Ausdruck zu bringen. »Aber das ist doch etwas gutes, oder?«, fragte sie. Und Joey bewegte seinen Kopf in kreisenden Bewegungen, als wollte er gleichzeitig Nicken und Verneinen. »Natürlich. Ich musste nie Angst davor haben, gemobbt zu werden. Aber umso mehr schmerzte es, als er zuhause rausgeflogen war. Die Story kennst du?« Juliet nickte ihm in schnellem Tempo zu und nahm einen weiteren Schluck ihres Kaffees, ohne dabei aufzuhören, Joey's Geschichte zu lauschen. »Naja... Ethan war einfach weg. Er hatte sich ja nicht ausgesucht, uns zu verlassen. Aber in jenem Moment erkannte ich das nicht. Ich verachtete ihn dafür, mich allein zu lassen. Und ich fühlte mich angreifbarer als je zuvor.« Juliet's Miene verdunkelte sich und sie senkte den Kopf. Joey konnte ihr ansehen, dass sie dieses Thema aufwühlte. Vielleicht hatte sie Angst, auch eines Tages verlassen zu werden? »Aber hat er dir je erzählt, wie er es aus diesem verfluchten Jugendhaus heraus geschafft hat?«, fragte er sie, doch sie schüttelte den Kopf und beugte sich vor, um die Geschichte zu hören. Joey begann zu erzählen.

Fast so lebhaft wie ich.

Geilenkirchen, Nordrhein-Westfalen
Deutschland

15. August 2015

Mein Name ist Joey Widow. Ich wuchs auf mit einem älteren Bruder, Ethan. Als er 16 Jahre alt war, wurde er zuhause rausgeschmissen und kam in eine Einrichtung für Jugendliche ohne Obhut. Er geriet in die Welt der Drogen und des Alkohols. *Der Underground*, wie er es nannte. Aber dann starben unsere Eltern und er wusste, dass sein kleiner Bruder ihn brauchte. Er war schon immer ein sehr theatralischer, junger Mann. Und es gab nur wenige Sachen, die ihm jemals wirklich wichtig waren. Aber *wenn* ihm mal etwas wirklich wichtig war, dann setzte er es auch um – mit der für ihn typischen Maß- und Grenzenlosigkeit.

Nach dem Tod unserer Eltern zog ich bei unseren Großeltern ein. Diese gaben Ethan die alleinige Schuld an dem, was passiert war. Ich musste mich oftmals rausschleichen, um ihn sehen zu können. Aber der Mensch, dem ich dann gegenüber trat, war einfach nicht mehr mein Bruder. Mal erwischte ich ihn mit einer Bong. Mal mit einer Spritze. Mal mit einer Zigarette, von der ich gar nicht wissen wollte, womit er sie gefüllt hatte. Er war einfach nicht mehr er selbst. Aber er schien trotz seines Dauerrauschs verstanden zu haben, dass ich ihn brauchte.

Er entwickelte einen waghalsigen Plan, dieser Einrichtung zu entkommen. Nachdem er dort eingewiesen wurde, war er in seiner Akte beim Jugendamt sozusagen als *Problemkind* abgestempelt. Und aus dem Jugendhaus wegzulaufen war daher wie ein Ausbruch aus dem Gefängnis - die Polizei begann sofort, nach ihm zu suchen. Er brauchte also eine andere Idee...

...und er fand sie.

Zu erst ließ er sich ein Tattoo stechen. Ein Adler im Tribal-Stil, groß und inmitten seines rechten Oberarms. Der Adler war nicht einfach nur sein Lieblingstier - nein, er symbolisiert Freiheit und Unabhängigkeit. Die wahre *Independence*. Das war lediglich sein Hang zur Theatralik.

Eigentlich brauchte er das Tattoo, damit ihn die Polizei identifizieren könnte. Aber dazu später.

Es war einen Tag, bevor er auf eine neue Schule gehen sollte. Er rannte zur Tankstelle, um sich zu betrinken. Nachdem er wieder in der Einrichtung ankam, legte er sich mit einem anderen Bewohner an. Er ließ sich absichtlich provozieren, damit er einen Grund hatte, ihm ordentlich eine zu verpassen. Über mehrere Minuten hinweg setzte er sich mit ihm auseinander. Sogar eine Betreuerin musste eingreifen und rief schlussendlich die Polizei. Das war der Moment, in dem er beschloss, wegzurennen. Er versteckte sich für zwei Tage bei Freunden... im Haus einer Rutsche auf einem Spielplatz. Irgendein Moe und sein Kumpel Vin. Ich selber kannte die beiden nie. Aber ich weiß, dass sie ihm einen Gefallen schuldig waren - einen riesigen. Nachdem er zwei Tage dort verweilte, zog er sich eine Kappe, eine Kapuze und eine Sonnenbrille auf. Dazu ein

Tank-Top. Sein Tattoo lag frei – und das war alles Teil seines genialen Plans. Durch seinen verdächtigen Aufzug machte er schnell auf sich aufmerksam. Er wusste, dass die Polizei bereits nach ihm fahndete. Und durch das Tattoo konnten sie ihn identifizieren. Natürlich musste er abstreiten, Ethan Widow zu sein. Hätte er es auf Anhieb bestätigt, hätte man seinen Plan durchschauen können. Aber dazu war er deutlich zu schlau. Nur dank des Tattoos war es ihm möglich, seine Identität abzustreiten, aber dennoch in Gewahrsam genommen zu werden – denn dadurch waren sich die Bullen zu 100% sicher, den richtigen erwischt zu haben.

Seine Prügelei in der Einrichtung gestand er, nachdem man ihm einen Pflichtverteidiger stellte. Natürlich hatte er sein Geständnis auch schon vorher geplant – aber es wäre zu auffällig gewesen, einen plötzlichen Sinneswandel vorzutäuschen. Er verbrachte fast 2 Wochen in Untersuchungshaft, weil er auf den Anwalt warten musste. Bei einer

Krisenverhandlung gestand er dann alles. Aber erst hier kam sein wahres Genie zum Vorschein:

Er schob alles auf den Alkohol und erzählte öffentlich die Story von Moe und Vin – die zuvor aus dem Jugendhaus rausgeschmissen wurden, weil der Einrichtungsleiter schlichtweg zu pingelig war, um sich widersprechen zu lassen. Das warf vor Gericht ein schlechtes Licht auf die Einrichtung... und somit ein gutes Licht auf ihn. In Kombination mit dem Alkohol, der ihn seiner Sinne und seinem Urteilsvermögen beraubte, war er schon so gut wie frei gesprochen.

Doch hier der Hintergrund des ganzen Plans: Bei der Einrichtung selbst hatte er ein für alle Male verkackt. Und das Jugendamt war schwer enttäuscht von ihm und beendete seine Jugendhilfe augenblicklich. Das bedeutete, er war nicht mehr an eine pädagogische Einrichtung gebunden. Er war wieder frei. Ab da lebte er einige Zeit auf der Straße – und er konnte endlich wieder für seinen kleinen Bruder da sein.

Erst vor wenigen Monaten wurde das richtige, ausführliche Gerichtsverfahren eingeleitet. Und obwohl er seinen Gegenüber im Jugendhaus mit einer Schere schwer verletzt hatte, kam er mit ein paar Sozialstunden davon - und das komplett ohne Anwalt.

Ich hatte in der Zeit fast täglich Kontakt mit seinem Therapeuten. Ich wollte unbedingt für ihn da sein. Doch ich ließ es ihn nicht wissen. Er denkt vermutlich bis heute, dass ich nie ans Telefon ging, weil ich ihn hasste.

Doch was er alles auf sich genommen hatte, nur um für mich da zu sein...

Das könnte ich ihm niemals zurückgeben.

Seattle, Washington St.
Vereinigte Staaten von Amerika

18. November 2019

»Ethan hat das alles getan, nur um dich zu retten?« Juliet war unsicher, ob sie überrascht sein sollte oder nicht. Bestie hin oder her – mittlerweile musste sie verstanden haben, dass ich alles für die wenigen Menschen tun würde, die ich liebe. »Ja. Das muss ein ziemlicher Höllenritt für ihn gewesen sein.« Juliet musste schluchzen und sie war kurz davor, in Tränen auszubrechen. Sie war ein sehr emotionaler Mensch. Und ich glaube, nur deshalb konnte auch ich so werden. »Aber wieso redet er dann immer von sich selber, als wäre er ein niederträchtiges Wesen? Eine Bestie?« Joey begann leicht zu grinsen und schüttelte den Kopf. Sein langes, dunkelblondes Haar fiel von Schulter zu Schulter. Sein Kaffee war mittlerweile ausgekühlt und er stellte seine Tasse direkt wieder hin, nachdem er sie nur kurz angehoben hatte. Ihm war aufgefallen, dass kein heißer Dampf mehr in sein Gesicht zog. »Naja, Juliet... hast du schon mal vom *Münchhausen-Syndrom* gehört?« Sie riss die Augen weit auf. »*Noch* ein Syndrom? So wie sein Autismus, meinst du?« Joey schüttelte erneut den Kopf, als hätte er nie eine andere Bewegung gemacht. »Es ist etwas anders. Das Münchhausen-Syndrom ist keine medizinische oder psychologische Diagnose. Im Grunde existiert das Münchhausen-Syndrom gar nicht. Und genau deshalb existierte es doch.« Juliet's Stirnrunzeln deutete Joey, dass er erklären sollte. »Es begann in den 60ern...«

England

Die 1960er Jahre

Es waren fünf Mütter. Sie alle hatten – beinahe zeitgleich – Kinder zur Welt gebracht. Die ersten Wochen nach den Geburten trafen sie sich jeden Sonntag und diskutierten, wie das Eltern-sein bei jedem einzelnen funktionierte. Was es für Hürden gab und wie diese überwunden wurden.

Eines Tages – die Kinder waren erst wenige Wochen alt – erzählte eine der Mütter, ihre Tochter sei krank. Nachdem sie das Mitleid von allen anderen kassierte, fing sie an zu erzählen, wie sehr sie sich doch um ihre Tochter kümmerte. Dass sie alles links liegen ließ, um für ihre Kleine da zu sein. Und rasch erntete sie nicht nur Mitleid, sondern auch Respekt und Ansehen. Etwas, das der nächsten Mutter im Kreise fehlte. Sie galt als eher rücksichtslos. Und hinter ihrem Rücken behauptete man oft, sie würde ihr Kind nicht lieben.

Also begann sie, ihrem Kind Fäkalien zu füttern. Der Hintergrundgedanke war klar: Niemals könnte ein Doktor feststellen, was sie getan hatte. Denn Fäkalien im Körper des Menschen sind keine

Ungewöhnlichkeit. Und um festzustellen, was genau sie ihrem Kind da eigentlich an tat, war die medizinische Technologie der 60er Jahre noch nicht weit genug.

Doch sie machte weiter. Sie fütterte ihrer Tochter ihre eigenen Fäkalien und flüsterte ihr dabei immer wieder zu: »Du bist krank, mein Schatz. Aber deine Mami ist für dich da! Deine Mami liebt dich! Deine Mami würde nie zulassen, dass dir etwas passiert!«

Das Kind wurde schwer krank und musste auf die Intensivstation. Jeden Tag und jede Nacht verbrachte die Mutter im Krankenhaus. Und die anderen Mütter besuchten sie ebenfalls regelmäßig – und prompt hatte auch diese junge Frau den Respekt der anderen. Und die Gerüchte hinter ihrem Rücken verwandelten sich in Legenden über die tapfere Frau, die ihr Kind auch durch die schwerste aller Zeiten begleitete.

Es dauerte nicht lange, bis eine der anderen Mütter dahinter kam. Doch sie verriet es den anderen nicht – sie machte es nach. Und dann kam die nächste. Und die nächste. Und die nächste. So lange, bis die gesamte Intensivstation gefüllt war mit Säuglingen, von denen keiner wusste, was ihnen fehlte.

Die Ärzte vermuteten bereits schlimmes. Denn keiner von ihnen konnte eine Ursache ausmachen. Also beschlossen sie, die Mütter unter verdeckte Überwachung zu stellen.

Und schon in der ersten Nacht wurde eine von ihnen dabei überführt, wie sie ihrem Kind Fäkalien verabreichte.

Das schlimmste war: Die Kinder wurden nie gesund. Sie überlebten alle fünf, doch bereits im Kindergarten- und Grundschulalter zeigten sie erhebliche Probleme in ihrer Entwicklung.

Daraus entstand das *Münchhausen-Syndrom*. Es beschreibt den Fall, dass Menschen einem Kind während seiner Entwicklung einreden, es sei krank. Und wie durch Psychosomatik – Stichwort

Placebo-Effekt – wird das Kind tatsächlich krank. Es lässt sich schlichtweg belügen und glaubt es.

So, wie man Ethan bereits kurz nach seiner Diagnose im Alter von nur 7 Jahren unterstellte, er sei ein aggressives Miststück, das keinen Kontakt zu anderen Menschen aufbauen könnte.

Ich bin Joey Widow. Und ich bin der Einzige, der jemals hinter Ethan's Fassade aus Hass und Missgunst schauen konnte.

Bis ich seine Freundin Juliet kennenlernte.

Seattle, Washington St.
Vereinigte Staaten von Amerika

18. November 2019

»Das ist eine grauenhafte Geschichte, Joey. Es ist einfach grässlich, wie Menschen so zu anderen Menschen sein können – egal, ob es um Säuglinge oder meinen Partner geht.« Joey hob die Augenbrauen an und nickte wortlos, um Juliet zuzustimmen. »Also nur deshalb, meinst du, hält er sich selbst immer für den Bösen?«, stocherte Juliet weiter nach. Sie wollte es einfach verstehen. Sie wollte mir die bestmögliche Freundin sein, die ich haben konnte. »Naja... einiges von dem, was er tat, war abseits jeglicher Toleranzgrenzen. Es ist okay, hin und wieder mal einen Kinnhaken auszuteilen oder alle paar Wochen einen Joint zu rauchen. Aber es gab Situationen, in denen Ethan wirklich zu der Bestie wurde, von der er immer redet. Das möchte ich nicht schön reden. Ich möchte lediglich sagen, dass es in keinem Fall seine Schuld war... oder ist. Und trotz allem, was passierte... ich werde ihn immer lieben.«

Joey hatte gar nicht bemerkt, dass Juliet immer wieder auf die Uhr sah, während er redete. Vielleicht war es einfach nur Paranoia, dass sie sich fragte, wo ich noch bleiben würde. Vielleicht war es einfach eine lange Schlange an der Kasse des Supermarkts. Vielleicht war das Hundefutter ausverkauft und ich musste zum nächsten fahren, um welches zu besorgen. Aber ein kurzer Blick aus dem Fenster verriet den beiden, dass mein Auto noch auf dem Parkplatz stand. »Joey, äh...

Fragst du dich nicht, wo er bleibt?« Er runzelte kurz die Stirn. Er musste erst einige Sekunden einsinken lassen, was sie damit implizierte. Erst dann verstand er. »Ich rufe ihn mal an.«

Doch ich konnte nicht ran gehen.

Ich hatte gerade andere Sorgen.

Interstate 90, Washington St.
Vereinigte Staaten von Amerika

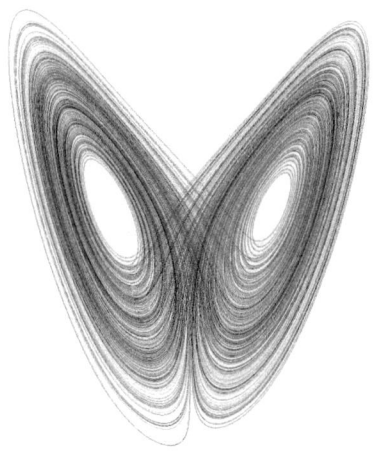

18. November 2019

XXVII

Aufgewacht. Meine Muskeln waren gelähmt. Ich konnte lediglich meinen Kopf bewegen. Arme und Beine machten bei jedem kläglichen Versuch sofort schlapp – doch sie waren ohnehin in Fesseln gefangen. »Wer seid ihr Clowns? Wo bin ich?« Einer von ihnen – er trug einen Helm, ich konnte sein Gesicht nicht sehen – verpasste mir einen leichten Schlag mit dem Schaft seiner M4, mitten auf die Stirn. »Einfach Fresse halten, Widow. Sie sind bald wieder in Chicago.« Langsam begann ich erst, richtig wach zu werden. Ich konnte maximal eine Stunde weg gewesen sein. Länger war es nicht her, dass ich das Motel in Seattle verlassen hatte. »Chicago? Nein! Was läuft hier?« Ich konnte mir die Frage ersparen, wer diese Leute waren. Ich sah das Abzeichen auf ihren Schultern:

S.W.A.T.

»Wir eskortieren sie ins Gefängnis, Widow. Wir liefern sie aus, wenn sie es so nennen möchten. Sie wurden vor einigen Wochen verurteilt wegen schwerer Körperverletzung. Sie haben Ihre

Sozialstunden nicht abgearbeitet!« Langsam dämmerte es mir. Doch ich verstand es noch immer nicht gänzlich. »Was ist mit Bobby? Mein Therapeut? Er wollte das Gericht doch aufklären, dass ich...« Einer der Männer beugte sich zu mir vor und fuhr mit seiner Hand vor meinen Augen vorbei, um zu sehen, ob ich überhaupt wach war. Doch bis auf meine gelähmten Muskeln – es musste ein Taser daran schuld sein, das hatte ich mittlerweile verstanden – war ich wieder bei vollem Bewusstsein. Und noch während er meinen Bewusstseinszustand checkte, unterbrach er mich mitten im Satz: »Sie meinen Bobby Short?« Ich nickte ihm stumm zu. »Mr. Widow, Sie stehen unter dringendem Verdacht, ihn ermordet zu haben. Sie dürfen sich dazu äußern, müssen das jedoch nicht. Alles was sie sagen, kann und wird...« Dieses Mal war ich es, der ihn unterbrach. Obwohl ich genaustens wusste, dass diese Art von Leuten das ganz und gar nicht ab konnten. »Bobby ist tot?! Er war einer meiner wenigen Freunde! Aber wenn das so ist... keine falschen Hoffnungen. An euch Vollpfosten werde ich keine weiteren Worte verschwenden...« Ich hielt kurz inne, doch mein Todesblick blieb weiterhin auf mein Gegenüber fokussiert. »Außer: Ihr seid ein paar Hurensöhne und irrt euch gewaltig!« Er hielt sich die Hand vor den Mund und lachte ins Fäustchen – im wahrsten Sinne des Wortes. »Am besten, Sie verscherzen es sich nicht mit uns, Mr. Widow! Wir sind gerade an Ellensburg vorbei. Es sind noch rund 2000 Meilen bis Chicago. In etwa 40 Stunden sollten wir dort sein. Bis dahin haben wir den Befehl, Gewalt anzuwenden, wenn wir es für nötig halten!« Ich blieb unbeeindruckt und spuckte ihm mitten auf das Visier seines Helmes. »Ihr dreckigen Mistkerle! Was erlaubt ihr euch eigentlich! Wie könnt ihr bloß...« Der Taser war bereits entsichert. Es war ein Spiel von Sekunden, ehe er an meiner Brust landete. Und ebenso war es ein Spiel von Sekunden, bis ich wieder bewusstlos wurde.

Bobby. War ich daran Schuld?

Seattle, Washington St.
Vereinigte Staaten von Amerika

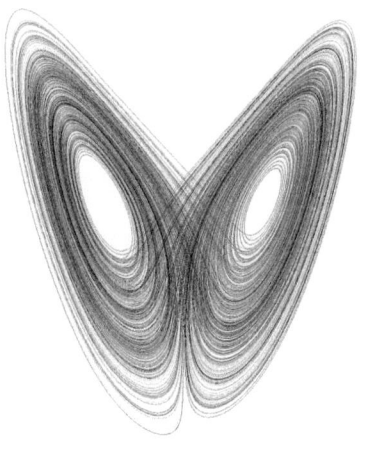

19. November 2019

XXVIII

»Joey, wir waren die ganze Nacht lang wach und haben nichts getan! Jetzt reicht es langsam! Wir müssen ihn suchen!« Juliet war stinkwütend. Sie hatte bereits ihre Sachen gepackt, für den Fall, dass ich plötzlich zurückkommen würde und Feinde mitbrachte – falls wir schnellstens abhauen mussten. Aber Joey sah es genau anders herum: »Was, wenn er tatsächlich gekidnapped wurde, sich aber befreien konnte? Dann kommt er doch als erstes nach hier! In dieses Motel! Außerdem, wo sollten wir denn nach ihm suchen?!« Sie wusste, dass er ebenso recht hatte, wie sie. Aber sie hielt sich unbeeindruckt. »Na fein! Wenn du nicht fahren willst, werde ich es tun! Dann bleib doch hier! Aber wenn ich ihn finde und er fragt, wo du gewesen bist als er *verdammt nochmal* von einer scheiß Gang entführt wurde, wird er sicherlich nicht erfreut sein!«

Das schien auszureichen, um ihn zu überzeugen. Er packte die wenigen Sachen zusammen, die er aus der Studentenwohnung mit ins Motel genommen hatte und belud das Auto. Juliet war schon lange vor ihm fertig. Sie konnte es kaum erwarten, endlich los zu fahren.

»Also, wo zur Hölle willst du jetzt hin, hm?«, wurde sie von Joey gefragt. Erst schwieg sie vor sich hin, als wäre sie zu stolz, ihm nach einer solchen Bemerkung zu antworten. Doch die Wahrheit war, dass sie selber keine Ahnung hatte. Sie hatte lediglich eine Idee:

»Sie werden ihn zurück nach Chicago bringen. Diese Typen sind entschieden zu dramatisch, um ihn einfach *irgendwo* zu töten. Du hättest Victor erleben sollen, als er mich gefangen hielt. Warum hatte er mich nicht einfach getötet? Nein, er wollte lieber mit Ethan spielen. Als wäre es Schach!«

»In seiner Kindheit war Schach das einzige Brettspiel, das ihm gut lag, weißt du?«

»Was willst du damit jetzt sagen? Dass er auch ohne uns klar kommt?«

»Ich will damit sagen, dass *wir* seine Springer sind. Und, dass du das Pedal jetzt verdammt nochmal bis auf den Boden durchdrücken solltest.«

Auf das, was danach kam, war Juliet nicht vorbereitet: In einem Ruck schaltete sie runter und trat das Gaspedal komplett durch. Der Motor sprang hoch auf 5000 Umdrehungen – und bei 5500 Umdrehungen setzte die Nockenwelle in einem Rutsch nach rechts. Alle Ventile öffneten sich gleichzeitig und beide wurden sie in ihre

Sitze gedrückt, als säßen sie in einer Rakete. Es nannte sich *VTEC* und war der Hauptgrund, weshalb ich mein Auto so liebte – und nun wurde es von meiner Freundin getreten. Das wäre vermutlich die einzige Sache gewesen, die ich ihr nicht erlaubt hätte – hätte ich doch nur die Chance gekriegt, davon zu erfahren.

Stattdessen saß ich in einem gepanzerten Van des S.W.A.T. fest. Und es gab keinen Ausweg.

Interstate 90, South Dakota
Vereinigte Staaten von Amerika

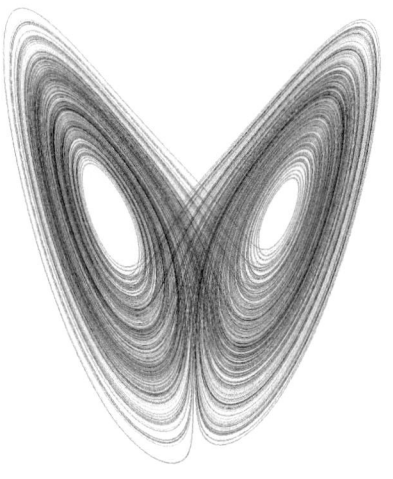

20. November 2019

XXIX

»Wir sollten ihn schlafen lassen«, hörte ich einen von ihnen reden. Ich war gerade erst aufgewacht, aber ich ließ es mir nicht anmerken. Vorsichtig krümmte ich einen einzigen Finger um zu merken, ob ich die Kraft über eine Muskeln wieder hatte – doch die zweite Ladung von über 500.000 Volt verbesserte meinen Zustand nicht gerade. Ich hielt die Augen geschlossen und lauschte ihren Gesprächen. »Wir sind jetzt vorbei an Rapid City«, sagte einer von ihnen. »In etwa drei Stunden sind wir in Chamberlain. Ein ruhiger Ort, der nur aus einem Grund gebaut wurde: Für die Unterkunft der Durchreisenden. Es gibt eine riesige Tankstelle. Da können wir sorgenfrei zwischentanken. Selbst, wenn er aus den Fesseln käme...« Er kicherte für einen Moment vor sich hin und ich verspürte das starke Bedrängnis, ihm die Fresse zu polieren. Aber dann fuhr er fort: »An so einem belebten Ort könnte er nicht einfach abhauen. Irgendjemand würde sehen, wohin er ginge.« Ein anderer von ihnen klatschte in langsamem Tempo seine eigenen Hände und lachte dabei in sarkastischem Ton. »Du bist klasse, Copperman! Denkst du etwa, wir würden ihn aus den Augen lassen? Verdammt, wir lassen ihn einfach weiter sein Nickerchen machen! Und während du uns ein paar Hamburger besorgst, werfe ich ein Auge auf ihn. So einfach!«

Ich hatte bereits genug gehört und begann, zu rechnen. Von Chamberlain aus, wären es nur noch knapp 700 Meilen bis nach Chicago – der Van könnte diese Strecke in etwa 11 Stunden zurücklegen. Die Interstate 90 führt auf direktem Wege dorthin. Das bedeutete, meine nächste Nacht würde ich gefesselt im Van in Chamberlain verbringen – und die übernächste bereits im Gefängnis. Joey und Juliet wären Victor's Leuten dann schutzlos ausgeliefert.

Chamberlain war meine einzige Chance. Doch ich musste auf ein Wunder hoffen.

Interstate 90, South Dakota
Vereinigte Staaten von Amerika

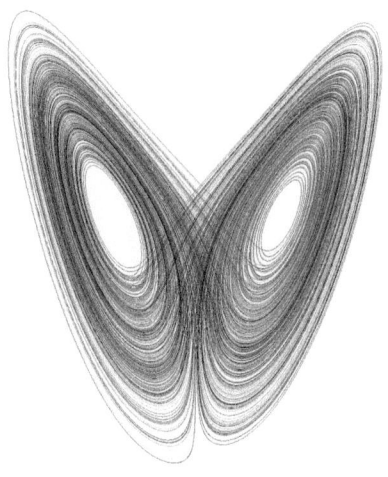

20. November 2019

XXX

Inzwischen hatte Joey sie abgelöst. Rund 1300 Meilen und 18 Stunden saß sie verbittert am Steuer und hatte nur das eine Ziel, mich lebend zu finden. Doch nun hatte sie endlich die Chance, sich auszuruhen. Natürlich wollte sie dennoch lieber diskutieren.

»Wie stellst du dir das vor, Joey? Ethan wird von dieser Gang entführt, jetzt holen wir ihn zurück, und dann? Wo sollen wir hin? Wie lange sollen wir noch auf der Flucht sein und in Motels leben?«

»Ich habe da schon so einen Plan«, antwortete er und hielt seinen Blick geradewegs auf die Straße fokussiert. »Kennst du die alten Western-Filme, in denen sich die Cowboys nach ihren großen Coups nach Mexiko absetzten?« Juliet nickte ihm zu, wusste aber nicht, ob er das ernst meinte oder nicht. Zweifellos war es kein guter Moment zum Scherzen. Aber was hätte sie erwarten sollen?

»Keine Sorge, das war nun ein Vergleich«, fuhr Joey fort und klärte somit ihre Frage. »Wir gehen nicht wirklich nach Mexiko – wir alle drei gehen nach Kuba, kaufen uns ein Hausboot und leben unser Leben – doch jederzeit bereit zur Flucht.«

Juliet starrte aus dem Fenster. Die Bäume schnellten im Scheinwerferlicht an ihr vorbei und sie malte sich aus, was Joey sich da wohl vorstellte. Aber letztendlich musste sie ihn dennoch fragen.

»Ich erklär's dir. Schließe einfach die Augen und stelle es dir vor.«

Laguna del Cura, Cienfuegos
Kuba

11. Juli 2023

Ich sehe die Bucht schon in der Ferne näher kommen. Kaum kann ich es erwarten, zu meiner Frau Josita - einer wunderschönen Kubanerin - zurückzukehren, nach diesem langen Fischertrip. Und noch weniger kann ich es erwarten, endlich meinen Bruder Ethan und seine Frau Juliet wieder zu sehen. Ich freue mich für die beiden. Ich freue mich, dass Ethan die Kurve kriegen konnte - dass Juliet ihm half, die Kurve zu kriegen. Sie hatte es geschafft, sein Leben komplett herum zu drehen und zum positiven zu wenden. Und obwohl unsere Eltern und Ethan's Freund Bobby für dieses große Ziel sterben mussten, sind wir nun eine größere Familie, als je zuvor. Ich glaube, Juliet ist schwanger. Ich habe keine Chance mir sicher zu sein, aber die Art, wie Ethan sich verhält... als hätte er eine Verantwortung im Leben gefunden, die größer wäre als alles andere auf der ganzen Welt. Schon bald würde er ein Kind haben. Das erste Kind der Familie, das nicht zum Überlebenden erzogen werden muss - wir sind endlich in Sicherheit. Denn Ethan hatte mal wieder den cleversten Plan, den irgendein Mensch in einer solchen Situation haben könnte. Ich weiß nicht, wie er es anstellte. Aber er garantiert uns bis heute und für den Rest unseres Lebens, dass wir in Sicherheit sind. Und ich weiß nicht, wie er mir gegenüber steht – aber Juliet würde er garantiert niemals anlügen.

All diese Gedanken rasen durch meinen Kopf und ich schaue nach Westen, von diesem kleinen, gemütlichen Fischerboot aus. Ein wundervoller Sonnenuntergang beginnt gerade erst. Es würden nur noch wenige Minuten sein und ich beschleunige, um es rechtzeitig nachhause zu schaffen – zu unseren beiden Hausbooten. Direkt nebeneinander liegen diese Hybriden aus Sicherheit und Mobilität. An der ersten Anlegestelle kann ich bereits das Hausboot von Ethan und Juliet ausmachen. Nur knapp dahinter liegt das von mir und Rosita. Und im wundervollen Licht des sich anbahnenden Sonnenuntergangs strahlen die Namen der Boote auf, die wir auf die

Rümpfe gepinselt hatten... *Franklin* und *Bee*.

Ich sehe meinen Bruder dort stehen, am Bug seines Schiffes und er lächelt mir aus der Ferne entgegen – dann zeigt er mir den Mittelfinger und streckt die Zunge raus, in der Hoffnung, ich könne das aus der Distanz überhaupt erkennen. Natürlich kann ich das.

Die sanfte Meeresbrise, die bis in die Bucht getrieben wird, weht durch sein Hemd und lässt die Wellen fast bis an seine nackten Füße spritzen. Ich komme ihm immer näher.

»Na, hast du mich vermisst?«, rufe ich ihm zu, als ich gerade noch etwa 10 Meter von ihm entfernt bin. Er dreht sich um, lässt die Hosen runter und streckt mir seinen nackten Hintern zu. Er wackelt sogar damit. Doch dass er zu solchen Blödsinnen bereit ist, bedeutet für mich lediglich, dass es ihm gut geht – besser, als je zuvor. Als ich nur noch etwa 3 Meter von ihm entfernt bin und an seinem Boot vorbeifahren will, um dahinter anzulegen, bückt er sich kurz und greift nach etwas. Dann kriege ich eine Flasche echten, kubanischen Rum zugeschmissen und er brüllt mir zu: »Alter, na los! Du solltest schon mal vorglühen! Das wird 'ne fette Party heute Abend, das verspreche ich dir!«

Und plötzlich erkenne ich dann doch wieder, dass dieser junge Mann mein Bruder ist.

Es ist der 11. Juli 2023 – das bedeutete, es ist sein 25. Geburtstag. Und das ist etwas besonderes...

Denn als dieser ganze Trubel noch in den Startlöchern war, sagte ihm eine schlecht gelaunte Richterin, dass er spätestens mit 25 Jahren lebenslänglich im Knast sitzen würde. Ich freue mich so sehr für ihn, für Juliet und für unsere ganze Familie, dass er es geschafft hatte, alle Erwartungen zu übertreffen.

Ich docke meinen Fischkutter hinter unseren Hausbooten an, gehe an Land und sehe, dass Juliet und Rosita gerade vom Einkauf zurückkommen. Zuerst ist es

Rosita, die meinem Bruder eine dicke Umarmung schenkt und ihm gratuliert. Dann sehe ich, wie Juliet ihn an die Hand nimmt, mit ihm auf das Dach ihres Bootes klettert und in den Sonnenuntergang starrt.

Ich verweile für einen Augenblick, wo ich gerade bin. Ich sehe, wie Ethan und seine Geliebte auf diesem Dach stehen und dem brennenden Feuerball entgegen schauen. Er hält sie in seinem Arm und sie kuschelt sich an ihn. Sie beginnt, ihn zu streicheln und ihr weißes Sommerkleid hebt sich im Wind. Dann dreht sie sich zu ihm und gibt ihm den liebevollsten Kuss, den ich jemals gesehen hatte. Nach einer kurzen Zeit lösen sie sich voneinander und schauen sich mit diesem Blick an – ein Ausdruck aus purem Glück und Zufriedenheit. Dann streichelt Ethan ihr über den Bauch. Und ich wusste, was das zu bedeuten hatte.

Ich gehe zu Rosita, nehme sie in den Arm, küsse sie und sie fängt an, zu sprechen: »Die beiden haben ihr Glück auch endlich mal verdient! Aber sag mir, Joey... wie ist das bloß möglich? Hat Gott das bewirkt?«

Ich schüttel den Kopf, gebe ihr einen Kuss und antworte:

»Nein. Das hier ist die Chaos Theorie.«

Interstate 90, South Dakota
Vereinigte Staaten von Amerika

20. November 2019

»Joey, das war wunderschön.« Ihr lagen die Tränen in den Augen und sie schaffte es kaum, diesen kurzen Satz ohne Schluchzen auszusprechen. »Wirklich, findest du? Eigentlich war mein Bruder immer der Geschichten-Erzähler in der Familie«, erklärte er. Aber Juliet musste sich dennoch die Tränen aus dem Gesicht wischen. Und sie fing an, lauthals in ihre eigenen Hände zu weinen. »Juliet... wir finden ihn, okay? Und dann wird das alles Realität, ich versprech's! Ihr zwei werdet die glücklichsten Menschen der Welt sein!« Er streichelte ihr behutsam über die Schulter, ehe er zum Schaltknauf griff, als er das Fahrzeug langsam abbremste. »Wir fahren hier ab und machen erstmal ein paar Minuten Rast, okay?« Zu erst wusste Juliet nicht wirklich, ob sie ihm zustimmen sollte. Ich war noch immer verschwunden und die beiden wollten alles menschenmögliche tun, um mich zu finden – das bedeutete auch, schnellstens in Chicago anzukommen. Aber sie hatten sich ihre Pause verdient. »Ja, ist gut«, antwortete sie und langsam verschwanden die Tränen aus ihrem Gesicht. »Aber nur ein paar Minuten, okay? Wir müssen ihn finden!« Natürlich stimmte er ihr sofort zu und fuhr Kreuzung über Kreuzung und Kreisverkehr über Kreisverkehr. »Ich kenne eine schöne Raststätte, hier in der Nähe. Als ich damals in die USA gegangen bin, flog ich zuerst mit Ethan nach Chicago. Von da aus fuhr ich per Anhalter durch, bis nach Seattle. Und an dieser

Raststätte gibt es die besten Hamburger weit und breit, klar? Geht auf mich!« Er lächelte ihr zu und wollte sich vergewissern, ob es ihm gelang, sie aufzumuntern.

»Joey? Siehst du das da vorne? Was passiert da?«

»Das ist die Raststätte. Aber was geht da vor sich? Ist das... ein Konvoi?«

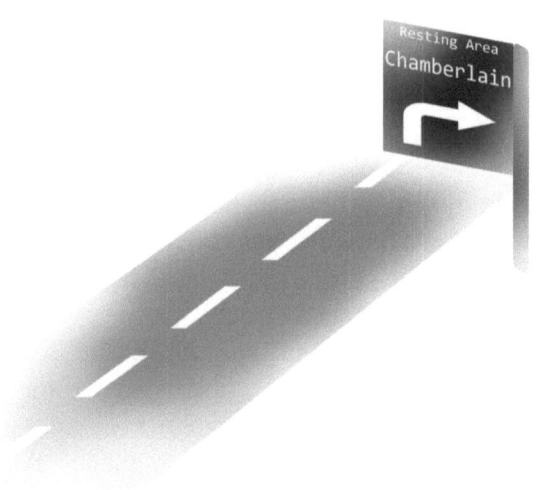

Chamberlain, South Dakota
Vereinigte Staaten von Amerika

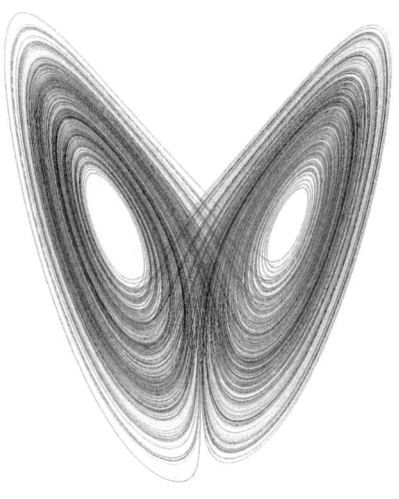

20. November 2019

10 Minuten zuvor...

XXXI

Sie dachten immer noch, ich würde schlafen. Vielleicht waren sie naiv. Vielleicht war ich ein guter Schauspieler. Aber es reichte aus, um zu erreichen, dass mich nur ein einziger Beamter überwachen würde. Er hatte seinen Helm abgenommen und stand mit einem Fuß außerhalb des Vans, um sich eine Zigarette anzuzünden. Der brennende Tabak spiegelte sich in seiner scheinbar hochglanz-polierten Glatze. Er hatte einen buschigen Bart und ich bin sicher, es war ihm das ein oder andere Mal passiert, dass dieser beim Rauchen in Flammen aufging. Alle paar Sekunden konnte ich mir einen Blick erspähen, denn da ich keinen Nikotingeruch vernehmen konnte, wusste ich, dass er den Rauch nach draußen hin ausatmete. Jedes Mal, wenn ich in der puren Totenstille der Nacht also hörte, wie das Drehpapier langsam abbrannte und er die Giftstoffe in seine Luge zog, wusste ich, dass es nur eine Sekunde darauf sicher war, einen Blick zu riskieren. Im Bruchteil einer Sekunde entwickelte ich einen Plan. Es war bis dato der riskanteste Plan, den ich je hatte. Aber er war nunmal notwendig. Sie dachten, ich hätte Bobby getötet. Und irgendwie hatten sie mich gefunden. Und das bedeutete, sie wussten auch, dass Juliet und Joey bei mir waren. Natürlich hatten die beiden in den Augen der Regierung keine derartige Priorität wie ein Flüchtiger, der zudem den Mord an einem Beamten – im Jahre 2019 galten Therapeuten und Psychologen in den USA als solche – begangen haben soll. Aber es bestand kein Zweifel: Die beiden waren jetzt auch in Gefahr. Und sie hatten noch weniger mit all dem zu tun als ich.

Als ich noch ein Kind war, stellte ich mir einen Countdown vor, wann immer ich kurz davor war, etwas zu tun, das mich viel Mut kostete. In der 2. Klasse beispielsweise, sollte ich das erste Mal im Schwimmunterricht von 5-Meter-Brett springen. Ich stand dort oben und zählte herunter... 10... 9... 8... 7... 6... 5... 4... 3... 2... 1...

Und jetzt war auch dieser Moment reif.

»Hey Mann, haste vielleicht noch 'ne Kippe übrig?«, fragte ich den Wächter in einer gebrechlichen, müden Stimmlage. Er atmete tief und ruckartig ein, ging auf mich zu und zückte seinen Taser. Ich zerschmetterte seine Kniescheibe mit meinem rechten Fuß, ehe ich die Ketten meiner Fesselung um seinen Hals schlang und meine Handgelenke kreuzte. Dann verweilte ich in dieser Position und wartete für etwa zwei Sekunden, ehe er das tat, was ich voraus berechnet hatte. Das hier war Schach.

Und in meiner Kindheit war Schach das einzige Brettspiel, das mir jemals gut lag.

Er zündete seinen Taser und rammte ihn mir direkt in den Bauch. Durch den enormen Stromschlag, der meinen Körper durchschnellte, spannten sich alle meiner Muskeln gleichzeitig in Höchstform an – ob ich wollte, oder nicht. Doch in diesem Fall stimmte es: Ich wollte genau das.

Durch das extreme, plötzliche Anspannen meiner Muskeln zog ich die Arme mit einer derartigen Kraft auseinander, die ich ohne den Stromschlag nie hätte erbringen können. Und es genügte. Er fiel tot um.

Ich hatte ihm die Ketten meiner Fesselung um den Hals geleget und die Handgelenke gekreuzt. Der Stromschlag bedeutete lediglich, dass meine Muskeln genug Kraft aufbrachten, ihm das Genick zu brechen. Ich riss mit einer unmenschlichen Stärke meine beiden Handgelenke aus einander und die Wicklung der Kette schnürte sich zu. Er hatte keine Chance. Und noch in der selben Bewegung riss ich die Fesselung auseinander und war frei.

Doch der mittlerweile dritte Taser innerhalb weniger Stunden hinterließ seine Spuren. Ich fiel paralysiert um und lag auf der Stelle. Bei Bewusstsein, doch gänzlich bewegungsunfähig.

Loverich, Nordrhein-Westfalen
Deutschland

08. Februar 2010

Aufgewacht. Ich brauchte einen Moment, um zu realisieren, dass ich nicht mehr träumte. Es war einer der schlimmsten Albträume, die ich je hatte. Und heute kann ich mich nicht einmal mehr an die genaue Handlung erinnern – doch endlich war ich wieder wach...

Aber ich konnte mich nicht bewegen. Meine Augen waren exakt auf einen fixen Punkt an der Decke meines Zimmers fokussiert und ich versuchte mit aller Kraft, meinen Blick an eine andere Stelle umzuleiten. Doch es gelang mir nicht. Es gelang mir nie, in diesen hunderten Nächten, die mir dieses höllische Gefühl von Hilflosigkeit antaten. Etwa drei Minuten lag ich in diesem Zustand still in meinem Bett. Ich wusste nicht, was los war. Obwohl es mir so oft wiederfahren war, fragte ich mich jedes Mal aufs neue, ob ich vielleicht tot sei. Ich versuchte, zu schreien. Doch auch meine Stimmbänder waren gelähmt.

Und dann, ganze drei qualvolle Minuten später...

»Mama!«, brüllte ich quer durch den Flur unseres Hauses. Meine Stimme schallte von Wand zu Wand und es war, als würden Decke und Boden meines Zimmers Ping-Pong mit den Schwingungen spielen. Das ganze Dorf musste mich gehört haben – und nur wenige Sekunden später stand meine Mutter in meinem Zimmer. »Es ist schon wieder passiert!«, fing ich an, zu erklären. »Bitte, Mama, ruf einen Arzt an, ja? Ich geh sogar freiwillig ins Krankenhaus!« Ich war noch nicht einmal 12 Jahre alt. Und was in jener Nacht passierte – wie in all den Nächten zuvor, seit beinahe drei Monaten – machte mir eine unglaubliche Angst. Ich wusste nicht, was ich tun sollte. Also brauchte ich jemanden, der es mir zeigen würde.

»Es nennt sich Schlafparalyse«, erklärte der Allgemeinmediziner schon früh morgens, noch vor Tagesanbruch. Wir waren an jenem Tag die ersten in seiner Praxis. »Wenn ein Mensch in einen Ruhezustand verfällt – das kann bedeuten, Halbschlaf, Schlaf oder sogar Trance – dann ist sein Körper gelähmt. Die Verbindung zwischen Hirn und Muskeln wird ganz einfach gekappt.« Ich war nur 11 Jahre alt, aber ich war intelligent genug, mit reden zu können. »Sie meinen, das ist der Grund, weshalb wir nachts nicht anfangen, in unserem Bett auf und ab zu rennen?« Für meine Mutter klang es, als würde ich wirres Zeug reden. Doch ich wusste genau, was Sache war. Und der Arzt wusste es ebenfalls. »Genau, Kleiner! Na du bist ja ein pfiffiges Kerlchen!«, fing er an, mich aufzumuntern. Doch was ich wollte, waren weder Komplimente, noch Mitleid. Ich wollte eine Erklärung – und eine Lösung. »Wenn du träumst, du würdest über ein großes, weites Fußballfeld rennen, gibt dein Gehirn deinen Beinmuskeln dabei die Befehle, sich *tatsächlich* zu bewegen.

Denn wenn du träumst, denkst du ja, es wäre Realität, richtig? Doch in Wahrheit ist es nur dein Gehirn, das dir falsche Tatsache vortäuscht. Deinen Muskeln wiederum kann das nichts anhaben – denn der Körper funktioniert wie das fortschrittlichste Instrument, das eine so hochentwickelte Spezies wie der Mensch je gesehen hat.« Langsam begann auch meine Mutter zu verstehen, was los sei. Doch ganz schlüssig wurde der Fall für sie noch nicht: »Okay, also die Muskeln eines jeden Menschens sind während eines Ruhezustands komplett gelähmt. Ich verstehe, das ergibt tatsächlich Sinn. Aber in den Situationen, von denen Ethan redet, ist er doch bereits wach! Etliche Male habe ich ihn morgens wecken wollen und konnte dabei zusehen, wie er still lag. Ich versuchte schon mehrmals, ihn zu rütteln oder ihm einen leichten Klaps zu geben – doch es bringt nie etwas. Doktor, ich denke jeden Morgen immer wieder, dass mein Sohn tot ist! Er liegt regungslos, aber mit geöffneten Augen im Bett! Wie kann das sein?« Meine Mutter war in völliger Aufruhr. Es kam in den letzten Monaten immer öfter vor, dass ich mitten in der Nacht aufwachte und im Zustand der Schlafparalyse war. Jedes Mal, wenn ich mich befreien konnte, rief ich als erstes meine Eltern. Doch das bedeutete für sie, nie auch nur eine einzige ruhige Nacht zu haben. Aber der Doktor war entschlossen, dem ein Ende zu setzen: »Ethan, wenn du ruckartig aufwachst –

etwa durch einen Albtraum oder einen plötzlichen, stechenden Schmerz – dann kann es durchaus vorkommen, dass dein Bewusstsein aufwacht, bevor dein Körper es tut. Das Signal, die Paralyse sei nun beendet, erreicht deine Muskeln dann erst nach einigen Minuten. Und bis dahin liegst du paralysiert im Bett. Das ist eigentlich völlig normal, ich habe es selber alle paar Wochen mal. Aber wenn du wirklich lernen möchtest, dich davon zu befreien...« Der Doc kaute auf seinem Stift und überlegte, wie er die folgenden Worte verständlich formulieren konnte. Meine Mutter begann währenddessen, stark durchzuatmen. Denn endlich war nun ein kleiner Funken Hoffnung in Sicht. Was auch immer der Arzt als nächstes sagen wollte... er war davon überzeugt, es würde helfen.

»Konzentriere dich auf deinen rechten Arm. Stelle dir vor, er wäre ein Faden – wie aus einem Nähkästchen deiner Großmutter, verstehst du?« Ich nickte stumm und lauschte weiter seinen Worten. »Stelle dir einfach vor, es wäre ein dünner, weißer Faden. Dann visualisiere, wie dieser Faden immer dicker wird. Plötzlich wird er hautfarben und nimmt die Textur deiner Haut an. Und in exakt diesem Moment musst du all die Kraft deines ganzen Körpers in diesen einen Arm hineinstecken. Spanne ihn mit deiner größten Stärke feste an und er wird sich bewegen. Sobald du es schaffst, nur einen einzigen Muskel zu bewegen – wie in diesem Falle dein Arm – bist du augenblicklich aus der Paralyse befreit. Auch dein Körper ist dann wach.«

Ich hatte verstanden, wie es funktionieren sollte. Und bereits in der kommenden Nacht, als die Schlafparalyse wiederkehrte, hatte ich die Chance, seine Methoden zu testen.

Schlafparalyse sei nichts, wovor ich mich fürchten bräuchte, wie ich mir einredete. Und letztendlich war es sogar die Wahrheit.

Aufgewacht. Schon wieder ein Albtraum. Und schon wieder lag ich gelähmt in meinem Bett, jedoch mit offenen Augen. Ich konnte nicht einmal Blinzeln. Nicht einmal stöhnen. Nicht einmal meine Augen neu ausrichten. Aber für eine Sekunde ließ ich sämtliche Anspannung los und versuchte, auf den Ratschlag des Docs zu hören...

Chamberlain, South Dakota
Vereinigte Staaten von Amerika

20. November 2019

Das war also meine einzige Chance. Der eine Wächter, der bei mir im Van verweilte, war ausgeschaltet. Und meine Fesseln waren gelöst. Doch der Taser dieses Mannes hatte die volle Kontrolle über meine Muskeln ergriffen.

Aber es war wie immer: Das hier war Schach.

Und als Kind war Schach das einzige Brettspiel, das mir gut lag.

Das bedeutete, ich hatte immer einen Plan, wenn ich Schach spielte. So auch dieses Mal.

Für einen Augenblick ließ ich sämtliche Anspannung in meinem Körper los. Ich merkte, wie der Strom durch meine Muskeln schnellte und verzweifelt einen Ausweg suchte. Dann stellte ich mir bildlich vor – ich visualisierte – wie der Arm, auf den ich gefallen war, plötzlich zu einem dünnen, weißen Faden wurde. Ich strengte die gesamte Kraft meines Kopfes an, um mir weiter vorzustellen, wie der Faden immer dicker wurde. Er wurde dicker und dicker und dicker. Und plötzlich begann er, eine hautfarbene Textur anzunehmen.

Jetzt war es soweit. Ich konzentrierte all die Kraft, die mein verwundeter, geschwächter Körper hergeben konnte, auf diesen einen Arm.

Von da an waren es nur noch wenige Sekunden. Dann stand ich wieder auf beiden Beinen.

XXXII

»Das ist Ethan!«, brüllte Juliet, als ich gerade erst wieder auf den Beinen stand und den Van vorsichtig verlassen hatte. Ich griff mir die Pistole des Wächters und sah mich um. Joey und Juliet stiegen aus dem Wagen und schlichen sich in Richtung des Vans heran. »Sic Parvis Magna«, hörte ich meinen Bruder flüstern und ich drehte mich zu ihm um. »Ihr müsst hier weg, sonst denken die, ihr wärt das gewesen!«, murmelte ich zurück und zeigte auf den toten Wachmann, der halb aus dem Van heraus hing. Aber es war schon zu spät.

Wie schnell flog die Kugel wohl? Ich frage mich bis heute, ob ich es hätte verhindern können. Es ging einfach zu schnell. Plötzlich klingelte der betäubende Knall einer MP5 durch meine Ohren und das nächste, was ich sah, war Joey. Drei saubere Treffer in die Brust. Er ging zu Boden und war sofort tot.

»Nein!« Mein verzweifeltes Schreien mündete gar in ein Pfauchen. Und dann stand die Zeit still.

Ich sprang zur Seite und schubste Juliet zu Boden. Die nächste Kugel hatte sie nur knapp verfehlt, da drehte ich mich um 180° und feuerte einen blinden Schuss in Richtung der Soldaten ab und traf einen von ihnen direkt in den Kopf. Panisch hechtete ich in Deckung. »Zurück zum Auto, sofort!«, brüllte ich Juliet zu. Dann lugte ich vorsichtig hinter dem Van hervor und knallte den Männern eine weitere Patrone entgegen. Auch dieses Mal: Ein makelloser Kopfschuss. Ich wagte es erst gar nicht, wieder in Deckung zu gehen. Die nächsten beiden Schüsse folgten wie von allein und im Handumdrehen hatte ich sie alle ausgeschaltet. Und ich hatte nicht einmal einen Streifschuss abbekommen.

Für einen Moment verweilte ich an dem Ort. Langsam und ungläubig ging ich auf Joey's leblosen Körper zu und kniete neben ihm nieder. Ich fing an zu weinen, versuchte jedoch, dagegen anzukämpfen – vergeblich.

»Es tut mir leid, geliebter Bruder. Sic parvis magna.«

Doch seine toten Augen starrten nur wortlos zurück.

Interstate 29, South Dakota
Vereinigte Staaten von Amerika

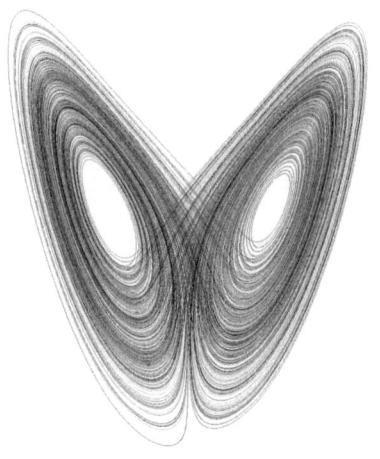

22. November 2019

XXXIII

»Wie geht es jetzt weiter?«, fragte sie mich. Es war das erste Mal, dass ihre liebevolle Stimme nicht zu mir durchdringen konnte. Ich wusste nicht einmal, wie ich überhaupt noch in der Lage war, Auto zu fahren. Vor meinem inneren Auge sah ich viel mehr, als nur die Straße. Ich sah, wie ich jeden einzelnen Menschen auf diesem gottverdammten Planeten in Stücke riss. Ich stellte mir vor, wie ich all die Leute folterte, die mich und meine Familie – das, was davon noch übrig war – in diese Scheiße geritten hatten. Bis ins kleinste Detail malte ich mir aus, wie ich Victor und jeden seiner Männer auf die Folterbank spannte, ihnen zu erst jeden einzelnen Zahn herausriss, Stück für Stück die Finger abschnitt und ihre Haut verbrühte und verätzte, ehe ich sie ihnen bei lebendigem Leib vom Körper zog. Ich malte mir aus, wie ich ihre Genitalien in einen Schraubstock spannte und zerquetschte, ehe nur noch eine blutige Pampe übrig blieb. Dann schnitt ich kleine Löcher in ihre Oberkörper und füllte Waschmittel hinein. Ich zwang ihnen Knallerbsen in den Mund und knallte ihre Kiefer auf und zu, ehe ihre qualvollen Schreie nur noch in das Husten von Blut mündeten. Zu guter letzt fütterte ich ihnen Mentos-Dragees, ließ ihre Körper eine Weile bluten und sobald die Bonbons ihren Magen erreicht hatten, schnitt ich diesen auf, schüttete Cola hinein und nähte sie wieder zu. Sollten sie dann immer noch nicht tot sein, führte ich Silvesterknaller in ihre vor Angst zugeschissenen Ärsche, ehe nicht einmal mehr die Zündschnur herausschaute. Um alles zu beenden, steckte ich ein Stabfeuerzeug hinter her und zündete es an.

Sie hatten meine Eltern getötet. Sie hatten Bobby getötet. Und nun waren sie Schuld daran, dass auch mein Bruder sterben musste. Ich würde sie leiden lassen. Mehr, als je zuvor ein Mensch auf dieser Welt gelitten hatte.

»Ethan, bitte rede doch mit mir!«, riss mich Juliet aus meinen Gedanken. Aber ich antwortete nicht. Ich krallte meine Fingernägel in das Leder des Lenkrads und schwieg vor mich hin. »Ich weiß, dass das schwer ist. Ich habe Joey auch sehr gemocht. Aber wir müssen überlegen, wie es jetzt weiter geht!« Es gelang ihr einfach nicht, zu mir durchzudringen. Ich wollte es gar nicht zulassen. Ich wollte nur noch töten. Ich wollte jeden foltern und töten, der mir in den Weg kam. Es war mir komplett gleichgültig, ob die Bestie nun an die Macht käme oder nicht. Ich wollte nur noch zusehen, wie alle Menschen auf der Welt qualvoll starben.

»Ethan, hörst du mich überhaupt?«

Sie legte ihre Hand auf meinen Oberschenkel, doch ich blieb immer noch in Gedanken. »Sic parvis magna«, murmelte ich vor mich hin, ohne es überhaupt zu merken. Es schien sie kurzzeitig zu erleichtern, dass ich überhaupt noch einen Laut von mir gab. »Was bedeutet das überhaupt?«, fragte sie mich. Um ehrlich zu sein hatte es mich ohnehin schon gewundert, dass sie das nicht früher fragte. Aber es war eine Sache zwischen Joey und mir. Wie eine Art Geheimcode. »Weißt du, was im Moment mein sehnlichster Wunsch ist, Juliet?« Ihr mussten viele Sachen durch den Kopf schießen. Vielleicht würde ich mir wünschen, dass mein Bruder wieder lebt. Dass meine Eltern wieder leben. Dass Bobby wieder lebt. Oder schlichtweg, dass Juliet und ich endlich in Sicherheit sein könnten. Aber sie hatte nicht damit gerechnet, was ich als nächstes sagte: »Ich wünsche mir so sehr, dass Victor nie gestorben wäre. Dass er einfach wieder zurück auf die Erde käme.« Sie schien nicht zu verstehen und beugte sich leicht vor, um mein Gesicht sehen zu können. »Denn weißt du, was ich mit ihm anstellen würde?«

Der Pazifische Ozean

Inmitten meiner Vorstellung

»Was willst du jetzt tun, du hässlicher Wichser?«, flüstere ich ihm ins Ohr. Es sind nur er und ich, allein auf einem Boot, inmitten des Pazifiks. »Niemand wird deine Schreie hören. Aber nur zu, du darfst um Gnade winseln.« Er fängt an zu heulen wie ein kleines Baby. Und dann scheißt er sich ein, wie ein kleines Baby. »Ethan, es tut mir leid! Es ist doch nichts persönliches gewesen!«, versucht er, mich umzustimmen. Aber ich bin nicht mehr Ethan Widow – ich bin nur noch die leere Hülle, gefüllt von dem Hass, den er in mir ausgelöst hatte. »Ich werde dich jetzt ein paar Tage leiden lassen, Victor. Dann werde ich dich umbringen. Und wenn wir uns eines Tages in der Hölle wiedersehen... selbst dann werde ich dir noch nicht verziehen haben.« Ich greife zu meiner Klinge und schneide ihm die Kleidung vom Körper. Einen kleinen Blick lasse ich ihn auf meine Werkzeuge erspähen. Er soll wissen, was ihm bevor steht. Dann greife ich zur Bohrmaschine und setze einen schmalen, nur etwa 2mm starken Metallbohrer ein und ziehe ihn fest. Um die Spannung ein wenig anzuheben, lasse ich die Bohrmaschine ein paar Mal anlaufen. Er winselt. Seine Schreie erfüllen den ganzen, stürmischen Pazifik, als ich seinen Schwanz mit der Zange greife, zupacke und den Bohrer in das Ende seiner Harnröhre einführe. Ich lasse ihn laufen. Sein dreckiges, eingepisstes Glied zwirbelt hin und her. Es blutet in laufenden Strömen, als ich den Bohrer tiefer und tiefer einführe. Ich mache das schon den halben Tag. Nach etwa 10 Stunden greife ich dann zu einer alten, stumpfen Handsäge und schneide ihm sein Scheißteil zwischen den Eiern weg. Letztere sind natürlich als nächstes dran. Dann zünde ich mir eine Zigarette an. Dann noch eine. Und noch eine. Und noch eine. Ich lasse sie eine Weile brennen, ziehe ein paar Mal dran und dann drücke ich sie an seinem Gaumen und auf seiner Zunge aus. Er verschluckt sich an der Asche und kotzt mir sein gesamtes Blut entgegen. Pech gehabt! Dafür verliert er jetzt beide Ohren. Während er da so liegt – blutend, um Gnade flehend – gehe ich in die Abstellkammer des Schiffs und hole einen Staubsauger heraus. Victor ist kurz davor, meine liebste Foltermethode kennenzulernen. Ich ziehe ihm eine kleine, aber robuste Plastiktüte über den Kopf und nähe sie ihm mit alten Fäden an den Hals. Nur eine kleine Öffnung auf Höhe seines Kinns erlaube ich ihm zum Atmen – dann führe ich den Schlauch des Staubsaugers ein. »Was jetzt passiert, sollte dir eine Lehre sein. Der Staubsauger wird dir die Luft absaugen. Nach etwa 30 Sekunden – kurz, bevor du in Ohnmacht fällst – ziehe ich ihn dann aus der Tüte und lasse dich wieder atmen. Aber keine falschen Hoffnungen! Nach nur 10 Sekunden stecke ich ihn wieder rein, sauge dir wieder die Luft raus, ehe ich sie dir wieder gestatte. Weißt du, das schlimme am Ersticken ist nicht der Tod... sondern das Gefühl, der eigene Schädel würde explodieren. Mal sehen, wie es dir gehen wird, wenn ich das mal eine Weile lang durchziehe!« Das ganze Wochenende lang treibe ich dieses eine Spiel mit ihm. Und ich kriege gar nicht genug davon, ihn leiden zu sehen. 48 Stunden lang, das bedeutete 216.000 Sekunden, lasse ich ihn an der Grenze zwischen Leben und Tod tanzen. 216.000 Sekunden, aufgeteilt in 30 Sekunden Staubsauger, 10 Sekunden atmen. Das bedeutet, er steht dem Tod rund 5400 Mal gegenüber, nur, um dann wieder ins Leben zurückgeholt zu werden – und die gleiche Scheiße erneut durchzumachen.

Etwa eine Woche lang foltere ich ihn insgesamt. Er hätte tausende Jahre dieses Schmerzes verdient. Aber irgendwann wird mir langweilig.

Ich ziehe seinen bewegungsunfähigen, aber lebendigen Körper an Deck des Schiffs. Mit einem Vorschlaghammer haue ich ein großes Loch in den Rumpf, solange, bis ich den titanverstärkten Rahmen des Schiffs sehen kann. Dort binde ich ein Drahtseil um, welches am anderen Ende an Victor's Oberkörper gespannt wird. Ein weiteres Drahtseil befestige ich zwischen ihm und dem Anker.

»Das hast du jetzt davon!« Ich gebe ihm einen letzten Kinnhaken. Dann lasse ich den Anker zu Wasser – und mein gesamtes Boot wird in blutrot neu angepinselt.

Interstate 29, South Dakota
Vereinigte Staaten von Amerika

22. November 2019

»Schatz, das macht mir Angst. Ich verstehe, was für ein Hass dich plagt. Und ich weiß, dass du an dieser Stelle das Opfer bist – und nicht der Täter. Aber bitte rede nicht so, okay?« Jetzt schwieg ich sie wieder an. »Ethan... kurz bevor Joey gestorben ist, hat er mir von einer Vision erzählt. Seine Vorstellung unserer Zukunft. Wir würden alle drei nach Kuba gehen und auf Hausbooten leben. Er würde eine Kubanerin heiraten – und du und ich? Wir würden nicht nur heiraten, sondern ein Kind kriegen!« Trotz der allzu schlechten Stimmung in meinem Auto musste sie an dieser Stelle bescheiden lächeln. Ich wusste, dass ihr dieser Gedanke gefiel. »Ethan, es gibt viele Worte, um Joey's Vision unserer Zukunft zu beschreiben. Aber eines trifft es am Besten: Frieden. Joey hätte gewollt, dass wir in Frieden leben. Also bitte stoppe deine Wünsche zur Gewalt, okay? Er hätte das nicht gewollt!« Ich warf ihr noch immer keinen Blick zu. Aber wenigstens schaffte ich es jetzt, ihr zu antworten: »Wie zur Hölle soll das funktionieren? Wie sollen wir jemals in Frieden leben können? Wie hat mein Bruder sich das vorgestellt?« Sie fuhr mir mit der Rückseite ihres Fingers durch's Gesicht. »Die Chaos Theorie. Ich weiß nicht, was damit gemeint ist, aber... vielleicht kannst du es mir irgendwann ja mal erklären?«

»Die Chaos Theorie besagt, dass jede kleinste Veränderung in einem System dessen

Endergebnis massiv beeinflussen kann. Egal, wie minimal die Veränderung auch ist: Sie kann und wird das System gänzlich erschüttern. Stelle dir zwei parallele Linien vor, mit einem Abstand von 1cm. Zwei Parallelen werden sich niemals begegnen. Doch sie werden sich auch niemals von einander entfernen. Und jetzt stelle dir vor, die obere der Linien wird nur um 1° gegen den Uhrzeigersinn gedreht. Nur 1°. Nicht mehr. Dann entfernen sich die Linien immer mehr von einander. Zu Beginn ist es vielleicht nur 1mm Unterschied – aber folgt man den Linien auf einer Länge von ein paar Kilometern, ist der Unterschied auf einmal maßgeblich.«

Ich konnte ihr anmerken, wie interessiert sie war. Und es war mir wichtig, ihr die Chaos Theorie zu erklären. Denn mein Leben war das beste Beispiel dafür.

»Die Chaos Theorie besagt aber noch viel mehr als das: Chaos ist unvorhersehbar. Schonmal von der *Bäcker-Transformation* gehört? Dabei handelt es sich um ein Experiment, bei dem ein Bäcker einem Kuchenteig zwei einzelne Rosine hinzufügt. Er platziert diese nah bei einander. Dann rollt die Maschine diesen Teig aus und faltet ihn wieder zusammen. Diese Prozedur wird unter Bäckern so oft wiederholt, bis der Teig die richtige Konsistenz aufweist – aber der Bäcker verstand nie, warum sich die Rosinen voneinander entfernten, mit jeder einzelnen

Anwendung der Maschine. Es gab und gibt keine logische Erklärung dafür. Die Wissenschaft hat diesen Fall im 20. Jahrhundert offiziell als Paradoxon anerkannt – und seit jeher gilt die *Bäcker-Transformation* als perfektes Beispiel für das sogenannte *chaotische* Verhalten. Denn entgegen des leicht theatralischen Titels, ist die Chaos Theorie eine anerkannte, wissenschaftliche These.«

Juliet lauschte meinen Worten wie gebannt. Die Bäume und Berge South Dakotas, die an uns vorbei rasten, schienen sie gar nicht mehr zu interessieren. Stattdessen saß sie mit verschränkten, schwitzigen Händen auf dem Beifahrersitz und hörte mir zu. »Aber was hat das alles mit uns zu tun?«, fragte sie mich dann.

»Auf jede Aktion folgt eine Reaktion. Du möchtest wissen, was das mit uns zu tun hat?« Sie nickte interessiert und bejahte.

»Als ich vier Jahre alt war, hatte ich eine Erkältung. Es war der Kindergarten Schuld. Eine der Erzieherinnen hatte in der Nacht zuvor vergessen, ihr Fenster zu schließen und fing sich dadurch selber eine Erkältung ein. Als sie mir am nächsten Tag ein Brot schmierte, hustete sie abertausende Bakterien darauf und steckte mich an. Ich lag fast 2 Wochen flach im Bett. In der schlimmsten dieser Nächte hatte ich starkes Fieber. Mitten in der Nacht öffnete ich die Augen und sah eine silhouettenhafte Figur in meinem Zimmer stehen. Sie hatte die Form eines Menschen, schien aber eher wie ein dreidimensionaler Schatten – es war natürlich nur eine Halluzination aufgrund des Fiebers. Aber seit jener Nacht hatte ich in meiner Kindheit Angst vor der Dunkelheit. Jede Nacht musste das Licht im Flur eingeschaltet und die Tür meines Zimmers geöffnet bleiben. 2005 hatten wir dann einen Stromausfall im ganzen Haus. Ich verfiel in eine extreme Panikattacke, denn die Erinnerungen an diesen seltsamen, silhouettenhaften Mann kamen wieder hoch. Ich schrie die ganze Nacht lang durch und meine Eltern konnten mich nicht beruhigen. Schon in den Tagen zuvor hatten wir viel Stress und Streit zuhause – aber erst diese Situation überzeugte meine Eltern davon, mich zu einem Psychologen zu führen... und wenige Wochen später wurde meine Diagnose gestellt. Diese Diagnose bedeutete unter anderem, dass ich nach Beendigung der Grundschule nicht an *die* weiterführende Schule durfte, die ich mir eigentlich ausgesucht hatte. Das wiederum bedeutete, dass ich in eine völlig fremde, neue Klasse kam, in der ich mich nicht zurecht fand. Dort wurde ich schlichtweg rausgemobbt und kam auf eine neue Schule – um das gleiche Spiel wieder erleben zu dürfen. Ich sank immer tiefer. Und eines Tages fiel ich vom Gymnasium bis auf die Förderschule ab. Das hatte zur Folge, dass ich mir eigene Freunde suchen musste. Das Internet war meine Anlaufstelle: Ich fand Online-Freunde, die allesamt quer auf der Welt verteilt lebten. Drei Mal trafen wir uns sogar im echten Leben. Ich verliebte mich in eine von ihnen. Aber sie log mir über 8 Monate hinweg etwas vor. Ich war so am Boden zerstört, dass ich Trost in meiner Familie suchte. Mein Cousin und seine damalige Freundin waren für mich da. Aber seine Freundin belog mich ebenfalls – sie konnte mich nie wirklich ausstehen. Das führte dazu, dass ich in eine Alkoholsucht verfiel. Und das wiederum führte dazu, dass ich zuhause rausflog und in ein Auffanglager kam. Dort konnte man mich jedoch nicht länger als ein paar Wochen halten, also kam ich in das berühmt-berüchtigte Jugendhaus. Und da lernte ich die Feinde kennen, die meine Eltern umbrachten. Aber zudem hatte das zur Folge, dass ich für meinen Bruder da sein musste und beschloss, auszubrechen – und dafür kassierte ich 100 Sozialstunden. Juliet... jetzt sage mir... wie haben wir uns kennengelernt?«

»Du meinst... es waren genau *die* Sozialstunden?«

»Exakt. Und das alles, was ich dir gerade erzählt habe, wäre niemals passiert, wenn die Erzieherin vom Kindergarten nicht ihr Fenster hätte offen stehen lassen. Dieser klitzekleine Fakt, dass sie ihr Fenster nicht schloss ist dafür verantwortlich, dass wir uns kennen. DAS ist die Chaos Theorie.«

Wann immer ich davon sprach – obwohl ich mich nun schon seit vielen Jahren damit beschäftigte – lief mir der selbe, eiskalte Schauer den Rücken herunter. Und ich wusste, ohne nachzufragen, dass es Juliet nicht anders ging. Die Chaos Theorie war für mich schon immer das interessanteste Thema, das es gibt. Ich liebte Autos, Gitarren, Musik, Literatur, Filme... aber nichts davon konnte mich auch nur annähernd so sehr fesseln und verändern wie die Chaos Theorie.

»Es ist ein bisschen wie *Murphy's Law*, oder?«, fragte Juliet. Es zauberte mir trotz aller Umstände ein Lächeln auf mein Gesicht, dass sie soweit mitdachte. Es schien sie genau so sehr zu fesseln wie mich.

»Naja. Murphy's Law besagt lediglich, alles was passieren könne, würde auch passieren. In gewisser Weise herrscht dort eine Parallele zur Chaos Theorie, ja.«

»Also das hatte Joey gemeint. Als er mir davon erzählte, wie er sich unsere Zukunft vorstellte, da meinte er, wir hätten unser Glück einzig und allein der Chaos Theorie zu verdanken. Und jetzt verstehe ich es.«

»Sollten wir jemals in Frieden und Sicherheit leben können, dann hätten wir das der Chaos Theorie zu verdanken. Das stimmt. Was meinst du, wer Joey von der Theorie erzählt hatte?« Sie musste schmunzeln und hielt es nicht für nötig, diese ohnehin rhetorische Frage zu beantworten. Sie wusste es auch so.

»Aber... wie geht es jetzt weiter?« Sie konnte es nicht lassen, diese Frage immer wieder zu stellen, bis sie eine Antwort hätte. Und ich konnte es ihr nicht verübeln.

»Ich habe vielleicht eine Idee, wo wir hin können... und wir werden uns wohl eine ganze Weile dort aufhalten.«

»Was auch immer es ist... ich komme mit. Hauptsache, du bist bei mir.«

»Natürlich. Aber zuerst machen wir einen kurzen Zwischenstopp in Chicago. Im Cook County Forest. Und außerdem am Einkaufszentrum. Du wirst eine Wollmütze brauchen.«

Cook County Forest, Illinois
Vereinigte Staaten von Amerika

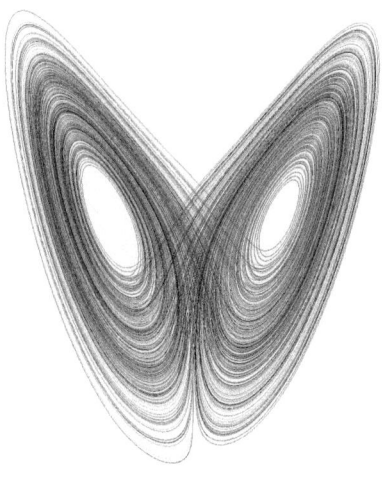

24. November 2019

XXXIV

Es war ein bedrückendes Gefühl, die alte Hütte im Cook County Forest wiederzusehen. Ich hatte mich über mehrere Wochen hinweg nicht um meine damalige Heimat kümmern können. Und ich wusste, der alte Graham Watson wäre enttäuscht von mir, könnte er mich jetzt sehen. Dabei hatte ich ihm doch so viel zu verdanken. »Wäre diese Hütte nicht gewesen, wären wir jetzt wahrscheinlich kein Paar, oder?«, fragte Juliet. Ich ging im Zeitlupentempo über die alten, maroden Holzdielen der Hütte und sie knarrten intensiver als je zuvor. Mit einem Finger fuhr ich unbewusst über die Anrichten. Über die Regale. Über die Rückwände der Stühle und Sofas. »Das stimmt nicht«, antwortete ich Juliet dann. »Du bist so wunderschön... ich hätte dich sogar in der Gosse vernascht, wenn mir nichts anderes geblieben wäre.« Dann gab ich ihr einen kurzen, aber liebevollen Kuss auf die Stirn und hielt sie einen Augenblick lang im Arm. »Das ist nicht unbedingt das romantischste, das du je gesagt hast, Ethan.« Ich musste schmunzeln. »Wir packen all meine Waffen in den Kofferraum. Dann brauchen wir eine aktuelle Zeitung, ich möchte wissen, ob Bobby tatsächlich tot ist. Und dann...« Ich hielt kurz inne und starrte auf den kalten, schmutzigen Fußboden. »Dann verlassen wir dieses Dreckloch. Ein für alle Mal.« Juliet wollte etwas sagen, aber noch bevor ich ihr zuhören konnte, war ich bereits abgelenkt von etwas anderem. Wie konnte das sein? Wie war das möglich, was ich dort sah? Was war hier passiert? Wo war er hin? »Wo zur Hölle ist Victor's Leiche?«, fragte ich Juliet in der Hoffnung, sie könnte mir diese quälenden Gedanken und Ängste nehmen. »Vielleicht war die Polizei hier? Vielleicht hat man ihn abtransportiert und beerdigt?«, entgegnete sie lediglich. Aber diese Antwort half mir auch nicht weiter. »Das kann nicht sein. Sieh doch!« Ich zeigte mit einem Finger auf die Leichen seiner beiden Guerillas, die auf meinem Boden vor sich hin faulten. »Wären die Behörden hier gewesen, warum haben sie diese beiden nicht mitgenommen?« Juliet dachte, was auch ich dachte. Doch keiner von uns beiden traute sich, es auszusprechen. Es war einfach zu absurd. Victor hätte meinen Kopfschuss nicht überleben können. Andererseits hatte er auch schon überstanden, dass ich ihn in Brand steckte. Und ohnehin war er ein sehr robuster, schmerzresistenter Mann. Aber bedeutete das, er hätte übernatürliche Kräfte? Oder war er schlichtweg genau so gewieft wie ich und hatte lediglich einen Plan?

»Ich glaube nicht, dass er noch lebt, Ethan«, erklärte Juliet. »Dann hätte er uns doch längst gefunden und getötet!« Ihre Aussage war durchaus logisch belegbar. Umso stärker sollte ich nur kurz darauf überrascht werden.

Während ich die Tür zum Schlafzimmer öffnete – unter dessen Holzdielen meine Waffen versteckt waren – hörte ich seine lauten, doch langsamen Schritte immer näher kommen. Ich drehte mich um und glaubte meinen Augen nicht.

»Ich habe mich schon gefragt, wann du zurück kommen würdest, Ethan. Der gute Bobby Short drohte mir in seinen letzten Atemzügen, du würdest mich töten, wenn du mich findest, also... hier bin ich!«

Er nahm die Kapuze vom Gesicht und sah mir kalt in die Augen. Sein schwarzes, nach hinten gegeltes Haar, seine überdimensionale, krumme Nase, unter den eiskalten, blauen Augen... er war es wirklich. Da bestand kein Zweifel. Scheinbar war er alleine gekommen, doch ich rechnete nichts desto trotz damit, dass die Hütte umstellt wäre.

»Ich habe dich getötet, Victor! Wie kann das sein?«, rief ich ihm entgegen und stellte mich instinktiv vor Juliet. Er stand etwa fünf Meter von uns entfernt, doch ich hielt es trotzdem für notwendig, meinen Arm vor sie zu halten. Ich würde nicht zulassen, dass ihr noch einmal etwas passiert.

»Ethan, das wollte ich dir bei unserem letzten Treffen doch schon erklären! Wo waren wir denn bloß stehen geblieben? Ah ja!«

Er ging auf und ab. Unter seinen Füßen knarrte das Holz des Bodens und es reichte aus, um ihn abzulenken. Ich bückte mich herunter und griff zu meinem Stiefelmesser, das ich daraufhin geschickt in meinem Ärmel versteckte. Ich würde ihn töten. Aber zuerst wollte ich seine Erklärung hören. Wie konnte es sein, dass er einen Kopfschuss überlebt hatte?

»Kein Grund zur Panik, ihr zwei! Ich will doch nur reden!« Er grinste uns direkt ins Gesicht, ehe er seine Pistole aus der Innentasche holte und zu Boden legte. Er kickte sie zu mir. Aber ich wusste, dass er garantiert eine weitere bei sich trug.

»Also, Ethan, spitz' deine Ohren!« Dann fing er an zu erzählen, wie es ein alter Opa bei seinen Enkeln tun würde. »Auch ich bin Autist, Ethan. Soweit waren wir ja beim letzten Mal schon! Also, du weißt schon, bevor du mir etwas Blei zwischen die Augen gesetzt hast!« Er kicherte vor sich hin und verschluckte sich beinahe an seinem eigenen Atem. Ich hielt derweil die Stellung und stellte sicher, dass er keine saubere Schusslinie auf Juliet hätte. »Dein Ergebnis war 115, richtig?

Wie gut, dass ich dem alten Bobby deine Akte geklaut habe! Aber was, wenn ich dich toppen konnte? Mein Ergebnis liegt bei 185!« Er streckte die Arme zu den Seiten und blieb für einen Augenblick so stehen. Dann räusperte er sich und fuhr fort: »Unsere Form von Autismus macht uns nicht blöder, Ethan. Nein, sie macht uns besser! Du hast gelernt, deine Umgebung in einem Winkel von 360° wahrzunehmen – in allen drei Dimensionen, richtig? Und du kannst genau vorhersehen, was ein Mensch als nächstes tut!« Noch im Ausklang dieser letzten Silbe zückte er ein Messer und durfte zusehen, wie ich mich duckte und Juliet mit mir herunterzog, noch bevor der Griff seiner Klinge gänzlich seine Hand verließ. Es landete geradewegs in der Wand hinter uns. »Sollte das vielleicht ein Test gewesen sein, Victor?«, brüllte ich ihn an. »Soll ich dir noch mehr den Arsch versohlen? Keine Sorge, das werde ich. Aber jetzt will ich eine gottverdammte Erklärung!«

»Deine Reflexe sind wie die eines Raubtiers – nur besser! Und du weißt, dass es am Autismus liegt! Bereits bei einem Test-Ergebnis von 80 ist es äußerst häufig, dass eine Hochbegabung vorliegt. Aber 115? Nicht nur deine kognitiven Fähigkeiten wurden verbessert, Ethan!«

»Wie kann es sein, dass du mit 185 dann trotzdem so ein dämlicher Vollpfosten bist?« Ich grinste ihm provokant entgegen und hatte das Messer im Ärmel schon zum Abwurf bereit.

»Es ist mein *gesamter* Körper, Ethan! Bei dir ist es nur das, was sich im Kopf abspielt! Du bist vorausschauend, intelligent und hast perfekte Reflexe. Aber das hängt alles mit der Hochbegabung in deinem Kopf ab! Doch bei einem Ergebnis in Höhe von 185...« Er legte seinen langen, schwarzen Ledermantel ab und ermöglichte uns dadurch einen Blick auf seinen nackten Oberkörper. Er war geziert von Narben, Einschusslöchern und Verletzungen jeder Art – doch sie waren alle verheilt. »Ich bin unsterblich, Ethan! Mein Kopf ist *noch* weiter entwickelt als deiner! Er ist dazu in der Lage, dem Körper Befehle zu erteilen, die du gar nicht kennst! Ich kann Gewebe innerhalb von wenigen Sekunden gänzlich regenerieren! *Deshalb* bin ich in der Lagerhalle nicht verbrannt! *Deshalb* habe ich deinen Kopfschuss überlebt! Ich bin unsterblich...« Es klang, als sollte noch etwas folgen. Doch bevor er fortfuhr, zückte er ein weiteres Messer und schnitt sich selbst die Pulsader durch. Für den Bruchteil einer Sekunde spritzte das Blut wie das Magma eines Vulkans – doch dann hörte es schlichtweg auf und alles, was übrig blieb, war eine scheinbar vollständig abgeheilte Narbe. »Ich will deine Hilfe, um das zu beenden, Ethan! Es ist nicht nur so, dass ich keinen Schmerz spüre – es ist viel mehr, dass ich gar nichts spüre! Ich könnte die beste Nutte Chicagos kaufen, aber trotzdem wäre ich weit entfernt von Orgasmen oder dergleichen. Aber wenn ich einige deiner Zellen verwenden könnte, dann wäre ich vielleicht in der Lage, Autismus ein für alle Mal heilen zu können!«

Ich drehte mich für einen kurzen Moment um und sah Juliet an. Ihr stand die Furcht ebenso in den Augen wie die Ungläubigkeit. »Geh kurz ins Schlafzimmer, ja? Ich rede nur einen Moment lang mit ihm«, sagte ich dann zu ihr. »Halte dich vom Fenster fern und brülle so laut du kannst, falls etwas ist.« Sie nickte mir stumm zu und sah dann – kurz bevor sie die Tür hinter sich schloss – wie ich ihr hinter dem Rücken beide Hände zustreckte. Die eine formte den Buchstaben E, die nächste wiederum eine 3. E3. Es war eine Feldangabe. Das hier war Schach. Und dann fiel die Tür ins Schloss.

»Für Menschen wie dich sollte es doch nützlich sein, Kopfschüsse überleben zu können, oder?«, wandte ich mich wieder Victor zu.

»Nein, verdammt! Weißt du... die Kugel tritt ein und bohrt sich durch meine Schädeldecke. Aber bevor sie Kolleteralschäden anrichten kann, heile ich einfach wieder. Trotzdem werde ich dann für ein paar Minuten bewusstlos, und... Und die Kugel bleibt in mir stecken. Ich habe *ständig* diese grauenhaften Kopfschmerzen! Und die

Projektile können nicht einmal rausoperiert werden, weil keine Klinge meinen Kopf tief genug durchdringen kann, ohne, dass das Gewebe sofort regeneriert! Ethan, wenn du mir dein Leben schenkst... dann schenke ich der Welt ein Heilmittel für Autismus!« Ich weiß nicht wieso, aber ich glaubte ihm. Ich konnte in seinen Augen sehen, wie ernst er es meinte. Es war die Wahrheit.

»Victor... mein Leben ist kurz davor, endlich wieder positiv zu werden, okay? Ich verstehe, wie du dich fühlst – ich verstehe das mehr als irgendjemand sonst! Aber Juliet und ich... wir sind auf dem Weg in ein tolles Leben! Ich hatte noch nie zuvor die Chance dazu!«

»Du könntest abertausende Leben retten, wenn du dein eigenes beendest, Ethan! Ich weiß, dass du einer von den Guten bist!«

Victor griff in eine seiner Taschen. Er holte zwei Granaten heraus und legte sie auf den Boden – ohne den Stift zu ziehen. Als nächstes kramte er zwei Messer, zwei Handfeuerwaffen, zehn Shuriken und einen Schlagring heraus. Dieser Mann war gut vorbereitet, das musste ich ihm lassen. Aber er legte alles auf den Boden und trat es zur Seite, um seinen Frieden anzubieten. Trotzdem war er Schuld am Tod meiner Eltern – und dem Tod von Joey und Bobby.

»Warum sollte ich dir vertrauen?«, fragte ich ihn, obwohl ich sein Angebot – zugegeben – tatsächlich in Betracht zog. Wenn es etwas gibt, das mehr Schuld an meinem Verderben besitzt als Victor, dann ist es der Autismus. Und ich wollte nicht zulassen, dass irgendjemand sonst auf dieser Welt darunter leiden muss.

»Ich habe Akten, Ethan. Sie sind gleich hier...« Er packte sich erneut in die Innentasche und zog einen Schnellhefter heraus. Dann warf er ihn mir zu und ich fing ihn gekonnt mit nur einer Hand auf – so blieb ich mit der anderen weiterhin bereit, mein Messer zu werfen, sollte es nötig sein. Doch scheinbar war es das nicht.

Ich blätterte durch die Unterlagen und überflog Seite für Seite. Meine Augen rasten über das grelle Weiß des Papiers. Und es schien, als würde er die Wahrheit sagen. Ich verstand seine Gleichungen auf den ersten Blick – sie ergaben völligen Sinn.

»Victor, es tut mir leid, dass du so leben musst, wie du nunmal lebst. Aber ich bin keiner von den Guten.«

Er schlug die Hände über dem Kopf zusammen und begann zu flennen. »Ethan, ich will, dass das ein Ende hat! Bitte!«

»Du lebst dein Leben – ich lebe meines. Glaubst du, wenn ein Engel käme und mir anbieten würde, meine Eltern und meinen Bruder zurückzubringen, dann würde ich das Angebot akzeptieren?« Die wahre Antwort auf diese Frage war vor nur wenigen Monaten noch eine andere, als sie es heute ist. Aber natürlich konnte Victor das nicht wissen.

»Natürlich würdest du das tun, Ethan!« Er schluchzte und flennte nur so vor sich hin. Seine Welt war bereits vor vielen Jahrzehnten untergegangen. Aber nun musste er feststellen, dass es keine Rettung geben würde.

»Nein, würde ich nicht! Das ist die Chaos Theorie, Victor! Als ich vier Jahre alt war, vergaß eine Kindergärtnerin, das Fenster zu schließen. Und nur deshalb stehe ich heute hier! Und ich habe die schönste Freundin der Welt! Victor, dass kannst du auch! Die Chaos Theorie lehrt dich genau das!«

»Ich kenne die Chaos Theorie, Ethan«, fing er an, sich rechtfertigen zu wollen. »Und ja, vielleicht würde ich eines Tages auch an einen Punkt kommen, an dem ich ebenso daraus lerne wie du. Aber Ethan... was hält dich denn davon ab, mit mir zu kommen?«

Ich schloss die Lider und atmete tief durch. Vor meinem inneren Auge rückte ich die Figuren zurecht. Das schwarz-weiß gemusterte Brett brannte sich in meine Augen. Gleich sollte es soweit sein. Mein Herz pochte, doch ich war vorbereitet. Das hier war Schach.

Und in meiner Kindheit war Schach das einzige Brettspiel, das mir gut lag.

»Meine Dame, Victor. Die hält mich davon ab. Sie ist immer für mich da, weißt du? Und das wird sich so schnell nicht ändern. Es sei denn natürlich, ich komme mit dir.« Ich kannte genau voraus berechnen können, was er als nächstes sagen würde. Und mein Kopf enttäuschte mich auch dieses Mal nicht.

Er ergriff das Wort: »Deine Dame? Die sei immer für dich da? Sie ist doch gerade nicht einmal im gleichen Raum wie du!«

»Sie ist auf E3, Victor.«

»Was zur Hölle soll das bedeuten?«

Ich grinste ihm überlegen ins Gesicht und aus lauter Verzweiflung fiel ihm nichts besseres ein, als seine Pistole aufzuheben und sie mitten in mein Gesicht zu richten. Natürlich hatte ich auch damit gerechnet.

»Dame von E3 auf E8!«, brüllte ich quer durch die Hütte. Bei der Aufstellung eines klassischen Schachbretts stand immer eine ganz besondere Figur auf E8 – der schwarze König. Und ich war weiß.

Victor feuerte einen Warnschuss ab, der direkt neben meinem Kopf in der Wand landete. Auch das hatte ich vorher berechnet. Ich wollte, dass seine Waffe auf mich gerichtet ist. Nicht etwa auf die Tür zum Schlafzimmer, die Juliet in der selben Sekunde eintrat und aus ihr hervorsprang.

Das E markierte die Spalte der Holzdielen. Die 3 markierte die Reihe. Juliet war es gelungen, die versteckten Waffen aus dem Boden zu kramen.

Und nun schickte sie Victor eine dicke Ladung Schrot ins Gesicht. Sie repetierte. Und sie schoss wieder. Dann repetierte sie wieder. Dann legte sie die linke Hand vom Spannhebel und hielt die Flinte mit nur noch einer Hand – ein weiterer Treffer. Victor's Ohr war nun, gemeinsam mit einem Splitter des Schrots, an die Wand meiner Hütte gepinnt. Und er war so tot, wie ein Mann nur sein konnte – für den Augenblick.

»Du hast wirklich darüber nachgedacht, sein Angebot anzunehmen, oder?«, fragte Juliet mich. Sie war noch völlig in Rage wegen des Schach. Und ich glaube, es war ihr eine Erleichterung, dass ich ihr die Flinte aus der Hand nahm. Was war aus ihr geworden? Es freute mich, dass sie sich nun zu verteidigen wusste. Aber ich hatte nie gewollt, dass sie zu einer Mörderin würde. Und sie zeigte nicht einen Funken von Reue.

»Ja, habe ich«, war meine Antwort auf ihre Frage. »Ich würde mir durchaus wünschen, so vielen

Menschen helfen zu können. Und wir werden Victor's Dokumente mitnehmen und untersuchen und vielleicht werde ich ja...«

»Nein, du wirst es dir nicht anders überlegen! Joey hätte das nicht gewollt! Und *ich* will das erst Recht nicht! Und was ist mit der Chaos Theorie?«

»Juliet, vielleicht sollte mich die Chaos Theorie lehren, dass ich all diesen Schmerz durchmachen musste, nur um eines Tages myriaden Menschen das Leben retten zu können!«

Sie sah mich mit verwüsteten, traurigen Augen direkt an. Ich spielte kurz mit dem Gedanken, sie in den Arm zu nehmen. Doch ich glaubte, in diesem Moment wären reine Worte genug:

»Ich liebe dich, Juliet.«

»Und du wirst dich nicht umbringen, ist das klar?« Jetzt kam sie auf mich zu, drückte sich feste an mich und weinte sich an meiner Brust die Seele aus dem Leib. »Ethan, wenn du unbedingt willst, dann warte bis du 80 bist! Dann kannst du es immer noch tun, aber bitte...«

»Shh... Es ist alles okay, Baby. Ich mache gar nichts ohne deine Erlaubnis. Jetzt fahren wir erst einmal weg aus diesem Dreckloch. Und dann leben wir unser eigenes Leben. Versprochen.«

Noch am selben Abend fuhren wir Victor's Leiche in den Chicagoer Hafen des Lake Michigan. Ich band einen dicken Betonklotz an seine Beine. Dann stieß ich seinen hässlichen leblosen Körper ins Wasser. Auch, wenn es mich drei Versuche gekostet hatte: Der Mörder meiner Eltern war endlich tot.

Victor war nun in der Hölle.

»Hey Juliet... hast du jetzt deine Wollmütze?«

Barrow, Alaska
Vereinigte Staaten von Amerika

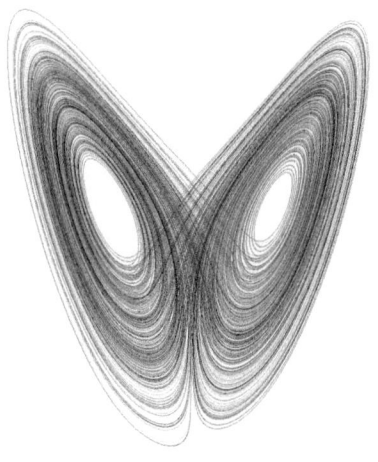

20. Dezember 2019

XXXV

Weitere vier Wochen waren vergangen. Und wir hatten endlich einen Ort gefunden, an dem wir sicher waren. Am 30. November 2019 waren wir endlich angekommen, nach einer 6-tägigen Reise.

Ich wollte schon immer einmal nach Alaska. Seit der Lieblingsfilm meiner Jugend in jenem US-Bundesstaat spielte, träumte ich davon, die arktische Pracht des amerikanischen Nordens einmal selbst erleben zu dürfen. Barrow war die nördlichste Stadt in ganz Alaska. Sie lag oberhalb des arktischen Kreises und zählte somit zu den kältesten, abgelegensten Städten des gesamten Planeten Erde. Doch neben der Kälte – der schieren Flut aus Frost und Zittern – bedeutete das auch absolute Sicherheit. Keiner der rund 4.000 Einwohner würde je unsere echten Namen kennen. Und in einer derart vereisten Stadt war es keineswegs verdächtig, ausschließlich in einer Fellkapuze vor die Tür zu gehen. In unseren Daunenjacken, den Ski-Hosen, den handgestrickten Wollmützen und den Kapuzen aus echtem Büffelfell fühlten wir uns sicherer als je zuvor. Barrow ist bis heute die erstaunlichste, einprägsamste Stadt, die ich je sehen durfte – und ich bin froh, dass ich sie an Juliet's Seite erlebte.

Sämtliche Straßen, die durch Barrow führten, bestanden aus Schlamm und Eis. Nie hatte der Bürgermeister veranlasst, sie teeren zu lassen. Durch das permanente Glatteis – sogar im Hochsommer – wären die Erhaltungskosten der Straßen für eine solch kleine Gemeinde schlichtweg zu hoch gewesen. Der Großteil der Einwohner bestand aus dem Inuit-Stamm der Iñupiat. Die Hütten waren allesamt sehr klein gehalten; Große Häuser zu beheizen, sei es durch den Kamin oder mit einer Heizung, würde jegliche wirtschaftliche Verantwortung übersteigen. Selbst mehrköpfige Familien hausten daher in hölzernen Baracken, die nicht mehr als 50m² ausmachen konnten. Ernährt wird sich in Barrow beinahe ausschließlich durch Fisch. Die Import-/Export-Routen der Stadt waren bereits seit Jahren stillgelegt und selbst in früheren Zeiten praktisch nicht existent. Und da das lokale Klima Barrows keine Ernte erlaubte, musste gefischt werden.

Doch unter den Bürgern der Kleinstadt herrschte stets Ordnung und Organisierung. Der Stamm der Iñupiat hatte ein strukturiertes System, welches an eine Hierarchie erinnerte. Die Männer der Midlife-Generation – sprich, zwischen 30 und 50 Jahren – fuhren jeden Tag hinaus auf das arktische Meer und fingen Lachs und andere

Fischarten. Die Stammes-Ältesten konnten aufgrund gesundheitlicher Schwäche nicht mehr selber fischen gehen und waren daher dazu verpflichtet, das gefangene Gut zu häuten, zu räuchern und für die gesamte Stadt zuzubereiten. Die Männer der jüngeren Generationen – sowie die Nachfahren der Älteren – hackten das Holz und betrieben tägliche Märkte. Geschäfte oder andere Verkaufsläden suchte man in Barrow vergeblich. Der Fisch wurde direkt von Mensch-zu-Mensch verkauft. Die Frauen waren derweil dazu priviligiert, ihre größte Zeit in der sicheren Wärme der Hütten zu verbringen, wo sie nähten, strickten und sich um andere Gegebenheiten der Gemeinde kümmerten.

Im äußersten Norden der Stadt lag der Point Barrow. Dabei handelte es sich um ein Kap, welches den nördlichsten Punkt des gesamten Landes der USA markierte. Bevor das Land dort ins arktische Meer übergeht, liegt eine riesige, offene Fläche zu den Füßen alljener, die sich dorthin trauen. Auf dieser Fläche des Point Barrow war es keine Seltenheit, Eisbären zu jagen. Diese galten – neben all den Fischen – als Delikatesse und wurden der Stadt nur alle paar Wochen serviert. Auf eigene Faust zum Point Barrow zu marschieren und für die eigene Familien auch eigene Eisbären zu jagen, war ein gesellschaftlich nicht vertretbares Verhalten in Barrow. Unter den rund 4.000 Einwohnern galt

Einer für alle und alle für einen. Anders war das Überleben schlichtweg nicht möglich.

Im Winter des Jahres 1981 erreichte Barrow die absolute *Record-Low-Temperatur*. Das bedeutete, an keinem Tag vor oder nach jener Messung war es je kälter in der alaskanischen Eisstadt. Temperaturen von rund -47°C mussten die Bewohner in den Monaten Januar und Februar der 80er Jahre ausharren. Nur zwei Jahre vor meiner Ankunft in Barrow – im Jahre 2017 – erreichte die Temperatur zu jenen Monaten rund -40°C. Im Jahre 2018 waren es -44°C. Und im Januar 2019 – nur wenige Monate, bevor es mich und Juliet an diesen Ort verschlug – spielten die Temperaturen verrückt genug, um den bislang ungebrochenen Rekord von -47°C ein weiteres Mal zu erreichen. Und es graute mir bereits davor, welche morbiden Spielchen das Klima als nächstes mit dieser Kleinstadt anstellen würde. Die durchschnittliche Temperatur in den Monaten Juli und August betrug genau -1°C, während sich die Höchsttemperaturen der vergangenen Jahre auf nur 5°C beliefen.

Ich hatte bereits unter Brücken, in stillgelegten Hochsitzen, in Rutschen auf Spielplätzen und auf Parkbänken geschlafen. Ich redete mir stets ein, ich sei nun abgehärtet, denn selbst bei Sturm und Gewitter musste ich all das durchstehen.

Doch das arktische Klima Barrows war eine Herausforderung, die ich nicht unterschätzen durfte. Und ich betete dafür, dass Juliet es auch nicht tat. Wir waren nun am Rande des Planeten. Doch wir waren sicher.

XXXVI

Ich wünschte, ich hätte sagen können, der heilige Glanz der Sonne hätte mich an jenem Morgen geweckt. Doch so war es nicht. Es war der 20. Dezember 2019. In diesen Monaten gab es keine Sonne in Barrow. Vor etwa vier Wochen hatten Juliet und ich die alaskanische Kleinstadt erreicht und nur wenige Tage später fing die härteste Phase des Jahres an. Erst gegen Ende Januar des nächsten Jahres könnten die Bewohner sich erneut über den Glanz dieses gigantischen Feuerballs freuen. Doch für's erste hatte sich unsere Sonne verabschiedet. Und es war das helle Klingeln eines Weckers, der mich mitten in der Nacht aus dem Bett zerrte. Etwa alle drei Stunden musste ich aufstehen und den Kamin neu befeuern. Hätte ich diesen Brauch nicht von den Inuits des Iñupiat-Stammes adaptiert, hätte es passieren können, dass Juliet und ich im Schlaf erfrieren. Also quälte ich mich, wie jede Nacht, zum nun 3. Mal aus den dicken Felldecken heraus und ging zum Kaminofen. Aus taktischen Bedingungen waren die Betten in der ganzen Stadt stets im selben Raum platziert wie der Ofen. In einer Stadt wie dieser waren viele Schritte zum Überleben notwendig. Und ich konnte sie unmöglich Juliet überlassen. Fuß für Fuß setzte ich meine Schritte über den mit Eisbärenfell ausgelegten Boden unserer kleinen Hütte. Das Feuer im Kamin war beinahe gänzlich erloschen und es war fast nur noch Glut, die das selbst gehackte Holz zierte. Ich holte einiges Zeitungspapier aus der Vorratskammer, welches das neue Entflammen des Ofens beschleunigen sollte. Dann legte ich neues Feuerholz ein und zündete das Papier an. Durch leichtes Pusten musste ich nachhelfen, das Holz in Brand zu stecken und hoffte, es würde nicht gleich wieder ausgehen. Ich griff zum Kaminbesteck und versuchte, eines der bereits fast abgebrannten Holzstücke etwas weiter nach oben zu legen, um den Vorgang zu beschleunigen. Doch die Halterung des Kaminbestecks fiel um. Und Juliet saß plötzlich hellwach in unserem Bett.

»Ich habe dir doch angeboten, dass wir uns abwechseln. Warum tust du dir bloß freiwillig diese Qual an?«, fragte sie mich, ohne mir einen guten Morgen zu wünschen. Denn vom Morgen war noch keine Spur. Ich streichelte ihr durch die Haare und blickte in ihre verschlafenen Augen. Das Feuer des Kamins spiegelte sich in ihren gläsernen Pupillen. Sie hatte sich kein bisschen verändert, seit sie Victor ermordet hatte. Doch genau das machte mir eine höllische Angst. Ich wusste aus eigener Erfahrung, was das Töten mit einem Menschen anstellen kann. Aber sie war noch immer die liebevollste Person, die ich je gekannt hatte. Und deshalb hielt ich es nicht für notwendig, ihr zu antworten. Ein einfacher Kuss sollte genügen, um ihr zu erklären, dass ich diese nächtliche Qual aus reiner Liebe auf mich nahm.

»Es ist schon eine gewisse Ironie, findest du nicht?«, fragte sie in einer müden, aber selbstsicheren Stimme, als sie ihren Kopf auf meine Schulter legte. Ihr Arm wanderte dabei quer um meinen Hals und verankerte sich auf meiner Schulter, ehe sie sich gänzlich an mich kuschelte. »Was meinst du?«, entgegnete ich. »Joey hatte gesagt, er würde sich wünschen, wir würden alle nach Kuba gehen. In die tropische Hitze des Äquators. Und jetzt...« Ich legte meinen Kopf behutsam auf ihren. Unsere Haare verfingen sich sofort ineinander. Sie waren getränkt vom Salzwasser, das uns beim Angeln des Vortags nass spritzte. Ein gigantischer Wal beschloss, unserem Kutter einen Besuch abzustatten und spritzte uns in dem eisigen Wasser der arktischen See ein. Wir mussten nackt zurück fahren. Der frostige Wind war zweifellos eine der größten Bedrohungen, denen wir je gegenüber getreten waren. Doch die nassen Klamotten hätten uns rücksichtslos getötet. »Naja, sieh es mal so«, fing ich an, zu erzählen. »Wären wir in Kuba, müssten wir vermutlich jede Nacht aufstehen, um die Klima-Anlage neu aufzukurbeln. Das ist nicht weniger nervig als den Kamin ständig neu zu befeuern.« Sie musste lächeln und drückte mir einen langen Kuss auf die Wange. Ihr Körper war dicht an mich gepresst und ihre Hand liebkoste meine Brust, während sie mich abermals am Hals küsste. »Wir sind in Sicherheit, Juliet. Das ist alles, was zählt.« Sie löste ihren Kopf aus meinem Hals und sah mich lächelnd an. »Wir sind zusammen. *Das* ist alles, was zählt.«

Wir liebten uns die halbe Nacht lang. Erst das erneute Klingeln des Weckers – rund drei Stunden später – konnte mich aus ihr befreien. Um zu einem Ende zu kommen, gerieten wir mit dem Nachfeuern des Ofens etwa zehn Minuten in Verzug. Nur zehn Minuten zu viel hatten wir gebraucht und als ich mich aus dem Bett schälte, um mich wieder dem Kamin zuzuwenden, war die frische Kälte im Raum bereits spürbar. Das Klima in Barrow war schlichtweg rücksichtslos. Und es kannte keine Kompromisse.

Ich hatte gar nicht bemerkt, dass auch Juliet aus dem Bett aufgestanden war, während ich das Feuerholz erneuerte. Erst das laute Rasen der Kaffeemaschine machte mich darauf aufmerksam. Bei uns war es keine Seltenheit, auch mitten in der Nacht heißen Kaffee zuzubereiten. Den jedwede Form von Wärme und Hitze war wie eine Erlösung in dieser eisigen Stadt. Unsere Wasservorräte mussten wir stets direkt neben dem Kamin platzieren, damit sie nicht einfrieren würden. Und das ist nur ein sekundäres Beispiel dafür, wie unversöhnlich die Kälte in dieser Gegend war.

»Ich glaube nicht, dass ich diese Nacht noch schlafen kann«, rief sie mir aus der kleinen Küche zu. Sie war nur etwa 6m² groß und beherbergte lediglich eine Spüle, einen Schrank und eine Kaffeemaschine. Nicht einmal ein Herd war vorhanden – Suppen, Eintöpfe und ähnliches wurden in Barrow zwar gerne verzehrt, mussten jedoch stets direkt über dem offenen Feuer zubereitet werden. »Strom gibt es erst in ein paar Stunden. Also was willst du tun?«, fragte ich sie. Es war nun etwa vier Uhr morgens. Der Storm in der gesamten Stadt war nur von zwölf Uhr mittags bis acht Uhr Abends aktiv. Barrow musste sparsam sein, was derartige Privilege betraf. »Machen wir einen Spaziergang?«, fuhr ich fort, als ich merkte, dass ihr nichts einfiel. Wanderungen bargen in Barrow immer ein gewisses Risiko. Aber mittlerweile, so glaubte ich zumindest, hatte ich mich daran gewöhnt und gelernt, die Gefahren einzuschätzen. »Das war genau meine Idee«, entgegnete Juliet. Sie zog die Kanne aus der Kaffeemaschine und goss uns beiden eine große Tasse ein. Ich stellte das Kaminbesteck zurück in die Halterung und lief in die Küche. Ich wollte den Kaffee genießen, solange er noch heiß war. »Auf uns«, flüsterte ich, als wir mit unseren Tassen anstießen und einen großen Schluck herunter spülten. »Jetzt stoßen wir schon mit Kaffee an, Ethan. Wow!« Ich musste kichern und verschluckte mich beinahe an diesem heißen, brühenden Getränk. »Tja... Alaska hat uns gelehrt, mit dem zu leben, was wir haben. Jede Tasse Kaffee ist eine Besonderheit im Leben, Juliet. Es ist kein Vergehen, das zu schätzen zu wissen«, erklärte ich ihr, wie ich die Sache betrachtete. Sie lächelte nur stumm zurück und nickte mir zu. Der Dampf aus der Tasse zog ihr ins Gesicht und beschlug ihre Brille. Noch bevor sie selber dazu kam, zückte ich ein Tuch, nahm ihr die Brille vom Gesicht und wischte sie sauber. Nachdem sie ihren nächsten Schluck des Kaffees herunter gespült hatte, setzte ich ihr die Brille wieder auf's Gesicht. »Jetzt sind da überall verwischte Spuren drauf, du Dummerchen!«, lachte sie mich an und stellte ihre Tasse zur Seite. »Na los, ich putze meine Brille jetzt mal gescheit und du holst die Klamotten«, ergänzte sie. Ich lachte sie an, bejahte ihre Bitte aber nichts desto trotz. Wir waren kurz davor, in die eisige Kälte hinauszutreten. Aber als eines der wenigen Male freute ich mich darauf. Denn sie war bei mir.

XXXVII

Der endlose Schnee knirschte unter meinen Stiefeln. Wir gingen inmitten der Straße, in Richtung des nahegelegenen Gletschers am Point Barrow. Es war zu riskant, die Wege zu verlassen. Eisbärjäger hatten großflächig Löcher gegraben, die sie dann mit frischem Schnee zuschütteten. Sollte ein Eisbär darin gefangen werden, wäre das für die Gemeinde Barrows ein Grund zum Feiern. Würden Juliet und ich jedoch hineintreten, wären wir tot, noch bevor ich »Verdammte Scheiße!« sagen könnte. Ich hielt sie beschützend an der Hand, doch unsere Augen waren lediglich auf die Meter vor uns fokussiert. Wir trugen Schutztücher aus thermotechnisch bearbeiteter Wolle vor unseren Mündern, damit der kalte Wind nicht etwa unsere Lungen einfrieren könnte. Doch als wir den Point Barrow endlich erreicht hatten, schweifte unser Blick dennoch gen des Himmels.

»Es ist wunderschön, nicht?«, sprach Juliet, völlig außer Atem, doch sichtbar beeindruckt. Vor uns erstreckte sich das majestätische Spektakel der Aurora Borealis; der Volksmund bezeichnete es als Polarlichter. Die Elektronen der Sonnenwinde trafen beim Übergang aus der Erdmagnetosphäre auf Sauerstoff- und Stickstoffatome der Atmosphäre. Die Elektronen ionisieren jene Atome, wodurch das Licht beim Eintritt in die Atmosphäre bricht und als schillerndes Wunder vernommen wird.

»Ja, das ist es«, entgegnete ich und starrte ohne jegliche Bewegung in Richtung des Himmels. Der Strom in ganz Barrow war um diese Uhrzeit abgeschaltet. Im Umkreis von mehreren hundert Meilen gab es keinerlei künstliches Licht. Das bedeutete, das Glänzen der Sterne war so ausgeprägt zu vernehmen wie an keinem anderen Ort auf der Welt. Sie strahlten uns entgegen.

Ich war schon immer ein Freund der Nacht. Nicht wegen der Dunkelheit. Nicht wegen der Kälte. Sondern wegen der Sterne. Ich stellte mir vor, sie wären Leuchttürme. Uralte Gemäuer aus Zement. Sie würden verlorenen Seemännern die letzte Chance auf Wiederkehr bieten. Selbst im dichtesten Nebel, im wildesten Sturm. Im brennenden Monsun aus Regen. Ich stellte mir vor, sie würden auch mich retten können. Auf einsamster See, die ich bereise, würden sie mir zurufen. Nach mir winken. Ihr erlösendes Licht auf mich werfen. Ich blickte hinauf in dieses Meer myriadener Leuchttürme und stellte mir vor wie es wäre, eines Tages zu ihnen zu reisen. Nichts würde ich mir sehnlicher wünschen. Ich stand still auf diesem einzelnen Planeten Erde, einer unter milliarden anderen. Und irgendwo dort oben stand vielleicht jemand und schaute zu mir zurück. Es gab keinen Weg, mir auch nur ins entfernteste ausmalen zu können, wie es da oben wohl aussähe. Aber dennoch versuchte ich es, Nacht für Nacht. Sie verzauberten mich, diese Leuchttürme. Sie strahlten mich an, wie Lichter am Ende eines düsteren Tunnels. Doch mehr könnten sie niemals tun. Vielleicht beherbergte jeder dieser Türme einen Menschen wie mich, der sich nach Rettung sehnte. Der jeden Abend hinauf blickt und sich wünscht, er wäre dort. Bloß sind die Leuchttürme zu weit entfernt, um einander hören zu können. Irgendwo dort oben sehnte sich vielleicht jemand nach einem Leuchtturm, hier in meinem Sonnensystem. Auf meinem Planeten Erde. Wie viele dort oben, würden ihre Suche nach Rettung wohl genau da beginnen, wo ich mich gerade befinde, in genau diesem Moment? Vielleicht sollte ich also das Gleiche tun. Vielleicht gab es meine Rettung irgendwo hier unten. Auch wenn ich sie nie sehen konnte. Eines Tages sollte sie ihr Licht auf mich werfen. Und wenn nicht... so konnte ich immer noch zum Blick in die Sterne flüchten. Denn komme was wolle: die Sterne werden immer sein. Bis der letzte Atemzug meine trockenen Lippen streift, werden sie jede Nacht für mich da sein. Sie sind meine besten Freunde. Doch nicht eine Sekunde länger sollten sie meine einzigen bleiben. Ich drehte mich zu Juliet und sah ihr tief in die Augen. Meine Hände fanden wie von alleine zu ihren und hielten sie fest. Ich wollte ihr die Wärme schenken, die sie mir schenkte.

»Juliet, wenn all das hier vorbei ist...«, fing ich an zu erzählen. Ihre Augenbrauen neigten sich nach außen und ihre Pupillen weiteten sich, während sie meine Hände immer fester anfing zu drücken.

»Ich dachte, es ist schon vorbei?«, fragte sie und ihre Worte schmerzten in meinen Ohren. Ich hatte mir so sehr gewünscht, ihr ein sicheres Leben schenken zu können. Aber sie dachte, das hätte ich schon längst erreicht.

»Victor ist tot. Aber seine Männer wissen, wer ihn umgebracht hat. Und das S.W.A.T., das FBI, die CIA... wer weiß, wen der Staat uns als nächstes auf den Hals hetzt?« Sie trat einen Schritt näher und kuschelte sich an mich. Ihre Arme schlang sie komplett um meinen Körper und hielt mich für eine weile bloß fest, ohne ein Wort zu sagen. »Wir sollten nach Kuba gehen«, fuhr ich fort. »Joey hätte es doch so gewollt, richtig?« Ich spürte an meiner Brust, wie sie nickte. Selbst durch meine dicke, fellbestickte Daunenjacke konnte ich jede noch so sanfte Bewegung ihres Körpers wahrnehmen. »Wir müssen lediglich noch ein paar Monate hier ausharren. Aber dann geht es nach Kuba, okay?«, ergänzte ich, während ich sie leicht von mir wegdrückte, um ihr wieder in die Augen sehen zu können. Sie lächelte mich an, doch ich konnte sehen, wie sie still weinte. Ihre Tränen gefrierten im Gesicht, noch bevor sie ihr Kinn erreichen konnten.

»Ja, das wäre schön«, sprach sie und kuschelte sich sofort wieder an mich. Die Aurora Borealis über dem Point Barrow erleuchtete uns, als wären es Engel, die uns in ihr Rampenlicht stellen wollten. Als hätte Gott sich gewünscht, dieser Moment würde kommen.

»Aber ich möchte nicht, dass du dann noch meine Freundin bist, Juliet. Ich will das einfach nicht länger. Keine einzige Sekunde mehr.« Sie löste sich ein weiteres Mal aus meiner Brust und starrte mir mit gläsernen Augen ins Gesicht.

Ich griff in meine Tasche und holte den Ring heraus. Er schimmerte in allen Farben des Spektrums, unter Barrow's Polarlicht. Sie schien ihren Augen nicht zu trauen. Und dann durfte ich ihn ihr endlich anstecken.

»Aber... was ist...«, sie stotterte vor sich hin und ich wusste nicht, ob das ein Zeichen von Nervösität oder Freude war. »Was ist das für ein Material? Wie hast du das bloß hinbekommen?«

»Ich wollte, dass er so einzigartig ist wie du. Und dafür habe ich Sorge getragen.« Ich lächelte ihr ins Gesicht und sie sprang mich an, um mich zu küssen. »Es war vor zwei Wochen. Da habe ich ihn angefertigt. Es lief wie folgt...«

Barrow, Alaska
Vereinigte Staaten von Amerika

06. Dezember 2019

»Hi Leute!«, rief ich quer durch die Versammlungshalle des Rathauses. Alle sahen mich und Juliet an. Männer, die gerade ihre Gewehre luden. Frauen, die sich von ihrer Nähmaschine wegbeugten, nur um uns zu mustern. Kinder, die ihre Stifte zur Seite legten. »Wir sind neu in der Stadt. Vor ein paar Tagen erst angekommen.« Ein Mann mittleren Alters – vielleicht 40 oder 50 – trat auf uns zu. Er trug ein Holzfällerhemd, auf dem die Flagge Alaskas abgebildet war. Dabei handelte es sich um ein Rechteck mit dunkelblauem Hintergrund, auf dem das Sternbild des großen Wagens abgebildet war. In der oberen rechten Ecke wachte der Polarstern über die gesamte Flagge. »Ich bin Kaskae, Bürgermeister von Barrow und Anführer der Iñupiat. Wir haben es nicht wirklich mit Fremden. Es sei denn ihr beweist, dass ihr euch nützlich machen könnt. Wer seid ihr?« Seine dunkle Stimme brachte unsere Knochen zu beben. Ich konnte ihm ansehen, dass er ein Kämpfer war – nicht anders als ich. »Ich bin Juliet«, ergriff sie das Wort. Und ich warf ihr einen kritischen Blick zu. Sie wusste warum. »Warte, darf ich ihm meinen echten Namen sagen?«, fragte sie mich dann. Ich wusste nicht, wie sie bloß denken konnte, Kaskae hätte das nicht gehört. Er verschränkte die Arme, senkte den Kopf und sah uns böse an. Ich musste improvisieren. »Natürlich darfst du das, Schatz«, sagte ich zu ihr und wendete meinen Blick sogleich wieder zu

Kaskae. »Ich bin Romeo«, fuhr ich dann fort. Er rollte die Augen und schnalzte mit der Zunge. »Also Romeo und Juliet, ja?« Nach einer kurzen Pause fing er an, vor sich hin zu lachen. »Es ist mir egal, wie ihr beiden heißt. Es gibt hier viele Leute, die auf ihrer Flucht herkommen. Ich verstehe das! Aber ich werde euch verpfeifen, wenn ihr euch nicht langsam an die Arbeit macht! Barrow versteht keinen Spaß mit Nichtsnutzen! Romeo, du meldest dich jetzt bei K'eyush zum Dienst. Schonmal Schneemobil gefahren?« Ich schüttelte den Kopf. »Klasse, 'ne Schnupperstunde wirst du sicher nicht kriegen. Ihr fahrt zum Point Barrow, Eisbären jagen. Und zwar heute noch!« Er deutete mit seinem Finger in Richtung eines Mannes, etwa 25 Jahre alt, der daraufhin seine Hand hob und mir mit dem Gewehr zuwinkte. »Und du, Juliet, oder wie auch immer du genannt werden möchtest. Such dir 'nen Mopp oder was ähnliches und dann mach hier verdammt nochmal sauber.« Ich warf ihm einen grimmigen Blick zu und trat vor. Doch Juliet hielt ihre Hand vor mich, um mich zu bändigen. »Es ist okay, Schatz. Ich mach das. Geh ruhig mit den anderen jagen.« Ich spuckte auf den Boden, ehe ich Kaskae meinen Rücken zu drehte und in Richtung der Jäger ging.

K'eyush war ein freundlicher, junger Mann. Er war keineswegs so ein alter, grimmiger Sack wie

Kaskae. Und um ehrlich zu sein, war ich dafür dankbar. Er zeigte mir in wenigen Minuten, wie ich ein Schneemobil bediente. Doch ich fühlte mich ohnehin vertraut mit der Maschine, schon ab der ersten Sekunde. Und Waffen waren mir auch nicht fremd. Ich war bereit zur Jagd.

»Also Romeo, von wo kommst du?«, fragte er über den Funkkanal in unseren Helmen, während wir auf unseren Schneemobilen durch den Gletscher donnerten. »Von überall. Ich bin in der Schweiz aufgewachsen, dann ging ich nach Miami, dann nach Dallas, dann nach Toronto. Und jetzt bin ich hier.« Ich glaube, ich habe K'eyush vom ersten Moment an gemocht. Aber es wäre dennoch naiv gewesen, ihm die Wahrheit zu erzählen. Also hatte ich improvisieren müssen – ein weiteres Mal. Doch es schien zu funktionieren. »Wow, na du bist ja ein richtiger Vagabunde! Und deine Freundin? Die macht das alles so mit? Ich kann meine Frau ja nicht einmal aus Barrow rausbewegen, um Urlaub zu machen! Wie kriegst du deine Perle dazu?« Sein lauthalses Lachen schallte quer durch meinen Helm. Aber ich beschloss, die humorreiche Stimmung aufrecht zu erhalten. Wir würden schließlich noch den ganzen Tag unterwegs sein. »Wie ich Juliet dazu kriege? Spinnst du? Es ist alles ihre Idee!« Sein Lachen verstärkte sich umso mehr und ich glaubte, mir bereits nach wenigen Minuten einen guten Ruf in der Jägerschaft Barrow's gemacht zu haben. »Erzähl mir über dich! Du bist doch höchstens 25, warum bist du schon verheiratet?«, fragte ich ihn und sein Lachen verstummte. Für einen Moment musste ich in seinem Windschatten fahren, da der Pfad zwischen zwei Schluchten zu eng wurde. Doch ich war überrascht, wie gut ich das Schneemobil beherrschte. »Das Leben ist kurz, Romeo«, fing er an, zu erklären. »Und an keinem Ort wird das so deutlich wie in Barrow. Wir haben keine Krankenhäuser hier. Verdammt, wir haben ja nicht mal ausgebildete Ärzte! Wir sind...« Er hielt für einen kurzen Augenblick inne und ich vernahm lediglich das Rauschen der Leitung in meinem Headset. »Wir sind Fundamentalisten, hier in Barrow. Das ist ein toller Lebensstil, wirklich. Aber die Menschen hier werden nie älter als 50 Jahre. Und bei meiner Einstellung... ich trete schnelle Motoren, ich hantiere mit Waffen großen Kalibers, ich jage, ich trinke, ich spiele, ich kiffe...« Erneut übernahm die Stille in der Leitung. Doch ich beschloss, sie zu brechen: »Ich verstehe. Aber ich bin nicht wirklich anders als du.« Hätte ich ihm gegenüber gestanden, hätte er mir jetzt vermutlich auf die Schulter geklopft und genickt. »Ich weiß. Das sehe ich dir an, Romeo. Wir zwei, wir werden wahrscheinlich nichtmal die 30 erreichen. Aber das ist okay. Ich habe meine Frau. Daher ist es wirklich okay.« Seine Wortwahl ließ eine gewisse Form von

Sarkasmus vermuten – doch sein Tonfall bestätigte das genaue Gegenteil. Und obwohl ich einige Meter von ihm entfernt fuhr, konnte ich sehen, wie er auf dem Rücken seines Schneemobils den Kopf senkte. »Ich habe vor, Juliet einen Antrag zu machen. Denn ich weiß ebenfalls, dass ich jeden Augenblick sterben könnte. Und sie auch. Für mich ist das okay, ich habe schon vor Jahren meinen Frieden damit geschlossen. Ich habe keine Angst vor dem Tod. Aber ich möchte nicht als einsamer Mann sterben«, gestand ich ihm. Der Plan, Juliet zu heiraten, bestand zu jenem Zeitpunkt erst seit wenigen Tagen. Aber vom ersten Augenblick an war es mir toternst. »Ich möchte um deine Hilfe bitten, K'eyush«, fuhr ich fort. »Ich brauche die Kralle eines Eisbären. Und einen Knochen. Ich werde ihn selber jagen, aber... wir müssen sicherstellen, dass ich den Knochen für mich behalten kann. Kaskae steht ja scheinbar eher auf Teilen, also...« An dieser Stelle signalisierte er den anderen Jägern, sie sollen sich aufteilen. Wir waren am Kreuzpunkt des Point Barrow angekommen. Ab hier fuhren die Jäger in Zweierteams in andere Richtungen. Und ich durfte bei K'eyush bleiben. Doch noch bevor ich weiter erklären konnte, was ich vor hatte, fiel er mir ins Wort. »Romeo, das ist unmöglich. Der Knochen ist hier das kleinste Problem!«, fing er an zu erklären. »Die Kralle wird dir zu schaffen machen. Ein Eisbär kann sie ein- und ausfahren, weißt du? Und sobald sie sterben, fahren sie sie ein. Dann kannst du tagelang in ihren Pfoten rumschnippeln; Du kommst trotzdem nicht dran. Und womöglich zerschneidest du die Krallen dabei auch noch.« Er wurde langsamer, als wir einem Abhang immer näher kommen. Dann zeigte er mir, ich solle anhalten. »Na dann muss ich dem Eisbären seine Pfote abhacken, während er noch lebt!«, schlug ich vor. Und das erste, was K'eyush tat, als wir von unseren Schneemobilen abstiegen, war mich zu verhöhnen. »Kumpel, das kannst du vergessen. Eisbären sind drei mal so schwer und fünf mal so stark wie wir Menschen.« Wir stellten die Fahrzeuge ab und gingen in Richtung eines Hochsitzes. Es war lediglich ein kleines Haus, gedacht für zwei Jäger. Platziert auf hölzernen Pfeilern war es möglich, von dort aus die gesamte Umgebung zu überblicken. K'eyush ging voraus, doch ich kam nicht nach. »Du bleibst da oben und sagst mir, wenn du etwas siehst. Schieß erst, wenn ich die Pfote habe!«, rief ich zu ihm hoch. Er schüttelte lediglich den Kopf, kramte jedoch bereits den Köder aus seinem Rucksack. »Bist du dir da ganz sicher?«, fragte er. Und selbst von da oben konnte er mein entschlossenes Nicken sehen. Er griff zum Feuerzeug und zündete den Köder an. Es war ein kleiner Ball, gefüllt mit einer wohlriechenden Substanz, die nun anfing zu verdampfen. Auf Eisbären wirkte dieser Geruch wie ein Magnet. Wir zogen unsere Helme wieder auf, damit wir über die Funkleitung miteinander kommunizieren konnten. »Was genau hast du vor, wenn du Knochen und Kralle hast?«, drang seine Stimme durch meinen Helm. Er klang unsicher. K'eyush und ich kannten einander erst seit wenigen Stunden und er konnte unmöglich wissen, wozu ich in der Lage war. Aber er sollte es bald erfahren. »Das wirst du dann sehen. Aber ich habe einen Plan, keine Sorge. Ich habe immer einen Plan.« Mein Blick war fixiert auf den Horizont, doch der Nebel an diesem Ort erschwerte es mir, irgendetwas zu erkennen. »Da hinten kommt einer!«, rief er mir zu und legte die Waffe an. Er blickte durch sein Visier und schreckte dann zurück. »Romeo, das sind zu viele! Es sind mindestens fünf von ihnen, komm sofort hier rauf!« Ich schlang mir das Gewehr über die Schulter und ging auf sie zu. Ich sah, wie sie durch den Nebel sprinteten und ihr Anblick immer klarer wurde. »Romeo!«, brüllte er zu mir runter. Dann feuerte er den ersten Schuss und einer der Bären sackte kurz zusammen. Doch er fing sich wieder und rannte sogleich weiter. Ich zählte mittlerweile sechs von ihnen. Dann blieb ich stehen und legte die Waffe an. Zwei gezielte Kopfschüsse.

Und Treffer.

Zwei der Bären gingen sofort zu Boden, doch die anderen schien das nicht weiter zu kümmern. Sie rannten weiter auf uns zu und gröhlten uns entgegen. Noch vier von ihnen waren übrig, aber K'eyush erlegte einen aus seinem Hochsitz. »Verdammt, das ist Wahnsinn! Jetzt komm hier hoch, sonst bist du gleich Futter!«, kreischte er förmlich, als er zwei Schüsse auf den nächsten Eisbären abfeuerte. Er rannte noch einige Meter, sackte dann aber ebenfalls zusammen. Die übrigen beiden waren uns mittlerweile so nahe, dass ich sie gänzlich sehen konnte. Sie hatten den Nebel durchbrochen. Selbst aus der Ferne konnte ich erkennen, welche Augenfarbe sie hatten – so nah waren sie bereits. Aber es waren nur noch zwei übrig. »Ich weiß, was ich tue, K'eyush!«, fing ich an, ihm endlich zu antworten. »Töte nur einen von ihnen, den anderen überlässt du mir!« Er feuerte zwei weitere Kugeln ab, doch sie trafen einen der Bären lediglich peripher. »Ich muss nachladen!«, rief er dann. Und ich musste stutzen: »Was? Verdammt, beeil dich!« Die Bären schienen sich aufzuteilen. Einer von ihnen rannte geradewegs an mir vorbei, in Richtung des Hochsitzes. Aber ich hatte keine Zeit, auf K'eyush aufzupassen. Denn der zweite von ihnen wendete sich mir zu. Er federte aus den Hinterbeinen und sprang mir mit ausgestreckten Klauen entgegen. Ich ging in die Hocke und rollte mich zur Seite. Dann warf ich mein Gewehr weg und zückte die Machete aus dem Gürtelholster. Der Eisbär drehte sich zu mir um und pfauchte mich an. Seine hellblauen Augen starrten mich aggressiv an – als wolle er mich alleine mit seinem Blick töten. Und dann begann er, Anlauf zu nehmen. Es war so weit. Ich atmete tief ein und schloss die Augen für nur eine Sekunde. Und als ich sie wieder öffnete, lief alles in Zeitlupe. Ein weiteres Mal sprang dieses Tier mich an und während es mit der Pfote ausholte, setzte ich all meine Kraft in den rechten Arm. Die Machete schnellte herab wie die Klinge einer Guillotine und seine Pfote fiel zu boden. Dann rollte ich mich seitlich weg und griff wieder zu meinem Gewehr. Repetieren. Feuern. Treffer.

Diesen einen hatte ich erlegt, aber die Situation sollte sich noch mehr zuspitzen. »K'eyush!«, rief ich in Richtung des Hochsitzes. Der zweite Bär hatte angefangen, die Pfeiler umzuschlagen. Und K'eyush drohte, aus etwa zehn Metern Höhe zu Boden zu stürzen. Ich sprintete auf ihn zu. Aus einer Entfernung von etwa fünfzehn Metern warf ich dem Bären mein Gewehr entgegen, um seine Aufmerksamkeit zu gewinnen. »Hey, Balu! Hier bin ich!«, brüllte ich ihm entgegen – und er brüllte lauthals zurück. In seinem Versuch, mir zuzulaufen, riss er schon den zweiten Pfeiler des Hochsitzes ein. Und dieser begann, umzustürzen. Aber das hier war Schach. Und in meiner Kindheit war Schach das einzige Brettspiel, das mir gut lag.

Kurz bevor er mich anspringen konnte, schmiss ich mich auf den Boden und glitt längs über das knochenharte Eis und unter dem Bären hindurch.

Meine Machete richtete ich auf und schnitt ihm den Bauch durch. Während ich unter seinem gigantischen Körper durchrutschte, krallte ich mich an seinem Hinterbein fest und zog ihn mit mir. Es war eine enorme Masse, die dort versuchte, mich zu stoppen. Aber durch die feine Glätte des Eises rutschte ich gerade weit genug, um den Hochsitz zu erreichen – dann ließ ich das Biest los und sein lebloser Körper lag in der richtigen Position. K'eyush fiel geradewegs auf ihn drauf und das weiche, samtartige Fell fing seinen Sturz. Vor lauter Erschöpfung blieb er für einen Moment liegen. Doch er lebte.

»Du bist mit Abstand der verrückteste Jäger... nein, Romeo, du bist der verrückteste *Mensch* den ich je getroffen habe«, stöhnte er, noch völlig aus der Puste. »Aber das meine ich als Kompliment. Und jetzt... sechs Eisbären. Wir haben ein Festmahl für die ganze Stadt. Und für die ganze Woche!« Er lachte mich stolz an und ich reichte ihm meine Hand, damit er aufstehen konnte. »Du darfst so viele Knochen haben, wie du willst. Und die Kralle hast du auch. Aber was hast du jetzt damit vor?«

Nachdem wir wieder in Barrow angekommen waren – und uns die ganze Stadt jubelnd in Empfang nahm – führte K'eyush mich zu Arluk. Er war der Schöpfer der Stadt-Fundamente. Kein

Handwerk war ihm fremd. Er baute Häuser, Hütten, Maschinen, Waffen – praktisch alles. Und er wusste, wie man schmiedet.

»Das hier ist Romeo«, stellte K'eyush mich Arluk vor. Er reichte mir seine Hand und ich schüttelte sie kräftig durch. Ich merkte sofort, dass er ein kalter Mann war. Seine Hände waren vernarbt vor lauter Arbeit – und ihm fehlte ein kleiner Finger an der rechten Hand. »Was brauchst du?«, fragte er mich in düsterem Ton. Aber er hatte bereits gehört, wem er das Festmahl der Eisbären zu verdanken hatte. Daher wusste ich, dass er mir helfen würde. »Ich habe hier zwei Gegenstände. Und ich will sie einschmelzen, dann zu einem Ring gießen, sie auskühlen lassen und härten.« Ich griff in meine Tasche und zückte den Fußknochen eines Eisbären. Arluk riss ihn mir förmlich aus der Hand und begutachtete ihn sorgfältig. »Ein Ring also, ja? Wer ist die Glückliche?«, fragte er mich, als er begann, den Schmiedeofen vorzuheizen. »Meine Freundin, Juliet.« Er drehte mir sein Gesicht zu, behielt seinen Körper jedoch zum Ofen gewandt. Unter erstaunten Augenbrauen sah er mich an. »Als Romeo und Juliet, ja? Die Leute müssen euch ja für eure Namen beneiden!« Ich zuckte mit den Schultern und begann, zu grinsen. »Nein, eigentlich lachen sie uns bloß alle dafür aus«, erklärte ich dann. Ich musste mit allen Mitteln versuchen, meine Tarnung aufrecht zu erhalten.

Egal, wie nett die Bürger von Barrow zu mir sein würden. »Nunja... ich habe außerdem noch diese Kralle«, ergänzte ich zu Arluk und reichte ihm mein Jagdgut. »Die Kralle eines echten Polareisbären? Verdammt Junge, wie hast du das denn geschafft?« Arluk war bereits ein alter Mann – in Anbetracht seiner Lebensumstände. Mit seinen fast 60 Jahren zählte er zu den ältesten Menschen in ganz Barrow. Und es war mir gewissermaßen ein Kompliment, dass ich einen solchen Mann noch aus der Fassung bringen konnte. »Sagen wir mal: Es war ein Höllenritt. Aber ich habe schon mehr für weniger gelitten.« Ich senkte den Kopf, doch Arluk sah mich weiter an. »Das haben wir alle, Kleiner. Das haben wir alle.«

Am nächsten Tag ging ich wieder zur Schmiede. Ich öffnete die schwere Holztür und trat vorbei an Schraubstöcken, Werkbänken, Öfen und einer großen Ansammlung von Werkzeug und Waffen jeglicher Art. »Ich hatte mich schon gefragt, wann du kommen würdest«, hörte ich Arluk rufen. Er hatte mich nicht einmal ansehen können, doch er wusst trotzdem, dass ich es war. »Er liegt dadrüben. Ist vielleicht noch warm, aber sieh ihn dir ruhig schonmal an.« Er deutete auf einen großen Tisch in der Ecke des Schmiedezimmers. Und in großer Erwartung trat ich auf diesen Tisch zu – ohne enttäuscht zu werden. Ich nahm den Ring in die Hand. Seine Basis war gefertigt aus dem Knochen des Eisbären. Die Innenseite war ergänzt durch die eingeschmolzene Kralle. Alles war, wie ich es haben wollte. Die Farben setzten sich perfekt voneinander ab – als wäre der Ring aus der Natur gekommen. Ich wollte Juliet kein Gold, Silber oder Platin schenken. Denn das konnte ja jeder. Ich wollte ihr etwas einzigartiges machen – etwas, das niemand sonst auf der Welt in dieser Form hat. Und es gelang mir. Alles, was noch fehlte, war die Gravur. Und diese ließ ich nicht Arluk machen. Ich fertigte sie selbst an, um dem Ring eine letzte, persönliche Note zu geben. Dann war er perfekt.

Barrow, Alaska
Vereinigte Staaten von Amerika

20. Dezember 2019

Sie sah mich mit einem bewundernden, doch überaus glücklichen Blick an. Ihre Augenlider zitterten bereits. Dann fing sie an zu weinen und sprang mir in den Arm. »Du bist der tollste Freund, den man sich wünschen kann«, begann sie zu sprechen. »Aber du wirst ein noch besserer Ehemann sein, Ethan.« Sie löste sich vorsichtig aus meiner Umarmung und schaute mir ins Gesicht, unsere Nasenspitzen nur wenige Millimeter voneinander entfernt. »Ja, ich will dich heiraten. Nichts würde ich lieber tun! Du bist der tollste Mensch, dem ich je begegnet bin und das Leben ist so kurz, dass ich...« Meine Lippen fanden zu ihren, noch bevor sie den Satz zu ende sprechen konnte. Ich umfasste sie mit beiden Armen auf Höhe der Taillen, hob sie in die Luft und drehte sie mehrere Male herum – ohne meinen Kuss jemals von ihr zu lösen. Die Polarlichter über unseren Köpfen blitzten über ganz Barrow.

Endlich waren wir sicher. Endlich waren wir für immer bei einander. Endlich hatten wir eine Zukunft.

Endlich war ich bereit, meine Vergangenheit gänzlich hinter mir zu lassen.

Barrow, Alaska
Vereinigte Staaten von Amerika

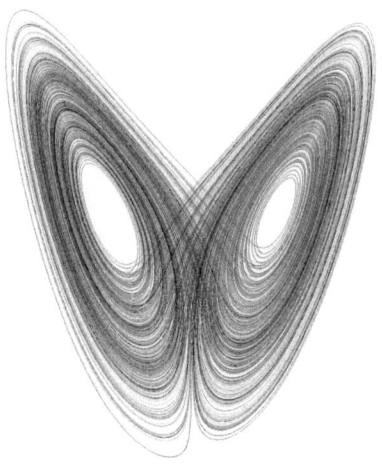

24. Dezember 2019

XXXVIII

Juliet schlief bereits. Aber ich kippte gerade die mittlerweile fünfte Tasse Kaffee meinen Rachen herunter. Bereits seit Stunden werkelte ich an der Theorie. Victor's Unterlagen waren überall auf dem Tisch verbreitet. Im schimmernden Kerzenlicht – eine Lampe hätte Juliet geweckt – studierte ich seine Erkenntnisse Seite für Seite ein. Und mit jedem Wort, das ich las, erschien all dies plausibler.

Victor war der Annahme, meine Krankheit heilen zu können. Seine These war wie folgt:

Das Vitek-Syndrom beraubt mich einiger Fähigkeiten, macht mich in anderen Gebieten jedoch massiv intelligenter. Ich bin in der Lage, Informationen schneller zu verarbeiten, sei es beim Lesen, Rechnen oder dergleichen. Und meine Fähigkeit, die Umgebung in einem Winkel von 360° wahrzunehmen, war ebenso auf den Vitek-Autismus zurückzuführen, wie die Gabe, die Handlung eines jeden Menschen voraus berechnen zu können. Durch meine Krankheit fehlte in meinem Kopf der Teil des Gehirns, der für die Bändigung von Zorn zuständig ist. Selbstkontrolle war mir daher fremd. Aber an der Stelle des Gehirns, wo mir dadurch Zellen fehlten, waren andere gewachsen. Zellen, die mich auf eine beinahe robotische Art und Weise verbesserten. Victor's These war, diese Zellen bewusst abzutöten – durch einen Impfstoff. Das Hirn würde diese Zellen dann innerhalb einiger Wochen vollständig regenerieren, wahrscheinlich jedoch durch standardmäßige Zellen ersetzen – jene Zellen, die der Selbstkontrolle dienen sollten.

In den letzten Wochen hatte ich immer wieder einen Blick auf Victor's Unterlagen geworfen. Doch ich war stets mit anderen Sachen beschäftigt und konnte mich daher nie darauf konzentrieren. Aber jetzt war ich an einem sicheren Ort, zu einer sicheren Zeit – und ich war sogar verlobt. Es gab keine Sorgen mehr, die meinen Kopf plagten. Daher konnte ich nun die Zeit finden, mich der Arbeit zu widmen.

Ich wollte die Krankheit eigenhändig heilen. Doch laut Victor's Dokumenten war es notwendig, ein Testsubjekt zu haben. Ein Testsubjekt, das die Untersuchungen womöglich nicht überleben würde. Und selbst dann standen die Chancen verrückt gering. Ich hatte mich bereits dagegen entschieden – Juliet zu Liebe. Endlich waren wir an einem Punkt angekommen, an dem wir sicher und glücklich waren. Ich konnte ihr das nicht einfach so wieder nehmen.

Doch irgendeine Möglichkeit musste es einfach geben. Victor war bereits so weit gekommen. Alles, was ihm fehlte, war der Impfstoff. Würde ich es schaffen, diesen zu produzieren, könnte ich die ganze Welt vom Vitek-Syndrom heilen. Vielleicht sogar von allen Formen der Autismus-Spektrums-Störung.

»Ethan, du denkst nicht schon wieder darüber nach, oder?« Ich hatte gar nicht gemerkt, dass sie inzwischen aufgestanden war. Hier in Barrow war ein geregelter Schlafrhythmus bloß eine Illusion; Die Sonne schien ohnehin nicht, es war stets düster. Um diese Jahreszeit war Nacht – 24 Stunden, 7 Tage die Woche.

»Irgendwie muss es möglich sein, Juliet, sieh dir das doch mal an!« Sie kam auf mich zu und setzte sich auf meinen Schoß, einen Arm um meine Schulter geschlungen. »Ich will nicht, dass du dein Leben für sowas gibst«, erklärte sie. Ich lehnte meinen Kopf an sie an und streichelte sie vorsichtig über den Oberschenkel. »Vielleicht muss ich das ja gar nicht«, begann ich dann zu erläutern. »Wenn wir einen Arzt finden, der weiß, was er tut... Vielleicht könnte er einen Impfstoff produzieren, ohne mich dafür aufzuschlitzen.« Sie musste schluchzen bei der Vorstellung, die ich gerade in ihrem Kopf platziert hatte. »Hier in Barrow gibt es doch keine Ärzte«, sprach sie. Ich senkte meinen Blick und warf ihn dann abermals auf die Weltkarte, die an der Wand hing. »Dann gehen wir eben von hier weg. Früher oder später wollten wir doch sowieso nach Kuba! Dann können wir auch gleich einen Zwischenstopp machen, irgendwo in den USA.« Sie schüttelte nur den Kopf. Zwei mal klopfte ich ihr leicht auf den Oberschenkel, um zu signalisieren, sie solle aufstehen. Für mich war die sechste Tasse Kaffee längst überfällig. »Ethan, ich beneide, dass du die Welt retten willst. Aber wir sind jetzt verlobt! Du musst zuerst an uns denken, bevor du an den Rest des Planeten denkst!« Ich ging zur Kaffeemaschine, setzte einen neuen Filter ein und kramte dann das Pulver aus dem Schrank. Vorsichtig schüttete ich es in die Maschine, ohne Juliet auch nur einen Blick zuzuwerfen. »Aber vielleicht bedeutet das auch...«, begann sie wieder zu reden. »...dass ich, als deine Verlobte, folgen muss. Ich würde dir um die ganze Welt folgen, Ethan, so sehr liebe ich dich. Aber das hier...« Sie atmete tief durch und rief sich kurz durch die Augen. »Das hier werde ich nur unterstützen, wenn du dir da auch komplett sicher bist.«

»Ich liebe dich, Baby. Und ich danke dir. Und außerdem...« Ich drückte auf den Knopf der Kaffeemaschine und wendete mich dann wieder Juliet zu. »Außerdem möchte ich dir entgegen kommen. Wir werden es machen, wir werden uns einen Arzt suchen, der das mit uns durchzieht und wir werden das Vitek-Syndrom heilen. Und danach... direkt danach werden wir heiraten.« Sie lächelte mich voller Vorfreude an und sprang mir sogleich wieder in den Arm. »Eine richtige Winterhochzeit. Um ehrlich zu sein habe ich das immer schon als romantischer empfunden, als ein schnöder, heller Sommertag, weißt du?«, erklärte ich und küsste sie. »Ja, das sehe ich genau so. Das ist perfekt, Ethan. Das ist das schönste Weihnachtsgeschenk, das ich je bekommen habe!«

Ich hatte gar nicht registriert, dass es Heiligabend war. Bereits seit vielen Jahren hatte ich kein Weihnachten mehr gefeiert. Aber das sollte sich jetzt alles ändern. Ich wollte ein normales Leben. Und es sah so aus – zum ersten Mal seit einer Ewigkeit – dass sich dieser Wunsch erfüllen würde. Es war immerhin Weihnachten.

XXXIX

Ich wusste, ich konnte mich damit an ihn wenden. Er konnte mich vielleicht nicht leiden, als wir hier angekommen waren. Aber mir hatte seine Gemeinde zu verdanken, dass es ein Festmahl von sechs Eisbären gab. Vielleicht bedeutete das nicht, dass er mir etwas schuldig war. Aber er war der Einzige, den ich um Hilfe bitten konnte.

»Wir brauchen einen Arzt, Kaskae«, erklärte ich ihm. »Es ist wichtig.« Er starrte mich aus müden Augen an, griff jedoch sofort zu einem dicken, schweren Notizbuch.

»Hier in Barrow gibt es keine Ärzte. Aber wenn es hier einen besonders dringenden Fall gibt, dann...« Er hielt für einen Augenblick inne. Seite für Seite blätterte er durch das Buch und jedes Mal leckte er sich erneut über Zeigefinger und Daumen, um die Seiten besser voneinander trennen zu können. »Dann fahren wir nach Vancouver«, fuhr er fort. »Ihr könnt es in drei Tagen schaffen, wenn ihr euch am Steuer abwechselt.« Er reichte mir einen Zettel und einen Stift, ehe er gestikulierte, ich solle mir die Kontaktdaten aus seinem großen Buch abschreiben. Ein Dr. Tremblay aus Vancouver,

Kanada. »Worum geht es denn, wenn ich fragen darf?«, sprach Kaskae und warf seinen Blick dabei immer wieder zwischen Juliet und mir hin und her. »Das erkläre ich vielleicht, wenn wir zurück sind.«

Ich schüttelte Kaskae dankend die Hand und wir stiegen ins Auto. Noch hatten wir ein gutes Timing. Wir würden ungefähr drei Tage bis Vancouver brauchen. Flughäfen mussten wir meiden – nach uns wurde immer noch gefahndet. Aber mit dem Auto würden wir die Reise zum richtigen Zeitpunkt bewältigen: Exakt zwischen Weihnachten und Silvester. Kämen wir großartig früher oder später, hätte die Praxis vermutlich Urlaub gehabt. Aber wieder einmal bewiesen wir bestes Timing.

Erst vor wenigen Stunden hatten wir beschlossen, das hier wirklich durchzuziehen. Und jetzt schon machten wir uns auf den Weg. Manch anderer hätte das eine übereilte Entscheidung genannt. Aber für mich war es etwas anderes, das uns trieb:

Reine Entschlossenheit.

Vancouver, British Columbia
Kanada

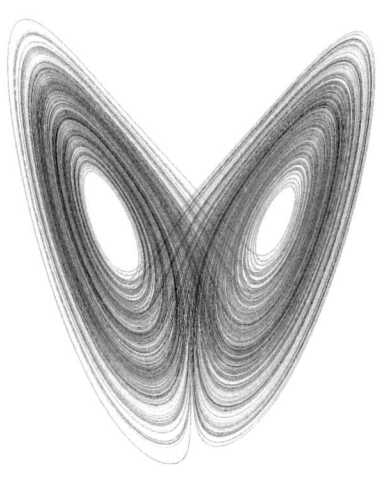

28. Dezember 2019

XL

»Mein Name ist Ethan Widow. Wir hatten telefoniert, als ich auf dem Weg nach hier war. Das hier ist meine Verlobte Juliet. Wir sind hier, wegen…« Er musterte mich mit jedem Wort, das ich sprach. Aber dann beschloss er, mich zu unterbrechen: »Wegen der Untersuchungen bezüglich des Vitek-Syndroms. Ich weiß. Sie glauben also tatsächlich, die Krankheit heilen zu können? Mr. Widow, es gab schon viele Leute, die behaupteten…« Dieses Mal war ich es, der ihn unterbrach. »Schon klar. Ich weiß nicht, was wir uns davon versprechen. Aber wir finden, es ist den Versuch Wert. Die Theorie sieht vielversprechend aus.« Ich reichte ihm den Ordner, der sämtliche von Victor's Unterlagen umfasste. Dr. Tremblay musterte ihn mindestens genau so intensiv wie ich es nur wenige Stunden zuvor in Barrow tat. Ich vermisste diese kleine, eisige Stadt jetzt schon. Vancouver war um diese Jahreszeit auch nicht unbedingt der wärmste Ort, doch es war schlichtweg kein Vergleich zum Leben oberhalb des Polarkreises. Vielleicht wollte ich gar nicht nach Kuba, wenn all das hier vorbei wäre. Vielleicht wollte ich in Barrow bleiben und dort mit Juliet alt werden.

»Mr. Widow, ich bin beeindruckt«, gestand Dr. Tremblay nach nur etwa zehn Minuten des Lesens. »Ich denke, ohne unser Glück überstrapazieren zu wollen, dass wir eine realistische Chance haben.« Juliet sah mich an und umarmte mich aus lauter Freude. Aber mir blieb noch ein anderer Gedanke, ehe ich mich freuen konnte. »Der letzte Spezialist, der diese Dokumente überflog, behauptete, das Testsubjekt würde bei den Untersuchungen sterben, da bestimmte Bereiche des Gehirns aufgebohrt werden müssten.« Der Doktor sah mich für einen Augenblick verwundert an, rieb sich dann jedoch selbstbewusst durch den Bart und fing an zu grinsen. »Kann es sein, dass dieser *Spezialist* nicht ganz im 21. Jahrhundert angekommen war? Ich werde ein F-MRT mit Ihnen durchführen, Mr. Widow. Sie liegen etwa eine halbe Stunde lang in einer Röhre und werden lediglich gescannt. Dann analysiere ich die Ergebnisse und schwupp-di-wupp! Wenn alles gut läuft, dann haben wir schon in wenigen Tagen einen Impfstoff fertig.« Endlich war es mir möglich, Juliet zurück anzulächeln. Wir hatten es fast geschafft. »Wann kann's losgehen?«, fragte ich ihn in erwartungsvoller, enthusiastischer Miene. »Trinken Sie noch einen kleinen Schluck. Dann fangen wir an!«

XLI

Es war eiskalt in dieser Röhre. Ich durfte meine Klamotten anbehalten, doch die stechende Kälte des metallischen Gehäuses durchbohrte trotzdem meine Haut. Es war eine kleine Sprechröhre eingebaut; So konnte der Doktor auch während der Untersuchung mit mir kommunizieren. »Ist bei Juliet alles in Ordnung?«, fragte ich ihn. Ich musterte die Decke dieser Röhre. Zu den Seiten, sowie oben und unten hatte ich keine fünf Zentimeter Platz zu den Wänden der Röhre. Doch die Decke war das Schlimme: Sie lag direkt über mir und streichelte beinahe meine Nase. »Sie ist im Wartezimmer, nur zwei Räume weiter. Ich glaube, sie wollte Zeitschriften lesen. Es ist alles gut. Entspannen Sie sich, Mr. Widow.« Er schien meine Sorgen keineswegs nachvollziehen zu können – schließlich wusste er auch nicht, wer ich war. Um ehrlich zu sein wunderte es mich, dass mein Name noch nicht in jeder Zeitung stand oder auf jedem Fernsehsender ausgestrahlt wurde. Immerhin hatte ich einen ganzen Konvoi des S.W.A.T. eigenhändig eliminiert. Vielleicht hatte Kanada an dieser Stelle lediglich nichts mit den USA zu tun – doch in Seattle würden sie nach mir suchen. Und Seattle war nur etwa drei Autostunden von Vancouver entfernt.

»Bitte schließen Sie die Augen«, drang seine Stimme durch die Röhre. »Lassen Sie sich nicht von den lauten Geräuschen verunsichern, das ist völlig normal. Es dauert nur ein paar Minuten. Entspannen Sie einfach und liegen Sie still.«

Meine Augenlider fielen zu. Ich war immer noch völlig in Aufruhr. Doch für einen Moment redete ich mir ein, es gäbe keinen Grund dazu. Und ich begann, in Erinnerungen zu schweifen.

Loverich, Nordrhein-Westfalen
Deutschland

12. Oktober 2011

»Joey, du Streber!«, neckte ich meinen kleinen Bruder. »Ein *Sehr gut* in Latein? Verdammt, Mann, du lernst es doch erst seit zwei Monaten? Wie viel kannst du da schon gelernt haben?« Er grinste breit vor lauter Stolz und griff mir sein Heft dann wieder aus der Hand. »Noch nicht viel, Ethan. Aber jeder fängt mal klein an. Sic parvis magna!«, erklärte er. Ich rollte mit den Augen. »Ernsthaft, Joey! Wenn du dich so vor anderen präsentierst, wirst du noch bis zum Abschluss Single bleiben!« Er fing an zu lachen und klatschte sein Heft auf den Tisch. »Ich präsentiere mich ja auch nur dir gegenüber so! Du bist immer der Schlaue von uns, Ethan. Gönne mir doch auch mal meinen Spaß!« Er wendete mir den Rücken zu und goss sich ein Glas Eistee ein. Ich trat neben ihn und griff mir ein Bier aus dem Kühlschrank. »Was bedeutet denn *sic dingens magnus?"*, fragte ich ihn. Er kippte einen großen Schluck herunter und ich tat es ihm gleich – mit dem einzigen Unterschied, dass mein Getränk Alkohol enthielt. Sonst wäre es mir auch zu langweilig gewesen. »*Magnus* bedeutet doch *der Große,* richtig? Aber *Sic Dingenskirchen*?« Er verschluckte sich beinahe, weil er plötzlich lachen musste. »Ethan, Ethan, Ethan. Mensch, Bruderherz, wieso spielst du nicht weiter Gitarre, schreibst Bücher oder machst irgendwas anderes? Das hier ist mein Fachgebiet!« Ich stöhnte und rollte ein weiteres Mal mit den Augen. Joey ging in den Wintergarten, schaltete den Fernseher ein und setzte sich auf die Couch. Dann stupste er in einer krummen Verrenkung die Tür zu und sie schlug direkt vor meiner Nase ins Schloss.

Nur wenige Minuten später kam ich wieder – mit einer Wasserpistole. Ich öffnete vorsichtig die Tür und stellte sicher, dass Joey mich nicht hörte. Dann kroch ich hinein und ging in Position. Ich legte die Waffe an und zog den Abzug.

Treffer.

»Ethan, was soll das?«, quengelte mein Bruder. Für einen Augenblick befürchtete ich, er würde keinen Spaß verstehen und unsere Eltern rufen. Aber dann rollte er sich von der Couch, ging dahinter in Deckung und zog seine eigene Wasserpistole heraus. Ich positionierte mich derweil wieder im Türrahmen. »Wenn ich den nächsten Treffer lande, kriege ich deine Schokolade!«, schlug er vor. Ich grinste tief in mich hinein und antwortete so gleich: »Und wenn ich den nächsten Treffer lande, dann erklärst du mir, was *Sic parvis magna* bedeutet!« Ich sah durch die Spiegelung der Glastür, dass er nickte. Er wusste noch nicht, dass ich ihn auf diese Weise die ganze Zeit über im Blick hatte. Er lugte vorsichtig hinter der Couch hervor und zielte auf mich. Ab da lief alles in Zeitlupe. Ich huschte aus der Deckung hervor, atmete stark aus, um meinen

Bauch zu flachen und konnte dadurch seinem Schuss ausweichen. Aber er hielt den Trigger gedrückt und feuerte einen durchgehenden Wasserstrahl – wie die Salve eines LMG. Ich zielte auf ihn, jedoch ohne zu feuern. Ich wollte lediglich bewirken, dass er zurück in Deckung ginge. Denn noch hatte er mich nicht treffen können. Dann sprang ich mit aller Kraft aus den Beinen in die Höhe, setzte kurz auf der Kante der Fensterbank auf und federte mich nach hinten weg. Ich würde geradewegs auf der Couch landen und wäre daher vor Verletzungen geschützt. Doch würde ich ihn nicht treffen, bevor genau das passierte, wäre ich ihm schutzlos ausgeliefert. Aber noch immer: Es lief alles in Zeitlupe. Ich drehte mich im Flug zur Seite, noch bevor ich anfing, wieder aus der Luft abzusinken. Nur für den Bruchteil einer Sekunde lugte er erneut aus seiner Deckung hervor. Doch es genügte. Ich drückte den Trigger lediglich für einen kurzen Moment und feuerte – anders als er – keineswegs einen unfairen Dauerschuss ab. Treffer.

»Verdammt, Ethan! Wie machst du das bloß? Jedes Mal auf's neue?« Ich lachte lediglich und wälzte mich kurz über die Couch, auf der ich gerade gelandet war. Nicht ein Wort sprach ich, ehe Joey wieder die Sprache ergriff: »Okay, ist ja gut! *Sic Parvis Magna.* Es bedeutet *Großes aus kleinen Ursprüngen* oder auch *Großes kommt aus Kleinem.* Etwa so wie der Fakt, dass ich zwar der kleine Bruder bin...« Er hielt kurz inne und grinste. Ich wusste bereits, was folgen würde. »Aber trotzdem habe ich von uns beiden definitiv den größeren...« Um nichts auf der Welt wollte ich ihn diesen Satz vollenden lassen. »Nein, Joey. Da irrst du dich. Da irrst du dich gewaltig, Bruderherz.«

Dann feuerte ich ihm eine weitere Ladung Wasser ins Gesicht.

Joey sah mich mit erschrockenen Augen an und lud seine Wasserpistole nach. »Ethan, du wirst jetzt...«

Vancouver, British Columbia
Kanada

28. Dezember 2019

Die gröhlenden Geräusche der Maschine verstummten und die Lade öffnete sich. Sämtliche Lichter innerhalb der Röhre erloschen und der Automatismus schob mich heraus. Für einen Augenblick blieb ich noch liegen und atmete durch. Es war nicht einfach, meinen verstorbenen Bruder in einem Flashback wiederzusehen. Und es bedurfte einiger Zeit, die Gedanken zu verarbeiten, die mir nun durch den Kopf schossen. Doch sie wurden ein weiteres Mal unterbrochen, als ich merkte, dass niemand im Raum war. »Hey Doc, alles okay? Sind wir fertig?«, sprach ich. Es begann als leises Reden doch mündete gar in ein Rufen, als mir klar wurde, dass er mich nicht hören konnte. Auf einem der Bildschirme flackerte ein grünes Symbol. Darunter stand der Schriftzug »*Test erfolgreich abgeschlossen*«.

»Dr. Tremblay? Wo sind Sie?« Ich erhob mich aus der Liege, doch es war schwierig. Meine Muskeln hatten gerade erst für mehr als eine halbe Stunde nicht einmal gezuckt. Ich reckte mich kurz und warf einen näheren Blick auf die Ergebnisse auf dem Monitor. Es sah so aus, als hätte alles korrekt funktioniert. Für mich hatten die Ergebnisse lediglich die Aussage, es sei möglich, einen Impfstoff zu produzieren – und, dass Dr. Tremblay jetzt alles dazu hätte, was er bräuchte. Er könnte ein Heilmittel für das Vitek-Syndrom erschaffen. Und vielleicht sogar für die gesamte Autismus-Spektrums-Störung in all ihren tückischen Formen. Aber wo war er?

Und wo war Juliet?

Ich sprintete in Richtung des Wartezimmers. Die Glastür, die ich auf dem Weg durch den Flur passierte, zersprang in Einzelteile, weil ich sie zu panisch aufgeschlagen hatte. Dann drückte ich die Klinke zum Wartezimmer herunter und öffnete die Tür in einer hastischen Bewegung mit meiner Schulter.

Dr. Tremblay war an einen Stuhl gefesselt. Es bestand kein Zweifel: Das hier waren Victor's Männer. Und sie wollten den Tod ihres Bosses rächen.

»Was ist passiert? Wo ist Juliet?«, brüllte ich ihn an und riss ihm den Knebel aus dem Mund. Er hatte eine extreme Luftnot, doch es kümmerte mich nicht weiter. »Reden Sie, verdammt! Wo ist meine Verlobte?!« Er musste kurzerhand seinen Brechreiz unterdrücken, doch dann schaffte er es endlich, zu Wort zu kommen. »Sie sind hier reinmarschiert! Männer in gepanzerten Anzügen! Sie trugen ein Symbol des Buchstaben V auf ihren Rüstungen. Wofür steht das? Vendetta?« Ich löste seine Fesseln in enormer Panik. Es galt jetzt, keine Zeit zu verlieren. »Nein, es steht für Victor. Aber in diesem Fall bedeutet das exakt das Gleiche wie Vendetta. Wo sind sie hin?« Dr. Tremblay renkte seinen Nacken und streckte seine Arme hin und her. Dann pustete er auf seine Handgelenke, die wegen der Fesseln schwer bluteten. »Sie redeten von der Werft am Horseshoe Bay, etwa 20 Minuten von hier entfernt. Und noch etwas, Mr. Widow...« Ich war bereits halb durch die Tür, als er beschloss, fortzufahren: »Diese Männer haben die Maschine des F-MRT manipuliert. Sie haben das längste Intervall ausgewählt, welches die Firmware ermöglichte. Mr. Widow, Sie waren fast zwei Tage in dieser Röhre. Es müsste jetzt gegen 23 Uhr sein. Die Männer sagten, Sie wollen Ihre Verlobte am Horseshoe Bay den Staat-Streitkräften für Geld übergeben. Und zwar heute um Punkt Mitternacht. Vielleicht sollten Sie...«

Ich ließ ihn nicht einmal ausreden.

»Sie *müssen* das Heilmittel noch diese Nacht fertig stellen! Das ist der einzige Weg! Diese Männer, sie wollen genau das! Ihr Boss hat es gewollt, bevor er starb.«

Er wischte sich den Schweiß von der Stirn, nickte mir dann jedoch entschlossen zu. Dann stürmte ich die Tür raus. Jetzt gab es keine Zeit mehr zu verlieren.

Horseshoe Bay, British Columbia
Kanada

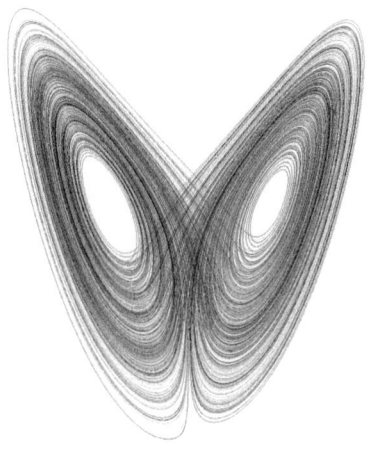

30. Dezember 2019

XLII

Meine Wimpern verklebten, als der kalte Winterwind die leisen Tränen meiner Augen trocknete. Wie gebannt starrte ich durch das Zielfernrohr meines Gewehrs und wartete darauf, dass etwas passierte. Ich hatte damit gerechnet, dass die Werft um diese Uhrzeit menschenleer sein würde. Aber dennoch verunsicherte mich die extreme Stille, die am Ort des Geschehens in der Luft lag. Ich hatte einen Kran erklimmt. Von dort aus konnte ich alles überblicken. Doch ohne zu Blinzeln hielt ich meinen Blick lediglich auf die gläserne Eingangstür der Haupthalle fixiert. Ich wusste, sie würde noch dort drin sein. Es war jetzt 23:50 Uhr. Die Polizei würde jeden Augenblick hier sein und es war nur eine Frage von Sekunden, bis Victor's Männer Juliet herausführen würden. Unterbewusst verlangsamte ich meine Atmung, um nicht aus der Ruhe zu geraten. Mein Puls jedoch stieg massiv an, als das grelle Schimmern der Flurbelichtung durch die Tür und auf die Pflasterung des Vorplatzes schien. Reflexartig löste ich die Sicherung meiner Waffe und hielt den Atem an. Das Tier in mir war nun bereit, die Kontrolle zu übernehmen. Ich war nicht mehr Ethan Widow. Ich trug sein Gesicht, seine DNA und sogar seine Waffe. Aber das Monster, das nun meine Entscheidungen traf, war nicht von dieser Welt. Wie durch einen umgelegten Schalter, war ich wieder im 360° Winkel meiner Umgebung bewusst. Der schlagartige Adrenalinstoß in meinen Venen versetzte mich in einen verlangsamten Rauschzustand. Alles um mich herum schien beinahe stillzustehen.

So sehr mich diese Fähigkeit auch immer wieder faszinierte; Es war ein logisches Prinzip. Je aufmerksamer wir unsere Umgebung wahrnehmen, desto langsamer empfinden wir die Zeit. Laut der Wissenschaft sei das der Grund dafür, dass sich unsere Kindheit anfühlt wie eine Ewigkeit, unser Erwachsensein jedoch im Höchsttempo an uns vorbei rast. Als Kinder nehmen wir mehr von der Welt wahr, da alles neu für uns ist. Und obwohl ich kein Kind mehr war – nicht einmal meine Eltern hätten mich heute noch als solches angesehen – hatte ich nun eine ausgeprägtere Wahrnehmung als jeder andere Mensch auf dieser Welt. Denn auch, wenn die Bestie in mir nicht immer das Richtige tat, tat sie es dennoch mit einem monströsen Talent. Ich war nun wie zum Töten geschaffen.

Aufgrund des steilen Winkels meiner Position war es mir unmöglich, die Personen im Interieur des Gebäudes zu identifizieren. Doch mein Finger war bereit, den Abzug auszulösen, als eine gepanzerte Hand die Tür öffnete. Heraus traten zwei bewaffnete Gestalten, die jeweils rechts und links von der Tür in Position gingen. Durch ihre dunklen Sturmhauben musterten sie sorgfältig die Umgebung. Ich konnte erkennen, dass dies ausgebildete Soldaten waren. Victor führte keine Gang, sondern eine Miliz. Sobald mein Schuss fallen würde, wäre ich bereits im Fadenkreuz sämtlicher Schützen vor Ort. Doch zu meiner Beruhigung entdeckte ich keine Feinde auf den Dächern der umliegenden Gebäude. Ich spürte meinen Herzschlag bishin zu meinen Schläfen, als ich mit an sah, wie eine gefesselte Person auf den Rathausplatz trat. Geführt wurde sie von einem dritten Soldaten, der ihr von hinten mit einer Pistole mehrere Stupser in den Rücken versetzte, damit sie in Bewegung blieb. Über ihren Kopf hatte sie einen Leinensack gestülpt, der ihr eng um den Hals geschnürt war. Weder in meinem Kopf, noch in meinem Herzen bestand noch ein Zweifel, dass es sich um Juliet handelte. Doch es war keine der beiden Parteien, die nun in mir die Kontrolle hatten. Inmitten des mondbeschienenen Platzes wurde sie auf ihre Knie geschubst, als einer der Soldaten vor sie trat. Er beugte sich zu ihr runter und legte seine Hand auf ihre Schulter, als er ihr etwas zuzuflüstern schien. Wie konnte er es wagen, sie anzufassen? Mein Blut kochte und rief ein verkrampfendes Gefühl in meinen Fingern hervor. Der Moment war gekommen. Ich hatte mein Fadenkreuz ausgerichtet und die Sicherung gelöst. Im Einklang mit dem kräftigsten meiner Herzschläge zog ich ruckartig den Finger zurück und drückte den Abzug mit voller Wucht nach hinten durch. Ich hätte ihn vor lauter Anspannung in die Gearbox des Gewehrs reinhämmern können, selbst mit nur einem Finger. Hätte nicht etwas anderes meine Aufmerksamkeit erregt und eine kalte Schweißflut über meinen Rücken gejagt; die Kugel trat nicht aus dem Lauf. Ich sah zu, wie der Soldat ihr den Sack vom Gesicht abzog. Sein Gesicht war nur wenige Zentimeter von ihrem entfernt. Er wagte es, eine solche Nähe zu ihr aufzubauen. Zu meiner Verlobten, die er als Geisel hielt. Ich stieß ein instiktives Knurren aus, als ich erneut den Repetierhebel spannte und gebannt durch das Zielfernrohr blickte. Doch bevor ich meinen Schuss abfeuern konnte, beruhigte ich mich. Mein Puls senkte sich, während sich meine Schweißdrüsen verschlossen und sich meine Augenbrauen entspannt absenkten. Denn ich hatte nicht nur das Gesicht meines Feindes im Visier – sondern auch ihres. Erneut spürte ich den Zauber, den sie auf mich anwandt. Ein weiteres Mal hatte sie die Bestie gezähmt, doch in diesem Fall, konnte es sie das Leben kosten. Der Soldat trat zurück und richtete seine Waffe auf sie. Ich war nicht mehr in der Lage, ihn zu töten, obgleich ich wusste, dass ich dazu gezwungen war. Er stand zu nah an ihr dran, um ihr Gesicht aus meinem Fadenkreuz auszublenden. Doch solange ich sie noch ansah, konnte ich nicht töten. Solange ich sie noch ansah, konnte ich sie nicht retten. Meine Waffe war zum Abschuss bereit, doch ich war es nicht.

Langsam senkte ich meinen Kopf hinter dem Zielfernrohr zurück und bedachte dabei nicht die Ausrichtung meines Laufs. Töten war der falsche Weg... doch es war der Einzige, wie mir klar wurde, als ich meine Augen schloss und darauf vertraute, das Richtige zu tun. Der laute Knall klingelte durch meine Ohren und hinter meinen zugepressten Lidern malte ich mir bereits aus, wie ich daneben schoss. Wie ich sie nicht retten konnte, oder sie vielleicht sogar selbst ermordete. Ohne zu zögern jedoch bewegte mein Instinkt die Waffe ein Stück zur Seite, als meine linke Hand erneut repetierte. Ein weiterer, blinder Schuss schnellte durch den Lauf und vermochte irgendwo auf dem Werftsgelände einzuschlagen. Nun lief alles wie von allein. Erneut griff ich zum Hebel, spannte den Mechanismus und presste den Abzug in die Gearbox. Nicht ein einziges Geräusch war noch zu vernehmen, als das Knallen meines Gewehrs verstummte. Kein Kampfschrei eines überlebenden Soldats. Kein feindlicher Schuss. Und kein Hilferuf meiner Geliebten. Ich traute mich kaum, die Augen zu öffnen. Pure Panik plagte mich. Die unvorstellbare Angst, sie getroffen zu haben, lähmte mich beinahe. Doch als sich meine Lider anhoben, verschwand ein weiteres Mal jegliche Spur von Angst, Panik oder Wut aus meinem Herzen. Denn auch, wenn sie weinend auf ihren Knien hockte, war sie zumindest am Leben. Und ihr Herzschlag war der einzige auf dem gesamten Platz – alle anderen waren tot.

»Los, wir müssen hier weg!«, rief ich ihr zu, nachdem ich den Kran herunter geklettert war. Sie sprang mir sofort in die Arme und weinte sich eine Weile aus. Aber da war nun keine Zeit für. »Die Cops sind jeden Augenblick hier! Wir fahren zurück zum Doc, jetzt sofort!« Dann musste ich sie ruckartig aus meinem Arm lösen. Wir drehten uns um und ich signalisierte ihr, wo ich geparkt hatte. Doch dann viel mir auf, was in enormem Format an die Wand der Werft gepinselt war – ein gigantisches V.

Das hier war kein Übergabepunkt. Es war ein Hauptquartier.

»Juliet, du musst mir jetzt vertrauen. Lauf zum Auto und warte auf dem Beifahrersitz! Ich muss noch etwas erledigen.« Sie nickte mir entschlossen zu, ohne Fragen zu stellen oder gar Widerworte zu geben. Mittlerweile hatte sie verstanden, dass ich immer einen Plan hatte.

Ich rannte zur Garage des Hauptgebäudes – und ich hatte Glück. Ich fand eine Ansammlung riesiger Benzinkanister vor. Und von ihnen aus führte eine Schnur in den Interieur des Hauses. Es war vermutlich eine Vorsichtsmaßnahme: Sollte der schlimmste Fall eintreten, könnten Victor's Leute das Haus binnen weniger Sekunden sprengen und somit sämtliche Beweismittel beseitigen. Aber das spielte ihnen nun nicht gerade in die Karten.

Ich rannte zurück zum Auto, doch bevor ich einstieg, legte ich die Waffe an. Nur ein Schuss.

Und Treffer.

Die gesamte Anlage ging in Flammen auf. Doch das nächste, was meine Ohren vernehmen konnten, waren laute Polizeisirenen.

Das Blaulicht schwand im Rückspiegel, als wir das Werftgelände verließen – gerade rechtzeitig. Ein weiteres Mal waren wir dem Tod entkommen. Und jetzt war es Zeit, diese Sache zuende zu bringen.

Vancouver, British Columbia
Kanada

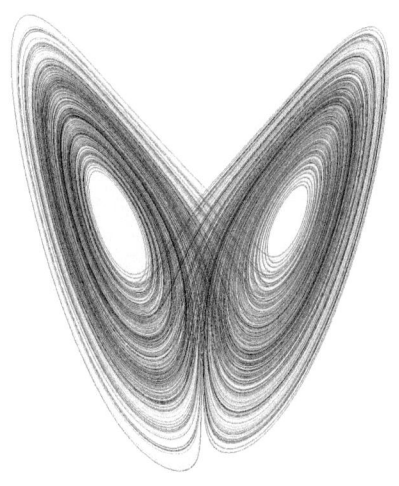

31. Dezember 2019

XLIII

»Warum sollte ich Ihnen noch helfen, Mr. Widow? Sie können froh sein, dass ich nicht die Polizei gerufen habe! Denn Sie sind daran Schuld!« Dr. Tremblay war völlig aufgebracht – verständlicherweise. Wäre ich nie in seine Praxis marschiert, hätte man ihn nie angegriffen und für zwei Tage gefesselt. »Bitte, Sir. Ich kann nicht länger in der Stadt bleiben. Aber hier geht es um die Menschheit, nicht um mich! Wir können das Vitek-Syndrom heilen!«, entgegnete ich. Ich konnte ihm bereits ansehen, dass er mir helfen würde. Das wollte er schon, als ich wieder hier rein gekommen war. Er wollte lediglich eine Entschuldigung – und vielleicht etwas Mitleid. »Na schön. Ich konnte den Impfstoff noch letzte Nacht fertig stellen. Aber ein Testsubjekt suchen übersteigt nun leider den zeitlichen Rahmen.« Ich sah ihn entschlossen an. Ich musste es einfach tun. Und das konnte er ganz simpel meinem Blick entnehmen. »Keine Sorge, Mr. Widow. Sie werden es wahrscheinlich überleben. Aber ihre verstärkten Sinne? Die werden schwinden. Und auch nicht wieder kommen.« Ich atmete tief durch. In den letzten Jahren hatte ich gelernt, selbst diese Teile meiner Persönlichkeit zu schätzen zu wissen. War ich bereit, darauf zu verzichten? »Ich muss einen Augenblick mit meiner Verlobten sprechen. Bitte entschuldigen Sie mich.«

Ich schloss die Tür des Nachbarzimmers hinter uns. Mit den Fingern symbolisierte ich Juliet, sie solle sich hinsetzen. Doch sie war zu angespannt und blieb einfach stehen. Und ich konnte es ihr nicht verübeln. »Was denkst du?«, fragte ich sie. Meine Verlobte sah mich aus gläsernen Augen an. Und zum ersten Mal konnte ich den Blick eines Menschen nicht exakt auslesen. Ich konnte nicht einschätzen, ob sie die Heilung meiner Krankheit befürwortete oder nicht. »Juliet, wir haben hier die Chance, die Menschheit zu retten! Ich will um keinen Preis, dass jemals wieder ein Mensch so leiden muss, wie ich leiden musste. Und du weißt, dass die Krankheit daran Schuld ist!« Sie kam auf mich zu und fuhr mir mit einer Hand über die Wange. »Ethan, ich liebe dich so, wie du bist. Und ich habe Angst, dass dich die Heilung verändern könnte.« Ihr Argument war keineswegs unbegründet. Auch ich hatte mir bereits Gedanken darüber gemacht. Aber ich glaubte, das wäre ein Preis, mit dem ich leben konnte. »Wenn du mich wirklich so sehr liebst, dann wirst du es auch tun, wenn ich geheilt bin. Ich meine...« Ein tiefer Atemzug strömte durch meine Lungen und ich hielt einen Moment inne.

»Ein normales Leben ist doch alles, was wir uns je gewünscht hatten. Das hier ist unsere Chance dazu! Außerdem... Victor's Männer wollten doch genau dieses Heilmittel, richtig? Das bedeutet, sie werden uns in Ruhe lassen, wenn es erst einmal publiziert ist!« Ich nahm sie in den Arm. Wir standen gerade vor einer Entscheidung, die uns bis an unser Lebensende noch verfolgen würde.

Entscheidungen waren nie einfach. Weder für mich, noch für Juliet, noch für irgendwen sonst. Sobald man sich erstmal entschieden hatte, gab es kein Zurück mehr. Und man würde niemals die Gelegenheit kriegen, zu erfahren, ob die getroffene Entscheidung auch tatsächlich die richtige war. Aber dadurch durfte man sich auf keinen Fall davon abhalten lassen, überhaupt eine Entscheidung zu treffen.

»Du hast ja recht, Ethan«, gestand Juliet ein. »Aber sobald du einmal geheilt bist, können wir uns nicht mehr so gut verteidigen wie bisher. Falls irgendetwas schief läuft...« Ich löste sie aus meinem Arm und drückte ihr Kinn mit meinem Zeigefinger nach oben. Unsere Nasenspitzen berührten einander und ich konnte ihren besorgten Atem in meinem Gesicht spüren. »Wir schaffen das. Überlege doch mal, was wir schon alles gemeinsam durchgestanden haben. Wir werden überleben. Wir werden *alles* überleben, Juliet. Hauptsache wir sind bei einander. Ich liebe dich, Baby. Du bist jetzt meine Frau, schon vergessen?« Auch wenn es ihr, glaube ich, beinahe unangenehm war, musste sie mir breit entgegen lächeln. »Okay, wir machen es. Aber du musst mir versprechen...« Sie hielt kurz inne. »Du musst mir versprechen, dass wir nach Kuba gehen. Sobald der Frühling beginnt.« Ich nickte ihr wortlos zu. Dann küsste ich sie und löste mich erst wieder von ihr, als Dr. Tremblay hereinplatzte und andeutete, die Zeit werde knapp.

Es musste gemacht werden. Und zwar jetzt.

XLIV

Dr. Tremblay zeigte auf einen Stuhl, der mit einer Reihe von Diagnosegeräten jeglicher Art ausgestattet war. »Sie müssen lediglich dort Platz nehmen«, fing er an, zu erklären. »Ihre Verlobte darf die ganze Zeit über hier bleiben. Sie darf sogar Ihre Hand halten, wenn Sie das wünschen.« Juliet lächelte mich an und rückte einen Hocker direkt neben den Stuhl. Dann setzte ich mich hin und wurde verkabelt. »Sie werden vermutlich für einige Minuten einschlafen, Mr. Widow. Das ist völlig normal. Aber in nicht einmal einer Stunde sollte es geschafft sein.« Er fuhr mit einer kleinen Taschenlampe an meinen Augen vorbei um meine Pupillenreflexe zu testen. Dann klopfte er zwei Mal mit einem Hammer auf meine Kniescheiben und testete somit die Funktion meiner dortigen Reflexe. Und es schien alles zu stimmen. »Na gut, dann kann es jetzt losgehen.« Er griff zur Nadel und legte mir den Zugang am Unterarm. Juliet zuckte viel mehr als ich, als die Nadel meine Haut durchbohrte. Aber ich wusste es zu schätzen, dass sie sich derart um mich sorgte. Schließlich ging es in beide Richtungen.

»Es wird nur wenige Sekunden dauern, dann wird der Impfstoff Ihr Hirn erreicht haben. Drücken Sie die Daumen, Mr. und Mrs. Widow. Wenn uns das hier gelingt, ist die Welt ein Stückchen einfacher geworden.« Die letzten Worte jenes Satzes klangen zunehmend dumpfer. Als würde er plötzlich in ein dickes Kissen sprechen. Und dann fing die Welt an, sich zu drehen.

Eine enorme Kraft wirkte auf meine Brust ein – nicht vergleichbar mit irgendetwas, das ich je zuvor gespürt hatte. Es schossen abertausende Blitze auf mich ein und plötzlich hatte ich den Untersuchungssaal verlassen. Ich weiß nicht, wo ich stattdessen war. Doch es war wunderschön dort. Ich erhob mich aus dem Stuhl und trat in warmen Sand, der unter meinen Füßen zerperlte. Als ich mich herumdrehte, war der Stuhl verschwunden und ich starrte lediglich in Richtung eines gigantischen, rötlich getönten Ozeans. »Verdammt, Doc, haben Sie mir LSD gespritzt?«, flüsterte ich. Doch ich konnte meine eigene Stimme nicht mehr hören. Vogelgezwitscher, Wellenrauschen und das gelegentliche Kreischen eines Adlers waren die einzigen Geräusche, die ich vernahm. Ich setzte einige Schritte durch den weißen Sand und sah mich um. Am Himmel lagen drei wunderschöne Planeten, die nur wenige tausend Kilometer entfernt sein konnten. Sie erschienen etwa hundert mal so groß wie unser Mond. Und sie waren wunderschön.

Dann stürzte ein überdimensionaler, unrealistisch großer Seeadler auf mich nieder und nockte mich zu Boden – ich landete direkt mit dem Gesicht im Sand. Er kreischte und ich glaubte, Worte aus seinen Lauten zu verstehen. Doch ich konnte nicht genau ausmachen, was der Adler mir zu sagen versuchte. Dann drehte ich mich um und plötzlich lag ich in einem Bett, doch noch immer an diesem traumhaften Strand. Juliet lag neben mir.

»Schatz, was passiert hier?«, fragte ich sie. Sie grinste mich an und streichelte über meine Wange. »Es ist alles okay, Ethan. Es ist alles perfekt.« Juliet rückte näher und kuschelte sich in meinen Arm. Sie knöpfte mein Hemd auf und küsste mir abermals die Brust. Ich spürte ihren Atem meinen Hals entlangstreifen, bis hinauf zu meinem Gesicht. Ihr Haare kitzelten meinen gesamten Oberkörper – doch ich vergrub nichts desto trotz meine Lippen in ihrem Haar und drückte ihr einen leidenschaftlichen Kuss auf. »Juliet?«, fragte ich sie und sie löste sich aus meiner Brust, um mich ansehen zu können. »Juliet, sag... bin ich tot?«, ergänzte ich dann. Sie holte ihre Hand aus der Bettdecke hervor und stupste mir auf die Nase. »Nein, du Dummerchen. Du bist lediglich im Land der kleinen Träumerlein!«, fing sie an, zu erklären. »Du sitzt noch immer bei Dr. Tremblay im Stuhl und ich bin neben dir. Ich rede mit dir aus der realen Welt. Und ich sage dir ein weiteres Mal: Es ist alles perfekt. Ich kann über den Scanner zusehen, wie deine Zellen schwinden. Und es wachsen bereits neue nach!« Sie klang überglücklich in dem, was sie sagte. Es musste ihr viel bedeutet haben, dass wir auf dem Weg in ein normales Leben waren. Und mir ging es damit nicht anders.

Ich spürte jeden ihrer Muskeln. Sie drehte sich herum – in diesem traumhaften Bett, an diesem traumhaften Strand, in dieser traumhaften Welt – und legte sich wie ein Löffel an mich heran. Mein steifes Glied kitzelte ihren Hintern. Derweil schlang ich meinen rechten Arm um ihren Oberkörper und platzierte meinen linken Arm unter ihrem Nacken. Sie küsste letzteren abermals. Und meine rechte Hand streichelte sanft über ihren Busen. Es fühlte sich alles so wunderschön an. Ich konnte alles an ihr spüren. Jedes noch so kleine Zucken. Es war, als wären wir eine Seele in zwei Körpern.

Alles war so perfekt.

XLV

»Doc? Was ist passiert? Hat es funktioniert?« Die Welt vor meinen Augen vor noch immer verzerrt. Aber ich konnte sehen, dass Juliet glücklich lächelte. »Es ist alles gut, Mr. Widow. Es hat alles so geklappt, wie wir es uns gewünscht hatten.« Ich riss die Kabel von meinem Körper und sprang aus dem Stuhl – direkt in die Arme des Doktors. »Verdammt, Doc! Wir haben's geschafft!«, jubelte ich. Als ich ihn wieder los ließ, stand Juliet hinter mir. Und natürlich erhielt sie eine noch viel größere Umarmung. »Ich liebe dich, Baby. Wir werden sowas von vögeln, sobald wir zurück sind!« Sie musste kichern. Und zu meinem Scham musste der Doktor sogar noch lauter kichern. »Es hat also tatsächlich funktioniert, wie man sieht«, sprach Juliet und konnte das Lächeln gar nicht mehr aus ihrem wunderschönen Gesicht lösen. »Menschen mit dem Vitek-Syndrom könnten sonst gar nicht so offen ihre Gefühle zeigen, richtig?«, fragte sie dann, in einem rhetorischen Unterton. »Nein, Mrs. Widow«, schaltete sich Dr. Tremblay ein. Es gefiel mir, dass er sie bereits Mrs. Widow nannte.

Es gefiel mir so sehr. »Menschen mit Krankheiten des Autismus-Spektrums können das nicht. Es liegt nicht an dem Vitek-Syndrom. Ich glaube, wir haben es gerade geschafft, Autismus als solchen zu heilen.«

Ich begutachtete die Aufzeichnungen auf den Monitoren. Es war bereits zu sehen, wie sich die Zellen in meinem Gehirn regenerierten. Und der Doc versicherte mir, es wären die richtigen Zellen. Die Zellen, die bei jedem normalen Menschen auch wuchsen. Es war also geschafft.

»Ich will jetzt zurück nach Barrow!«, offenbarte ich lauthals. »Verdammt, ich liebe dieses vereiste Drecksloch! Los, Juliet, ab zum Auto!«

Im Nachhinein war es mir unangenehm, derart lebendig und enthusiastisch zu sein. Aber auch an dieser Stelle deutete ich meine positive Einstellung viel mehr als Entschlossenheit. Ich führte lediglich noch ein kurzes Gespräch mit dem Doktor und wir tauschten Handy-Nummern aus, falls noch irgendetwas sein sollte.

Aber davon ging ich nicht aus. Es hatte funktioniert. Und schon bald würde das Heilmittel publiziert und verbreitet werden. Bis in alle Ewigkeit würden wir diejenigen sein, die eine der verbreitetsten psychischen Krankheiten auf der ganzen Welt heilen konnten.

Und noch viel wichtiger: Ich war glücklich.

Mt. Bishop, British Columbia
Kanada

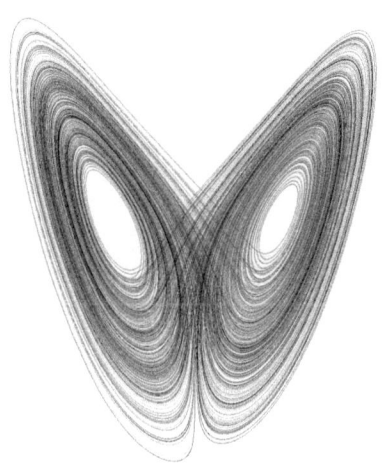

31. Dezember 2019

XLVI

Ich driftete die Serpentinen entgegen des Gipfels. Uns blieben nur noch wenige Minuten. Die Zeit jagte uns. Schon bald würde ein neues Jahrzehnt anbrechen. Und wir wollten das Neujahrs-Feuerwerk aus der Höhe betrachten. Man sagte, vom Gipfel des Mt. Bishop aus, könne man über 100 Meilen weit schauen.

»Wir sind fast da«, sagte ich zu Juliet, die immer wieder gebannt auf die Uhr starrte. Ich manövrierte das Auto über Schotter und Stein, ehe wir endlich auf dem Parkplatz zum stehen kamen. Von dort aus waren es nur noch wenige Meter zum Aussichtspunkt am Gipfel.

In zügigem Tempo setzten wir unsere Schritte dem Gipfel empor und bewunderten dabei immer wieder die reine Natur, die sich um uns herum erstreckte. Wir konnten – nur wenige Meter vor uns – bereits das Schild sehen: »Mt. Bishop Viewpoint«. Es wunderte mich, dass wir die einzigen hier oben waren. Man hätte denken können, es würde etliche Paare nach hier oben verschlagen, am Silvesterabend. Und dann waren wir angekommen. Vom Gipfel des Mt. Bishop aus kam es uns vor, als läge Vancouver direkt zu unseren Füßen. Wir konnten die Beleuchtungen der Innenstadt klarstens erkennen. Und am Horizont dämmerte die Seattle Space Needle, aus über 150 Meilen Entfernung. Es war schlichtweg ein atemberaubendes Bild, das schon sehr bald noch getoppt werden sollte.

»Es müsste jetzt jeden Moment soweit sein«, sagte ich zu Juliet. Aus der Wildnis unterhalb des Berges hörten wir einige Jugendliche kreischen. Sie feierten Neujahr vermutlich abgeschottet von der ganzen Welt, mit ihren Zelten inmitten des Waldes. Dann fingen sie an, einen Countdown zu zählen. Von zehn herunter.

Diese letzten Momente vor den großen Explosionen fühlten sich an wie eine Ewigkeit. Juliet kuschelte sich an mich und ich legte meinen Arm um sie, ehe ich ihr einen Kuss auf die Stirn gab. Wir blickten geradewegs in Richtung Süden. Vorbei an Vancouver, bis nach Seattle am Horizont. Wir konnten alles sehen.

Dann brach seitens der Jugendlichen unterhalb des Berges großes Gejubel aus. Und die Raketen fingen an, in den Himmel zu schießen. Sie waren überall zu sehen; In einem 360° Winkel um uns herum. Auf der ganzen Welt feierten die Menschen den Beginn eines neuen Jahrzehnts. Doch bevor ich diesen Anblick gänzlich genießen konnte, drehte ich mich zu Juliet und gab ihr einen langen, intensiven Kuss. Das Knallen der

Raketen trellerte durch unsere Ohren und selbst bei geschlossenen Augen konnten wir das helle, bunte Blitzen vernehmen. Es schossen mir so viele Gedanken durch den Kopf, in diesem einen Moment. Und dann löste ich Juliet von mir und sah ihr schlichtweg in die Augen.

»Wir haben gewonnen, Baby. Wir haben gesiegt.«

Mein Handy klingelte, ehe ich meine Ansprache beenden konnte. Es würde wahrscheinlich bloß K'eyush sein, der mir ein frohes neues Jahr wünschen wollte. Und aus meiner neu gewonnenen Höflichkeit beschloss ich, ihn nicht warten zulassen – doch warum wurde die Nummer von Dr. Tremblay angezeigt?

»Doc? Was gibt's?«, fragte ich an die andere Leitung. Doch noch bevor ein einziges Wort von ihm kam, folgte lediglich ein verhöhnendes Gelächter.

»Der Doc ist gerade ein bisschen tot, Ethan!« Ich konnte es kaum glauben, aber es war so; Ich konnte Victor's Stimme exakt identifizieren.

»Du dreckiger Mistkerl! Wieso lebst du noch?«, brüllte ich in die Leitung und sah zu, wie Juliet neben mir zusammenzuckte. Ihr Blick verfinsterte sich und sie schlug die Hände vor dem Mund zusammen.

»Frohes neues Jahr, Ethan!«, lachte Victor in die Leitung. »Keine Sorge, das Heilmittel wurde bereits an die WHO weitergeleitet. Da hatte der Doc wohl gute, zügige Arbeit geleistet, Respekt!«

»Was zur Hölle willst du?«

Ich drehte dem Feuerwerk meinen Rücken zu und nahm Juliet an die Hand. Langsam aber sicher gingen wir zurück in Richtung des Autos.

»Naja, du hast mein Hauptquartier in die Luft gejagt. Und einige meiner Leute noch dazu! Hätte ich meine Kräfte nicht, dann... tja, vielleicht hättest du mich impfen sollen, bevor du versuchst, mich zu töten!«

»Wie wär's, wenn du meine verfickte Frage beantwortest, du Dreckskerl?«

Ich wusste, er führte nichts gutes im Schilde. Und ich wusste auch, dass er uns töten wollte. Ich hatte nicht einmal mehr meine Kräfte, um mich zu verteidigen.

»Okay, okay, Ethan!«, fing er an, zu erklären. »Dann machen wir's halt kurz: Ich werde Barrow angreifen. Meine Männer sind gerade in Chicago losgefahren. Und deine kleine, freundliche Siedlung werden wir dem Erdboden gleich machen. Und dich? Dich töten wir als letztes. Du sollst deine Stadt brennen sehen. Du sollst deine Freundin brennen sehen. Du sollst...«

Ich legte auf und sprang auf den Fahrersitz. Die Männer in Barrow waren die besten Jäger, die ich je kannte. Sie waren bereit für einen Kampf.

Barrow, Alaska
Vereinigte Staaten von Amerika

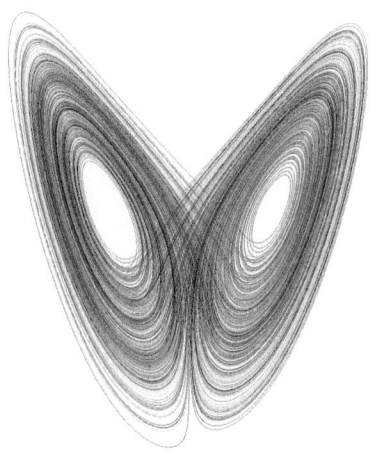

02. Januar 2020

XLVII

Ich stürmte durch die Tür der Versammlungshalle. Sie schlug direkt hinter meinen Schultern zu und weckte dadurch jeden Bürger aus seinen Gedanken. Kaskae kam mir entgegen gesprintet. »Kaskae, ich bin so schnell gekommen, wie ich konnte. Es sind Männer auf dem Weg hierher! Sie wollen die Stadt angreifen!« Ich hatte erwartet, dass er Fragen stellen würde. Aber das tat er nicht. Er nickte mir lediglich wortlos zu und griff zu seinem Funkgerät. »K'eyush, kommt sofort zurück. Bring jeden Jäger mit, den du finden kannst. Barrow ist in Gefahr.« Ich war beeindruckt, wie souverän dieser alte Mann die Situation handhabte. Er wusste noch gar nicht, was los war. Doch er wusste, was er zu tun hatte.

Nur zehn Minuten später stürmte auch K'eyush durch die Tür, gemeinsam mit einer Gefolgschaft von etwa zwanzig Jägern – allesamt bis an die Zähne bewaffnet. »Was ist los?«, fragte er und warf seinen Blick dabei immer wieder zwischen mir und Kaskae hin und her. Inzwischen hatte sich ganz Barrow in der Halle versammelt. »Das weiß ich selber nicht so genau«, erklärte Kaskae. »Vielleicht sollte Romeo es uns erklären.« Er deutete auf ein Pult, das auf einer Bühne oberhalb der Halle stand. Daran befestigt war ein Mikrofon. Ich war dieser Stadt eine Entschuldigung schuldig – und erst recht eine Erklärung. »Du wartest hier«, sagte ich zu Juliet und nickte Kaskae kurzerhand zu. Dann ging ich durch die Reihen. Jeder einzelne Bürger Barrows sah mich aus großen, verängstigten Augen an. Sie würden alle stark sein müssen. Aber war ich es?

»Mein Name ist Ethan Widow«, fing ich an, ganz Barrow zu gestehen. »Ihr kennt mich als Romeo – aber das ist lediglich ein Tarnname. Es gibt jemanden, der es auf diese Stadt abgesehen hat. Er und seine Männer werden nicht aufgeben, ehe jede letzte Seele in Barrow gefallen ist. Ich werde euch erklären, wie es zu all dem kam... doch es ist eine lange Geschichte.«

Ich holte tief Luft. Und dann öffnete ich mich.

Das Leben des Ethan Widow

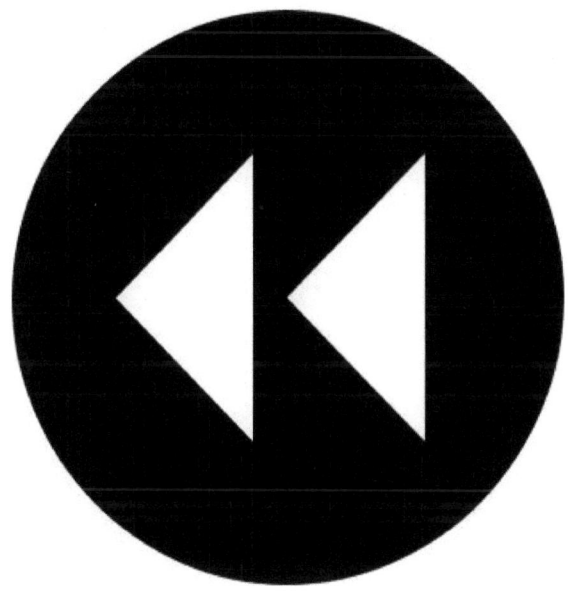

Ein letztes Flashback

Ich wurde geboren im Jahre 1998. Meine Eltern waren Franklin und Bee, die zwei Jahre später meinen kleinen Bruder Joey zur Welt brachten. Wir führten ein normales Leben, innerhalb unseres Hauses. Joey und ich gingen in den Kindergarten, dann zur Schule. Er verhielt sich immer normal, wie ein braver, kleiner Junge. Aber ich nicht. Im Alter von sieben Jahren wurde bei mir eine Störung des Autismus-Spektrums diagnostiziert. Man nennt es das Vitek-Syndrom. Das bedeutet, bei meiner Geburt wurde ein bestimmter Teil des Gehirns nicht gebildet. Die Kernzellen, welche für die Themen Selbstkontrolle, Wutbändigung und ähnliches zuständig sein sollten, waren in mir schlichtweg nicht vorhanden. In meiner Kindheit war ich daher schon immer eine tickende Zeitbombe. Ich geriet oft in Streitigkeiten mit meinen Bruder Joey, sowie mit meinen Eltern. Auch das Thema Schule war kein leichtes; Ständig geriet ich in Schlägereien und Streite mit anderen Mitschülern, teilweise sogar mit Lehrern. Pazifismus war mir schon immer fremd.

Trotz jahrelanger Therapie spitzte sich die Lage immer weiter zu. Nachdem ich meine erste, weiterführende Schule – ein Gymnasium – verlassen musste, kam ich auf eine Privatschule. Dort schien alles besser zu werden. Ich fand Freunde und begann, der Normalität entgegen zu leben. Ich lernte, soziale Kontakte aufzubauen.

Ich hatte feste Beziehungen. Und gemeinsam mit meiner neuen Klasse nahm ich sogar an einer Klassenfahrt teil – einem 6-tägigen Segeltörn auf dem niederländischen Ijsselmeer. Es war eine wunderschöne Zeit. Doch dann kam die Bestie in mir wieder zum Vorschein und alles änderte sich. Ich geriet in eine große Schlägerei und verletzte zwei Mitschüler schwer – der Schule wurde ich daraufhin natürlich verwiesen. Und alles ging wieder abwärts. Ich landete in einer psychiatrischen Klinik. Über Monate hinweg war ich eingesperrt, bekam seltsame Medikamente und wurde von zwielichtigen Psychologen behandelt.

Als ich meine Freiheit zurück hatte, musste eine neue Schule gesucht werden. Doch durch die lange Zeit in der Klinik hatte ich zu viel Schulstoff verpasst – man unterstellte mir, ich wäre den kognitiven Voraussetzungen eines Gymnasiums nicht länger gewachsen. Daher kam ich auf eine Hauptschule. Doch ich hatte den Sinn des Lebens aus den Augen verloren. Ich begann, mich auf meinem Zimmer zu verkriechen und spielte den ganzen Tag lang die selben Spiele, hörte die selbe Musik und sah die selben Filme. Es war reine Monotonie. Doch für mich war es zu jener Zeit das einzige Leben, das sich mir anbot. Dann begann ich, über das Internet neue Freunde zu finden. Wir spielten gemeinsam diverse Computer-Spiele. Wir besuchten sogar

Spielemessen, denn Gaming war das eine Thema, das uns verbinden konnte.

Eines Tages trafen wir uns dann zu einem 3-tägigen Zeltausflug im deutschen Bundesland Niedersachsen. Ich war das erste Mal seit Jahren wieder aus dem Haus gekommen – und noch nie zuvor war ich so weit von zuhause weg. Ich war gerade erst 15 Jahre alt, doch ich nahm die Reise auf mich. Ich verliebte mich in ein Mädchen, das ich dort zum ersten Mal im echten Leben traf. Ihr Name war Francine. Doch nach nur drei Tagen musste jeder sein eigenes Leben weiterführen.

Wir alle hielten Kontakt über das Internet, aber schnell gerieten wir in Streitigkeiten über alle möglichen Themen. Person A stritt mit Person B, während Person C mit Person D stritt, die im ersten Streit wiederrum auf der Seite von Person A war, während Person C sich Person B anschließen musste, die im zweiten Streit jedoch auf der Seite von Person D stand und Person C somit hintergang – es war das reinste Durcheinander!

Und dann wendete sich Francine gegen mich. Es stellte sich heraus, dass sie mir die ganze Zeit über nur etwas vorgespielt hatte. Bis heute lernte ich nie ihre wahren Gründe dahinter – und ihre Ausreden wollte ich nicht glauben. Sie gestand freiwillig und von sich aus ein, dass sie mich acht Monate lang betrogen hatte. Und dann musste ich eine Entscheidung treffen. Ich geriet in alte Verhaltensmuster zurück; Ich begann mit Selbstverletzung. Und zusätzlich suchte ich Trost im Alkohol. Denn ich musste die Gaming-Crew verlassen. Für mich gab es dort keine Zukunft mehr. Ich hatte ein weiteres Mal meine einzigen Freunde verloren. Man hätte denken sollen, ich wäre es mittlerweile gewöhnt. Doch das bedeutete nicht, dass es nicht mehr höllisch schmerzte.

Kurz darauf schenkten mir mein Cousin Jolan und meine Cousine Lynn ihre Aufmerksamkeit. Sie wurden kurzerhand zu meinen neuen Freunden und ich unternahm viel mit ihnen. Sie waren immer da, wenn ich reden wollte oder wenn es mir nicht gut ging. Und es kam mir vor, als könnten sie hinter die Fassade meines Vitek-Syndroms blicken. Und dann stellte Jolan mir seine neue Freundin Laurel vor. Ich verstand mich blendend mit ihr. Sie schenkte mir regelmäßig ihre Ratschläge und versuchte, eine gute Freundin zu sein, so gut es denn ginge. Mehrmals in der Woche schrieb und telefonierte ich mit ihr und es fühlte sich an, als könnte ich in ihr eine Art Zuflucht finden – sie schien mich schlichtweg zu verstehen und wurde schnell zu meiner besten Freundin.

Das ging ein paar Monate lang gut. Mittlerweile war ich 16 Jahre alt und stand vor der großen Herausforderung, einen Schulabschluss zu machen. Natürlich gab es für mich nur die Möglichkeit des Hauptschulabschlusses – aber das obwohl ich seit über einem Jahr nicht mehr in der Schule war. Die Lehrer, sowie der Schulleiter, wussten von meiner Hochbegabung. Sie wussten, dass ich selbst das Abitur mit Leichtigkeit bestanden hätte. Aber da hatten sie leider keinen Einfluss drauf. Das Problem war nur, dass mir der Hauptschulabschluss gänzlich am Arsch vorbei ging. Letztendlich war es Laurel, die mich dazu überredete, zu kämpfen und für nichts auf der Welt jemals aufzugeben. Und ich hörte auf sie. Doch nur wenige Wochen, bevor ich den Abschluss machen sollte, hatte ich eine sehr beunruhigende digitale Konversation mit ihr, die alles ändern sollte.

Sie nannte keine Gründe. Doch sie schrieb, sie könne mich nicht mehr leiden – und, dass sie es nie getan hätte. Sie hatte mir über Monate hinweg nur etwas vorgespielt – genau so wie Francine.

Tja... und dann war die Kacke am Dampfen. Es war im Frühjahr 2015. Ich begann, mich zu betrinken – und zwar jeden Abend, ohne Ausnahme. Mein Leben bestand daraus, nachmittags erst aufzustehen, zum Supermarkt zu gehen, mir Alkohol zu besorgen, abends die Musik aufzudrehen und mich zu besaufen, ehe ich einschlief und die gleiche Nummer am Folgetag wiederholte. Meine Eltern und Joey mussten all das mit ansehen. Sie sahen zu, wie ich mein Leben wegwarf. Für mich war jeder Tag nur noch das Gleiche und es war auch kein Geheimnis mehr, dass ich den Schulabschluss natürlich nicht machen würde. Ich hatte keine Motivation mehr für irgendetwas.

Und früher oder später sollte es meiner Familie zu viel werden. Ich geriet in einen heftigen Streit mit meinen Eltern, zerstörte im Rausch Tische, Stühle, Schränke und Türen – ehe meine Eltern die Polizei riefen. Ich rannte weg, noch bevor sie mich schnappen konnten. Mehrere Stunden schlief ich in einem abgelegenen Gebüsch. Und dann erhielt ich einen Anruf von meiner Mutter. Sie sagte mir, ich solle nachhause kommen – und, dass alles vergeben sei. Dass sie sich lediglich wünschte, ich würde nachhause kommen. Natürlich wartete dort nur die Polizei auf mich. Und somit hatten mich auch die letzten Menschen hintergangen und betrogen, denen ich noch vertraute. Nachdem ich von der Polizei auf brutale Weise abgeführt wurde, wurde ich erneut in eine Klinik verfrachtet. Nach einigen Tagen, die ich dort verbrachte, kam ich dann in ein Auffanglager für Jugendliche ohne Obhut. Ich war erst 16 Jahre alt. Nach über einem Monat in diesem Auffanglager – wo Drogen und Schlägereien zur Tagesordnung gehörten – kam ich dann in das sogenannte Jugendhaus.

Das Jugendhaus war eine Wohneinrichtung für Menschen, die nicht länger bei ihrer Familie wohnen konnten. Dort lebten Jugendliche, die ihre Eltern am *goldenen Schuss* des Heroins verloren hatten. Oder aber Kinder, dessen Vater die eigene Mutter kaltblütig ermordet hatte – oder anders herum. Und ich war inmitten all dieser Leute. Um dort auch über längere Zeit überleben zu können, blieb mir nichts anderes, als mich zu fügen. Ich wurde einer von ihnen, lernte ihre Verhaltensmuster, lernte ihre Verbrechen, trank ihren Alkohol, rauchte ihr Gras, spritzte ihr Heroin, schluckte ihr Meth, schniefte ihr Koks. Ich wurde gänzlich wie sie; bis auf eine Kleinigkeit. Ich hatte mich geweigert, dem lokalen Drogenboss – Victor – nach der Nase zu tanzen. Ich beleidigte ihn, verpasste ihm den ein oder anderen Schlag und hielt mich von ihm fern. Aber das passte ihm ganz und gar nicht.

Er ermordete meine Eltern und fesselte meinen Bruder. Es blieb mir nichts anderes, als mich auf ihn einzulassen. Ich half bei seinen Jobs und wurde schnell der beste Verbrecher, den mein Heimatland in einer langen Zeit gesehen hatte. Doch ich wusste, dass mein kleiner Bruder mich brauchte. Also entwickelte ich einen Plan, aus dem Jugendhaus auszubrechen und auch ein für alle Male draußen zu bleiben – und es gelang. Aber ab da lebte ich nur noch auf der Straße. Ich stellte Victor eine Falle, damit die Polizei ihn überführen würde – doch es gelang nicht. Er konnte ausbrechen, wie ich später erfahren musste. Also blieb mir nichts anderes mehr übrig: Ich flüchtete nach Chicago, Illinois. Die vereinigten Staaten nahmen mich schnell auf, als wäre ich einer von ihnen. Doch auch dort musste ich auf der Straße leben und unter Brücken schlafen. Nach einiger Zeit vor Ort gab es eine Gerichtsverhandlung, die auf einen Vorfall aus dem Jahre 2015 zurückdatierte. Als Ergebnis dessen wurden mir 100 Sozialstunden aufgebrummt, sowie die Weisung, an einer Therapie teilzunehmen. Dadurch lernte ich meinen Helfer und Freund Bobby kennen. Ich hatte mich schnell daran gewöhnt, mich ihm in unseren Sitzungen zu öffnen. Aber das lief nicht immer ganz nach Plan.

Eines Tages gab Bobby mir jedoch den Ratschlag, ich solle mir einfach eine Freundin suchen. Er theorisierte, das würde alles ändern.

Dann wurde ich entführt und merkte, dass Victor noch lebte – und, dass er auf freiem Fuß war. Ich steckte ihn in Brand und verließ seinen Unterschlupf.

Im Gange meiner Sozialstunden sollte ich derweil in einem Altenheim für Unterhaltung sorgen, wo ich Juliet kennenlernte. Wir verliebten uns nach nur wenigen Tagen und sie wurde ein Teil von mir. Aber Victor kam zurück. Er fesselte Juliet und drohte, uns umzubringen. Schnell wurde jedoch klar, dass er lediglich meine Hilfe brauchte. Er gestand, dass er ebenfalls am Vitek-Syndrom litt. Und es verlieh ihm gewisse Fähigkeiten: Wenn eine Verletzung seinen Körper angriff, konnte sein Hirn sofort dafür sorgen, dass sein Gewebe automatisch regeneriert. Dadurch war er im Grunde unverwundbar.

Dann wurde mir klar, dass auch meine Fähigkeiten vom Vitek-Syndrom stammten. Ich hatte die einzigartige Gabe, meine Sinne verstärken zu können, wannimmer ich mit Adreanlin vollgepumpt wurde. Denn der Teil in meinem Hirn, welcher der Selbstkontrolle dienen sollte, war nicht einfach verschwunden – er wurde ersetzt durch andere Zellen, die mir jene Fähigkeiten verliehen. Ich konnte meine Umgebung in einem Winkel von 360° wahrnehmen und jede einzelne Handlung meines Gegenübers exakt vorausberechnen – in nur dem Bruchteil einer Sekunde.

Ich schaffte es mithilfe dieser Fähigkeiten, Victor ein weiteres Mal zu überwältigen und ihn scheinbar zu töten. Ich verpasste ihm mehrere Kopfschüsse.

Juliet und ich flüchteten nach Seattle, wo wir eine Zeit lang in einem abgelegenen Motel lebten. Ich brachte ihr bei, eine Waffe zu bedienen. Und sie schien ein Naturtalent zu sein. Aber dann wurde uns klar, dass jetzt auch Joey in Gefahr war. Nach dem Tod unserer Eltern hatte er sich nach Seattle abgesetzt, um dort zu studieren. Wir eilten in das Haus mit den Studentenwohnungen und fanden dieses komplett leer vor. Victor hatte es schon vor einigen Tagen angegriffen. Doch Joey hatte überlebt. Zwar hatte er seine Partnerin an Victor verloren und war daher beinahe so verbittert geworden wie ich, doch er lebte – das war vorerst die Hauptsache. Er kam mit Juliet und mir zurück ins Motel.

Nur kurze Zeit später wurde ich entführt, ohne, dass Joey und Juliet es überhaupt merkten. Das S.W.A.T. hatte mich gefunden und wollte mich ausliefern. Es gelang mir, zu entkommen – doch Joey wurde dabei erschossen.

Juliet und ich fuhren zurück nach Chicago und redeten ein weiteres Mal mit Victor. Dieses Mal stießen wir ihn – mit einem Betonklotz an seinen Beinen – ins Wasser und ließen ihn ertrinken.

Dann kamen wir nach Barrow und wurden schnell ein Teil der Gemeinde. Dank meiner besonderen Fähigkeiten half ich den lokalen Jägern, rund sechs Eisbären an nur einem Tag mit nachhause zu bringen. Dadurch gewann ich schnell die Sympathie aller Menschen in der Stadt. Juliet und ich verlobten uns. Und dann beschlossen wir, noch vor unserer Hochzeit das Vitek-Syndrom heilen zu wollen. Es gelang uns mithilfe von Dr. Tremblay, einem kanadischen

Spezialisten aus Vancouver. Und nicht nur heilten wir das Vitek-Syndrom – sondern das gesamte Autismus-Spektrum. Und ich war der erste Patient, der geheilt werden durfte.

Der Impfstoff wurde bereits an die WHO weitergeleitet und publik gemacht, doch Dr. Tremblay wurde von Victor's Leuten getötet, wie Juliet und ich auf dem Rückweg nach Barrow erfahren mussten.

Am Gipfel des Mt. Bishop, British Columbia, wollten wir dann in allem Frieden das Silvesterfeuerwerk beobachten. Doch zur selben Zeit erhielt ich einen Anruf von Victor, der ankündigte, dass er noch lebte. Und er würde ganz Barrow auslöschen wollen.

Er und seine Männer sind auf dem Weg hierher. Und wir müssen uns verteidigen.

Komme, was wolle.

Barrow, Alaska
Vereinigte Staaten von Amerika

02. Januar 2020

Sie alle sahen mich aus verängstigten, enttäuschten und verwunderten Augen an. Und wer konnte ihnen das verübeln?

»Du meinst also, Barrow sollte kämpfen? Gegen eine Miliz, die von jemandem angeführt wird, der unverwundbar ist?«, rief einer der Jäger in den Raum. Ich zückte eine Spritze aus meiner Tasche – in ihr befand sich eine grünliche Flüssigkeit. Das Heilmittel für Autismus. »Wir müssen Victor das hier lediglich injizieren und ihn dann töten. Wenn wir das schaffen, haben wir gewonnen. Seine Männer sind ein Kinderspiel, ich habe mehrere von ihnen eigenhändig ausgeschaltet! Wir schaffen das!«

Kaskae schüttelte den Kopf. »Barrow ist eine friedliche Stadt, Junge. Ich glaube, da musst du dir was besseres einfallen lassen.« Ich blickte hinunter zu K'eyush und suchte seine Bestätigung. Doch er stand nur still, ebenso wie Arluk. Ebenso wie Juliet.

»Na schön...«, flüsterte ich mir selbst zu. Ich streckte die Brust raus, trat näher an das Mikrofon und breitete die Arme zu den Seiten aus.

»Ich bin mit einer psychischen Krankheit aufgewachsen«, begann ich, zu erzählen. »Ich war immer schon der Außenseiter. Egal, wo ich war. Aber das hat mich etwas gelehrt! Bürger von Barrow, hört mich an! Wir sind alle Menschen! Einige von euch sind schwarz, andere sind homosexuell, wieder andere sind vielleicht kleinwüchsig oder sitzen im Rollstuhl. Aber ihr seid alle Menschen! Ebenso, wie ich einer bin! Ich habe mich selbst immer schon als Monster tituliert, aber das war lediglich eine Ausrede! Alle Menschen um mich herum nannten mich ein Monster, um der Wahrheit aus dem Weg zu gehen!

Und Wahrheit ist das wichtigste Gut im Leben eines jeden Menschen. Bürger von Barrow, habt ihr jemals als Kinder befürchtet, es wäre ein Monster in eurem Zimmer? Dann habt ihr euch unter der Bettdecke verkrochen und versucht, einzuschlafen. Aber warum? Warum verkriechen wir uns vor den Monstern? Denken wir etwa, die Bettdecke würde uns vor ihnen schützen? Nein! Wir haben bloß Angst davor, dem gegenüber zu treten, was wir für die Wahrheit halten! Hätten wir doch alle bloß den Mut gehabt, unter unseren Decken hervor zu lugen! Dann hätten wir schnell gemerkt, dass es keine Monster gibt! Aber nein, wir hatten uns lieber gefürchtet. Das war uns lieber, als der Wahrheit ins Auge zu sehen. Denn die Wahrheit ist nicht immer eine schöne.

Aber ich sage euch: Monster existieren nicht! Selbst Victor ist kein Monster! Wir sind alle Menschen. Und das bedeutet, keiner sollte über dem anderen stehen. Keiner sollte sich diktatorisch etwas vorschreiben lassen – niemals!

Wir sind alle Menschen und das bedeutet, wir sind frei!

Ihr alle wisst, wen die Menschheit am liebsten als Monster tituliert – Adolf Fucking Hitler. Was dieser eine Mensch bewirkt hatte, zählt bis heute zu den schlimmsten Taten in der Geschichte unseres Planeten. Aber das macht ihn nicht zu einem Monster – denn er machte einen gewaltigen Fehler, wie ihn nur ein Mensch begehen konnte. Er beschloss, Russland anzugreifen. Und das ist ein nachvollziehbarer Schachzug. Jeder Kriegsherrscher hätte in dieser Position vermutlich so gehandelt. Doch er besiegelte sein eigenes Schicksal: Sein Fehler war, Russland *im Winter* anzugreifen! Die Russen kannten den Winter. Sie waren in Schnee und Eis aufgewachsen und wussten bestens, wie sie darin leben und überleben können. Doch Hitler marschierte ein – und verlor.

Victor ist gerade davor, den gleichen Fehler zu machen! Wir müssen die Welt von einem weiteren Menschen bereinigen, der bereit ist, hunderte Unschuldige zu töten. Und es gibt keinen besseren Ort dafür als eure Heimat! Victor kennt diesen Ort nicht, aber ihr seid hier aufgewachsen! Für ihn ist das hier bloß irgendein Kaff, aber für euch, Bürger von Barrow, ist das hier etwas gänzlich anderes: EURE HEIMAT.

Und glaubt mir, wenn ich sage: Kein Mensch auf der Welt sollte jemals ohne Heimat leben. Ich weiß selbst am besten, wie grauenhaft das ist.

Also lasst uns kämpfen! Wisset, dass Barrow untergehen wird, wenn wir uns nicht gegen Victor's Machthunger erheben.

Pazifismus mag für euch eine Lebenseinstellung sein. Aber verdammt, wacht auf! Pazifismus ist eine Illusion! Also dürfen wir uns nichts vormachen: Wir. Müssen. Kämpfen. Das macht uns nicht zu Monstern. **Sondern zu Menschen!«**

Der ganze Raum verfiel in einen gigantischen Kampfschrei. Alle stimmten mit ein.

»Erhebt euch, Bürger von Barrow! Erhebt euch! Für die Heimat! Für die Freiheit! Und für die ganze gottverdammte Menschheit! Kämpft!«

Es waren keine Tränen, die ich den Augen der Bürger entnehmen konnte – es war Gelächter. Sie waren motiviert. Sie waren entschlossen, ihre Heimat zu verteidigen. Alle von ihnen – ob Mann oder Frau, ob groß oder klein – brüllten durch die Halle und applaudierten.

»Jolak, du teilst die Waffen aus«, begann ich, Positionen zu verteilen. »Arluk, du baust uns eine Ladung C4. Wir werden sämtliche Zugänge der Stadt damit beladen. Außerdem...« Ich reichte Arluk die Spritze mit dem Heilmittel. »Außerdem wirst du das hier in eine Hollow-Point-Patrone füllen. Ich will sie in einem guten, alten Colt. Wenn wir das hier schon machen, dann mit dem Stil des Westens. Kaskae, du bringst alle in Position. Wir brauchen eine Front voller Sturmgewehre, die in den offenen Kampf zieht. Wir brauchen Scharfschützen auf den Dächern. Und eine Kavallerie, die mit Schrotflinten aus Richtung des Point Barrow einrücken wird.« Es schienen alle einverstanden. Doch eine Rolle gab es noch zu verteilen. »K'eyush, du bekommst die wichtigste aller Aufgaben. Du gehst mit Juliet in den Keller der Kirche. Du musst sie um jeden Preis beschützen. Ich gehe mit meinem Gewehr auf die Spitze des Kirchturms und werde sie von hier zurückdrängen. Ihr seid hiermit entlassen, alle auf ihre Posten!«

Kein einziger Mensch in ganz Barrow schien noch zu überlegen oder Widerworte zu geben. Das hier waren jetzt keine Jäger mehr – es waren Soldaten. Und sie sollten das verteidigen, was ihnen am wichtigsten war.

»Wir sehen uns in ein paar Stunden wieder«, sagte ich zu Juliet, die mir in den Arm gesprungen kam. Sie versuchte stark zu sein, doch es fiel ihr sichtbar schwer. »Victor und seine Männer sind aus Chicago losgefahren, als wir am Mt. Bishop waren. Und da wir zu viel Zeit verloren haben, werden sie vermutlich schon in den nächsten Minuten hier aufkreuzen. Das hier wird schon bald vorüber sein.«

XLVIII

Es vergingen weniger als 60 Minuten nach meiner Ansprache, als die Stimme eines Jägers durch das ganze Dorf brüllte: »Konvoi am Horizont! Sie sind hier!« Von der Spitze des Kirchturms aus überblickte ich ein letztes Mal die einzelnen Positionen. Wir hatten Soldaten an jedem dafür vorgesehenen Punkt positioniert. Es standen alle richtig. Sollte es einen Moment geben, in dem wir bereit waren, so war es dieser. Und der Konvoi rollte immer näher. Durch mein Zielfernrohr erspähte ich – durch Nebel und Schnee – rund vier Jeeps, zwei Mustangs und einen Transporter. Sie waren allesamt voll besetzt. »Sie teilen sich auf!«, brüllte ich vom Kirchturm herunter, als ich sehen konnte, dass sich die beiden Mustangs aus dem Konvoi entfernten und die Stadt seitlich belagern wollten. Noch hatten sie uns nicht gesehen. Noch hatten wir die Chance auf das Überraschungsmoment, aber wir mussten noch warten. Es waren nur noch wenige Meter verbleibend, ehe die Jeeps und der Transporter das C4 passieren würden. Und drei... zwei... eins... »Zündet die Sprengsätze!«, schallte meine Stimme durch ganz Barrow. Und durch mein Zielfernrohr konnte ich erkennen, wie zwei der

Jeeps und der ganze Transporter in Flammen aufgingen. Wenige Sekunden später stürmten schwer gepanzerte und noch schwerer bewaffnete Soldaten aus der Lade des Transporters heraus, während die beiden übrig gebliebenen Jeeps weiter in Richtung der Stadtmitte rasten. »Panzerfaust auf die Jeeps«, schrie ich und hoffte, dass mich die Raketenschützen auf den Dächern unter mir hören konnten. Noch im selben Augenblick flogen die Projektile und die beiden Jeeps gingen in die Luft – es gab keine Überlebenden. »Ihre Front rückt an! Beim Transporter!«, hörte ich einen unserer tapferen Jäger schreien. Und sogleich ergänzte ich: »Eröffnet das Feuer! Macht sie nieder!« Ich hob meine Waffe an und ging zur anderen Seite der Kirchsturmspitze, um mich dem ersten der Mustangs zuzuwenden. Ich feuerte den ersten Schuss, gezielt auf den Fahrer, der noch im Wagen verweilte. Doch ich traf nicht. Ich hatte meine Kräfte nicht mehr. Jetzt war ich so verwundbar wie jeder andere Kämpfer auch – doch genau das war ich; Ein Kämpfer. Ich wurde als Überlebender erzogen. Einen weiteren Blick riskierte ich durch das Zielfernrohr und drückte ab. Treffer. Der Fahrer war ausgeschaltet und drei weitere Personen stiegen aus dem Fahrzeug. Zwei von ihnen waren mit LMGs ausgerüstet, der dritte trug eine Schrotflinte. Letzterer sprintete sofort in Deckung und rannte zwischen den Hütten in Richtung des Zentrums. Meine Waffe richtete ich stattdessen auf einen der LMG-Schützen, der hinter dem Mustang in Deckung gegangen war. Mein Schuss landete genau in seinem Hals und er fiel sofort tot um – doch das war kein Sieg. Denn ich hatte auf den Kopf gezielt. Ich wusste nicht, wie ich diesen Krieg ohne meine Fähigkeiten gewinnen sollte. Aber es war der einzige Weg.

Der zweite Soldat aus dem Mustang schoss derweil auf mich – ich wurde entdeckt. Die Kugel flog nur knapp an mir vorbei und traf die Glocke des Kirchturms. Sie schallte durch die ganze Stadt. Jetzt wusste jeder von ihnen, wo ich mich befand. Und dafür erhielt dieser Mistkerl einen glatten Kopfschuss zwischen die Augen.

Ich hechtete zurück zur anderen Seite des Turms und versuchte, mir erneut einen Überblick zu verschaffen. Doch mir regneten die Kugeln förmlich entgegen. »Sie stürmen den Kirchturm! Haltet sie auf!«, rief einer der Jäger den anderen zu. Ich legte mein Scharfschützengewehr beiseite und griff zur Schrotflinte, ehe ich die Treppe herunter hastete. Zwei von ihnen kamen mir bereits entgegen; Doch die Steigung der Treppe verlief im Uhrzeigersinn, die Senkung dementsprechend gegen den Uhrzeigersinn. Das gab mir als Rechtshänder den Vorteil, meine Waffe zuerst auf sie richten zu können. Ich schaffte es, beide von ihnen mit der gewaltigen Streuung meiner Waffe auszuschalten – mit nur einem Schuss. Dann rannte ich weiter und ging vor der Kellertür in Position. Drei weitere von ihnen stürmten durch die Tür der Kirche und in die Halle. Einer von ihnen erhielt einen Kopfschuss von hinten, doch die übrigen beiden teilten sich auf. Einer von ihnen lugte kurzerhand hinter einer Bank hervor und ich feuerte, doch traf ihn nicht. Der zweite von ihnen hechtete derweil auf mich zu – und dafür kassierte er eine Ladung Schrot und ging an Ort und Stelle zu Boden. Dann hörte ich eine laute, heisere Stimme von draußen hereinschallen: »Sie haben Kaskae getötet!« Ich sprang aus meiner Deckung hervor und verpasste auch dem nächsten Soldaten, der sich noch in der Kirche aufhielt, eine Kugel.

Dann trat ich die Tür nach draußen auf und geriet unter starken Beschuss. Ein Streifschuss traf mich am linken Arm und ich sprang die Treppe zur Kirche herunter, um hinter der nächsten Hütte in Deckung gehen zu können. Vier weitere Soldaten rannten auf die Kirche zu. Aus dem Hinterhalt erledigte ich sie alle – mit nur drei Schüssen. Ich kroch vorsichtig hinter der Hütte hervor und warf einen Blick auf den Vorplatz; Er war von Leichen übersäht. Kaskae lag genau in der Mitte, zwischen all den anderen. Er tat mir leid. Doch er war ein alter Mann. Er muss gewusst haben, dass der Krieg nunmal seine Gefahren birgt. Ich denke, er war bereit, von uns zu gehen – solange das die Sicherheit seiner Stadt bedeutete. Und im Moment sah es so aus, als wäre diese gewährleistet. Denn der Leichenberg auf dem Vorplatz bestand zu geschätzten 70% aus feindlichen Soldaten. Es schien, als wären wir überlegen. Ich rannte zwischen den Hütten hindurch, in Richtung des Punktes, wo zuvor der zweite Mustang angehalten hatte. Nur ein einziger Soldat kam mir entgegen – doch er traf mich am Bein und ich sank zu Boden. Er kam langsam auf mich zu, seinen Lauf noch immer auf mich gerichtet.

Aber dann kam K'eyush aus den Gassen zwischen den Hütten hervorgesprungen und erledigte ihn mit einem Messer. »Wieso bist du nicht bei Juliet?«, rief ich ihm zu und es war schwer, inmitten des Schusswechsels überhaupt meine eigene Stimme hören zu können. »Der Keller wurde überrannt! Juliet ist in dein Auto gestiegen, sie versucht zu flüchten. Sie sagt, du sollst sie abholen und zwar am...« K'eyush wurde getroffen. Die Kugel einer Handfeuerwaffe durchbohrte seine Schulter, doch er schaffte es, in Deckung zu taumeln. Was hatte ich mir bloß dabei gedacht, mitten im Gefecht eine Unterhaltung zu spüren – das hier war Schach.

Doch es schien, als hätte ich die Regeln vergessen.

»Ich bin okay«, versicherte K'eyush und stand sogleich wieder auf den Beinen. Ich versuchte, es ihm gleich zu tun. Doch ich konnte bestenfalls nur noch humpeln. Ich lugte aus der Deckung hervor und erschoss den Soldaten, der zuvor K'eyush verwundet hatte. Dann stützten wir einander gemeinsam auf und humpelten – Arm in Arm – in Richtung der Straße. »Wir können jetzt nicht aufgeben, Bruder«, versuchte ich, ihm klar zu machen. Doch er stöhnte nur.

Nach einigen Metern erreichten wir die Straße und wurden – wundersamerweise – nicht noch einmal getroffen. Doch da waren wir scheinbar die einzigen; Am Himmel rückte ein gigantischer Apache an. Und er war bemannt mit zwei Geschützen. »Das muss Victor sein!«, sagte ich zu K'eyush. Dann ließ ich ihn zu Boden sinken und versuchte, allein weiter zu rennen. Ich hastete zur Panzerfaust eines gefallenen Raketenschützen und hob sie auf. Es blieb nicht viel Zeit, denn schon bald würde der Helikopter weitere Soldaten abseilen. Also legte ich die Panzerfaust an und nahm diesen Todbringer ins Visier. Doch mein Schuss verfehlte. »Los, runter!«, brüllte K'eyush hinter mir und sprang mich an, um mich zu Boden zu stoßen. Wir wichen gerade so einer weiteren Kugel aus und K'eyush schaffte es, sich am Boden herumzuwälzen, ehe der ein weiteres Mal getroffen wurde. Dann setzte er selbst den nächstes Schuss ab und traf den Bastard genau zwischen die Augen. Ich versuchte mit allen Kräften, wieder aufzustehen und die Panzerfaust zu greifen. Ein weiteres Mal legte ich sie an meine Schulter an und zielte – Feuer. Doch ein weiterer Schuss ging daneben. »Lade die Waffe nach!«, rief ich zu K'eyush und warf ihm die Panzerfaust zu. Derweil humpelte ich zwischen den Hütten hervor auf die Straße. In der Ferne konnte ich das Sonnenlicht am roten Lack meines Autos abblitzen sehen. Und ich wusste, dass Juliet am Steuer war.

Der Apache drehte ab und schien ihr nachzufliegen. Ich humpelte ihnen nach, doch es gab keine Möglichkeit, schnell genug zu sein – solange, bis Arluk und Jolak auf zwei Schneemobilen angerast kamen und direkt neben uns Halt machten. »Wir brauchen die Mobile!«, befohl ich ihnen. Es war keine Zeit zum Überlegen, daher stimmten sie sofort zu. K'eyush rannte mir mit der Panzerfaust hinterher und schwung sich zeitgleich auf eines der Schneemobile. Ich tat es ihm gleich. Nur eine Sekunde später machten wir uns auf den Weg – hinter Juliet und dem Apache her. Ich zückte eine Pistole und versuchte, einhändig zu fahren. Es erwies sich als schwer – nur wenige Tage zuvor hätte ich das mit Leichtigkeit geschafft. Aber jetzt war ich ganz auf mich selbst angewiesen, ohne meine Kräfte.

War ich ein Krieger mit besonderen Fähigkeiten? Oder waren es erst die Fähigkeiten, die mich zum Krieger machten?

Auf dem Weg feuerte ich mehrere Schüsse in Richtung der feindlichen Soldaten, an denen wir vorbei schnellten. Doch nur die wenigsten trafen ihr Ziel.

Mittlerweile hatten wir die Hütten Barrows hinter uns gelassen und schnellten auf den Point Barrow zu. Juliet konnte nicht gewusst haben, dass es in die Richtung nicht weiter geht. In nur wenigen Metern stünde sie an einer gigantischen Klippe, die direkt ins arktische Meer ragte. Doch wir kamen ihr immer näher. Das Auto war diesen Witterungsbedingungen schlichtweg nicht gewachsen. Unsere Schneemobile jedoch schon – und leider auch dieser verfluchte Apache.

Juliet driftete den Wagen in einem 180° Winkel herum, als sie begann, die Klippe sehen zu können. Sie hatte allmählich gemerkt, dass sie in der Falle saß. Und jetzt kam ihr der Apache noch schneller näher. »Ethan!«, brüllte K'eyush mir zu. Ich sah zu ihm rüber und noch bevor ich mich darauf vorbereiten konnte, warf er mir die Panzerfaust rüber. Es war reine Glückssache, dass ich sie fangen konnte. Auch der Helikopter drehte jetzt ab – und er eröffnete das Feuer auf uns und auf Juliet. Sein Steuerbord-Geschütz war einzig und allein meinem Auto gewidmet, in dem sie saß, während das Geschütz auf Backbord nach K'eyush und mir schoss. Ich sah vor mir, wie mein geliebter '93er Del Sol VTi in Flammen aufging. Juliet schaffte es gerade noch, herauszuspringen und dahinter in Deckung zu gehen. Doch schon bald würde der Wagen explodieren. Und dem Apache war sie schutzlos ausgesetzt. »Hol den Vogel runter, Ethan!«, brüllte K'eyush mir zu. »Ich kümmer mich um Juliet!« Dann drehte er ab und entfernte sich von mir.

Er merkte gar nicht, dass ich getroffen wurde. Ein sauberer Schuss in die Schulter, nahe meiner Kehle. Das Schneemobil rutschte mir unter den Beinen weg und explodierte, als es nur wenige Meter von mir entfernt war. Ich schlitterte eine beträchtliche Strecke über das frische Eis. Das erschwerte es dem Helikopter, mich zu treffen. Aber während ich da tatenlos und schutzlos entlang schlitterte, wurde mir klar: Ich musste schießen. Und zwar jetzt. Ich würde keine Zeit mehr haben, die Waffe überhaupt noch nachzuladen. Dieser eine Schuss musste sitzen.

Ich betete dafür, meine Fähigkeiten nur ein letztes Mal zurück zu kriegen. Doch es gelang mir nicht. Ich wurde langsamer und langsamer und schon bald würde ich schlichtweg auf dem Eis liegen bleiben. Dann wäre ich Matsche.

Ich drehte mich während des Rutschens auf den Rücken und versuchte, die Waffe anzulegen. Aber der Schaft kratzte über den Boden und hielt nicht still. Ich musste es dennoch riskieren und drückte ab. Im selbigen Moment rutschte ich über einen messerscharfen Stein, schnitt mir den Rücken auf und verzog die Waffe, noch bevor die Rakete aus dem Lauf austreten konnte.

Und Treffer.

Ich kam zum Stillstand und wälzte mich einen Augenblick in meinem eigenen Blut. Ich hatte zwei Kugeln und einen Schnitt abgekriegt. Lange würde ich nicht mehr mitmachen. Doch der Apache ging zu Boden und explodierte beim Aufprall. Er zersprang in tausend Stücke.

Es war die Chaos-Theorie. Ein weiteres Mal. Nur diesem winzigen Stein – diesem scheinbar so kleinen, unbedeutendem Objekt – hatte ich die Rettung der Stadt zu verdanken. Und noch viel mehr die Rettung meiner Verlobten.

K'eyush und Juliet kamen auf dem Schneemobil angerast. Ich versuchte aufzustehen, doch es gelang mir nicht. »Haut ab, bringt euch in Sicherheit! Wir haben das schlimmste überstanden, aber... ich schaff's nicht.« Ich hatte erwartet, dass Juliet anfangen würde, zu weinen. Doch sie tat es nicht. Es war alles zu surreal für sie. Sie war nicht im Kampf aufgewachsen – und schon gar nicht im Krieg. Ich konnte ihr ansehen, dass sie unter einem enormen Schock litt. »Ethan, wir bringen dich jetzt hier raus«, sagte K'eyush. Doch dann gerieten wir erneut unter Beschuss und Juliet wurde ins Bein getroffen. Ich blickte ungläubig zum Wrack des Helikopters. Und für einen Augenblick hatte ich vergessen, Schach zu spielen. Ich hatte vergessen, dass man den gegnerischen König nicht einfach töten kann. Nein, man muss ihn in eine unentkömmliche Lage bringen. Man musste ihn so einstellen, dass er sich nicht mehr bewegen könnte. Erst dann wäre das Spiel gewonnen. Doch ohne meine Kräfte glaubte ich scheinbar, das reine Töten würde ausreichen – nicht bei Victor.

Er trat aus dem Wrack des Apache hervor, scheinbar komplett unverwundet. Ich lag noch am Boden und konnte mich nicht bewegen. Und Juliet ging es genau so. Selbst jetzt schaffte sie es nicht, zu weinen oder zu schreien. Sie war derart vollgepumpt mit Adrenalin, dass der Schock sie überwältigte. Sie würde vermutlich nicht einmal mehr antworten können, wenn ich sie jetzt ansprechen würde.

»Du bist also Victor, schätze ich?«, rief K'eyush ihm zu. Er trug keine Waffe mehr bei sich. Es hätte keine Möglichkeit gegeben, außer um Gnade zu winseln. Doch dafür war er zu stolz. Und ich auch.

»Victor, Herrscher, Gott... Nenne mich, wie du willst, Mr. Eskimo«, entgegnete er in einem provokanten Ton.

»Ethan...« flüsterte mir Juliet zu, die nur wenige Zentimeter von mir entfernt blutend am Boden lag. »Ich hatte nie vor, zu flüchten. Ich hatte den

Helikopter scheinbar als erste gesehen, da habe ich...« Sie hustete für eine Weile und das übertönte, was Victor und K'eyush miteinander redeten. »Ethan, ich wollte ihn eigenhändig jagen und töten. Ich habe den Colt eingesteckt.«

Ich hatte gehofft, dass sie soweit mitgedacht hätte. Aber ich hätte es nie im Leben erwartet.

In den vergangenen Monaten hatte ich Juliet zu einer Kriegerin gemacht. Und sie war kein bisschen weniger kämpferisch als ich. Auch, wenn sie den offenen Kampf noch nie erlebt hatte und jetzt zitternd am Boden lag – sie war stärker, als ich es mir je erhofft hatte.

Ich malte mir aus, wie wir zurück nach Barrow kämen und im Jubel empfangen werden. Die Leute würden mich und K'eyush feiern, doch das erste, was ich ihnen sagen würde, wäre, dass wir allein Juliet diesen Sieg zu verdanken hatten.

Denn auch, wenn wir beide blutend am Boden lagen – wir hatten es fast geschafft.

»Wie war das?«, wurden wir von ihm unterbrochen. »Ein Colt? Ein kleiner, popliger Revolver? Mensch, ihr lernt auch nie, oder?« Er holte einen Teleskopschläger raus und schlug K'eyush zu Boden. Doch Juliet reichte mir die Waffe mit der geladenen Hollow-Point. In ihr versteckt wurde von Arluk das Heilmittel.

Ich richtete den Colt auf Victor. Doch er lachte mich lediglich aus. »Wann raffst du's endlich, Ethan? Du kannst mich nicht töten«

»Das hier ist für meine Eltern«, hustete ich.

»Du kannst mich nicht töten!«

»Und für Bobby!«

»Nimm die Waffe runter, du machst dich lächerlich, Ethan!«

»Und für Lonney!«

»Bla, bla, halt die Klappe, ja?«

»Und für Tremblay! Und Kaskae! Und für ganz Barrow! Aber am meisten ist das hier für Joey, du Mistkerl!«

»Was zur Hölle hast du vor?«

»Sic Parvis Magna, du Hurensohn.«

Ich hämmerte den Abzug zurück und es fühlte sich an, als würde mir der Rückstoß den Arm brechen – mein Körper war völlig zerstört. Doch ich sah, wie Victor zurück schreckte. Die Kugel traf genau in sein Herz. Sie konnte ihn nicht töten – noch hatte er schließlich seine Kräfte. Doch das Heilmittel verbreitete sich bereits.

»Was ist das? Was habt ihr gemacht?«, fragte er zögerlich. »Alles dreht sich, was passiert hier?« Ich grinste ihm stolz entgegen. »Das ist das Heilmittel, du Mistkerl. In ein paar Sekunden bist du so verwundbar wie wir alle. Sieht aus, als hätten wir dich im Schach-Matt«, erklärte ich ihm und lachte dabei. Das Lachen zerriss mich beinahe. Jede kleines Anspannung in meinem Körper konnte jetzt tödlich sein – ich hatte zu viel Blut verloren.

»Das glaubst auch nur du, Ethan. Vielleicht bin ich jetzt geheilt, aber wie wollt ihr mich jetzt töten? Ihr seht alle drei aus, als würdet ihr gleich selbst das zeitliche segnen!«

Das war der einzige Schachzug, den ich nicht bedacht hatte. Aber vielleicht war mein Leben gar kein Schachbrett mehr. Denn Schach war ein Spiel, das man nur eins-gegen-eins spielen konnte. Man war ganz allein für seinen Sieg oder seine Niederlage verantwortlich. Doch jetzt war ich nicht mehr allein.

»Wir töten dich mithilfe des Vitek-Syndroms, du Wichser«, hustete K'eyush hervor.

»Wie meinst du das? Ich bin geheilt, hast du denn nicht aufgepasst?« Victor war sichtbar verunsichert. Er bemühte sich erst gar nicht, das zu verstecken. Aber dennoch verhöhnte er K'eyush für das, was er gerade gesagt hatte.

»*Ich* habe das Syndrom, Victor«, ergänzte K'eyush sogleich. »Und ich habe auch eine besondere Stärke. Ich habe eine sehr intensive Bindung zu meinen besten Freunden, weißt du?«

Victor sah sich ängstlich um. Ich glaube, er wusste, dass wir noch einen letzten Trumpf im Ärmel hatten.

»Ich sehe hier keine Menschenseele, außer euch drei armseeligen Idioten!«, rief Victor. Seine Stimme schallte quer über den Point Barrow, als wollte er versuchen, noch andere Leute damit anzusprechen, falls denn welche dort wären. Aber er hatte recht. Außer uns gab es keine Menschen in der Umgebung.

»Vielleicht solltest du ja erstmal wissen, wer meine besten Freunde sind! Ich bin oberhalb des nördlichen Polarkreises aufgewachsen. Ich habe nie ein anderes Leben gekannt. Ich habe mich...« K'eyush hielt kurz inne. »Sagen wir einfach, ich habe mich adaptiert.« Dann holte er tief Luft und begann, zu brüllen: »Nanuq! Hier her, jetzt wäre ein guter Zeitpunkt!«

Ich dachte für einen Augenblick, K'eyush würde halluzinieren. Doch er hatte einen Plan und das glaubte ich ihm, denn bei mir war es nie anders, als ich noch das Vitek-Syndrom hatte.

Victor blickte ein weiteres Mal panisch um sich, doch er konnte niemanden sehen.

»Darf ich vorstellen? Das ist mein bester Freund, Nanuq«, fügte K'eyush dann hinzu. Zum letzten mal drehte Victor sich herum – und ihm kam ein gigantischer, majestätischer Eisbär entgegen gesprungen. Nanuq holte mit der rechten Kralle aus und schlug Victor sauber den Schädel vom Hals. Sein Körper – beziehungsweise das, was noch davon übrig war – sank zu Boden und sein abgeschlagener Kopf kullerte vor unseren Augen.

»Guter Junge«, sprach K'eyush zu seinem Eisbären. Er war größer als alle Eisbären, die ich je zuvor gesehen hatte. Und erst recht war er stärker – hundert Mal stärker.

»Jungs, ist bei euch alles okay?«, funkte ich nach Barrow. Und schnell kam eine Antwort: »Ethan, du lebst? Wir haben gewonnen! Sie sind alle tot! Es hat uns Verluste gekostet, aber Barrow ist sicher! Wir sollten...« Ich musste ihn unterbrechen: »Evac. Jetzt sofort. Wir haben keine Zeit zu verlieren.« Meine Worte verstummten mit jedem Laut, den ich von mir gab. Ich warf einen Blick zu Juliet – sie lebte. Doch noch bevor ich sie ansprechen konnte – ihr sagen konnte, wie sehr ich sie liebte – wurde ich bewusstlos.

XLIX

Aufgewacht. Ich wusste nicht, wo ich mich befand. Aber ich sah eine hölzerne Decke über mir. Dann trat eine Gestalt im weißen Kittel neben das Bett. Ich konnte kaum glauben, welches Gesicht ich da sah. »Tremblay? Ich dachte, sie wären tot?«, fragte ich ihn. Er streichelte sich kurz durch seinen Bart und musste dann schmunzeln. »Hat Victor das erzählt, ja? Nun, er hat mir ordentlich eins übergebraten. Aber ich bin nur kurze Zeit darauf wieder aufgewacht, Mr. Widow.« Ich sah mich im Raum um. Ich befand mich in der Kirche von Barrow und um mich herum lagen zahlreiche Betten, Matratzen und Liegen. Es schien, als hätte man den Kirchensaal nach dem Gefecht zu einer spontanen Krankenstation umgebaut. »Nachdem ich wieder aufgewacht war, machte ich mich sofort auf nach Barrow. Bevor Victor glaubte, mich zu töten, hatte er mir seinen gesamten Plan offenbart. Ich wusste, dass es Verletzte geben würde. Also dachte ich mir, die Stadt könnte einen Doktor gebrauchen, stimmt's?« Ich schloss die Augen und lächelte der Decke empor. Wir hatten es tatsächlich geschafft. »Wo ist Juliet? Und wo ist K'eyush?«, fragte ich ihn. Seine Mundwinkel fielen fast bis auf sein Kinn herab und er senkte den Blick. »Ihrer Verlobten geht es gut. Sie holt Ihnen gerade eine Tasse Tee, sie müsste jeden Augenblick hier sein. Aber K'eyush... es tut mir leid, Mr. Widow. Er hat es nicht geschafft. Victor hatte ihm einen ordentlichen Schlag auf den Kopf verpasst und er starb wenige Minuten später an innerer Blutung. Es tut mir schrecklich leid.« Ich verzog die Miene und fing an, zu weinen. Juliet kam zu mir, um mich zu trösten. Sie reichte mir eine heiße Tasse Tee und ich nahm sofort einen großen Schluck. Aber ich hatte dennoch ein ungutes Gefühl. Ich fühlte mich, als wäre es noch nicht vorbei. Doch wahrscheinlich war das nur der Schockzustand, in dem ich mich befand.

»Wir haben es geschafft, Liebling«, flüsterte Juliet in mein Ohr. »Wir haben Victor getötet, eine Heilmittel für Autismus entwickelt und eine ganze Stadt gerettet! Meinst du nicht, das ist ein Grund, eine etwas bessere Stimmung aufzulegen?« Sie hatte recht mit dem, was sie sagte. Aber es änderte nichts daran, dass dieser Kampf zu viele Leben gekostet hatte.

»Ich will nur noch zurück in unsere Hütte, ja? Ich muss mich ausruhen. Lass uns doch einfach das ganze Wochenende über schlafen, okay?«

Juliet musste lachen. Sie war es nicht gewohnt, dass ausgerechnet ich eine Pause brauchte. Aber um ehrlich zu sein, war eine Pause längst überfällig. Ich versuchte langsam und vorsichtig, mich aus dem provisorisch gebauten Krankenbett zu erheben. Und nach einigen Sekunden hatte ich es geschafft und ging in Richtung des Docs, ehe wir die Kirche verlassen wollten.

»Vielen Dank, Doc. Für alles«, sagte ich ihm und er nickte mir anerkennend zu. »Ich stehe auf ewig in Ihrer Schuld.« Ich reichte ihm die Hand. Dann verließen Juliet und ich die Kirche.

Es tat gut, unsere Hütte schon von weitem zu sehen. Langsam, aber sicher traten wir darauf zu. Sie schien nicht beschädigt worden zu sein. Anders, als die meisten Hütten in Barrow. Und ich wusste nicht, ob ich das gut oder schlecht finden sollte. Ich fand es irgendwie verdächtig.

»Was ist los, Baby?«, fragte Juliet mich, als wir die Stufen zur Haustür heraufgingen.

»Ich weiß nicht, es ist einfach...«

Der Sprengsatz explodierte, noch bevor ich meinen Satz beenden konnte. Ich sah zu, wie mein rechtes Bein wegflog. Es landete direkt neben Juliet's leblosem Körper. Ihr lief das Blut aus dem Schädel und sie hatte beide Arme verloren. Sie war tot. Zweifellos. Ich spürte, wie mein Körper langsam abschaltete. Dann blickte ich dem Licht entgegen, als würde ein Engel heraustreten. Ich sah mein Leben an mir vorbei ziehen. Und plötzlich wurde alles schwarz.

???, ???
???

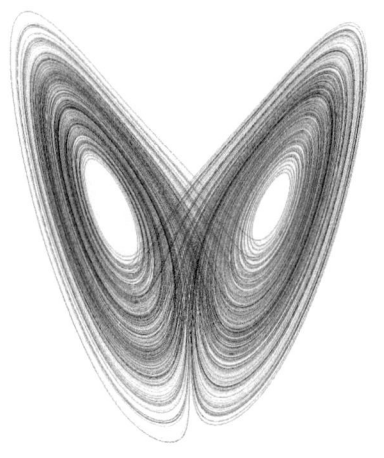

??. ??? ????

L

»Und so bin ich hergekommen, Sir. Es fing alles an mit dieser jämmerlichen Diagnose, vielen, vielen Jahren. Und es endete mit dem Sprengsatz in unserer Hütte.« Die Gestalt sieht mich dankbar an. Er – oder sie – freut sich, dass ich meine Geschichte offenbare. Ich hatte kein Detail ausgelassen. »Darf ich jetzt erfahren, wer Sie sind?«, frage ich. Die Gestalt löst sich in Luft auf. Und plötzlich lässt das grelle Licht im Raum nach und ich erkenne, dass es kein Raum ist. Ich hatte über mehrere Tage hinweg meine Lebensgeschichte an diesem Ort erzählt. Aber erst jetzt sehe ich, wo ich mich befand:

Ich sehe einen langen Pfad aus Wolken. Und um mich herum strahlt ein schimmerndes hellblau in meine Augen. Über mir liegt lediglich die Sonne, die am Himmelszelt glitzert.

»Du bist im Himmel, Ethan.« Ich sehe mich um und kann es kaum glauben. Aber letztendlich erscheint es doch bloß plausibel – ich bin tot. Und diese Gestalt – ist das Gott?

»Ja, richtig geraten. Auch, wenn es genügend Leute gibt, die mich mit anderen Namen ansprechen.« Ich sehe ihn an und versuche, durch sein langes, weißes Gewand hindurch zu blicken. Doch es geht nicht. Sein Gesicht ist verzerrt. Er will nicht, dass es irgendjemand sehen kann.

»Hat es funktioniert? Ist Victor wirklich tot?«, frage ich Gott.

»Victor ist nicht mein Problem. Er ist jetzt in der Hölle. Er war ein böser Mensch, Ethan. Und er wird nie wieder auf die Erde zurückkommen«, erklärt er. Seine Stimme ist so wundervoll und beruhigend. Ich wünsche mir, jeden Abend eine Gute-Nacht-Geschichte von ihm zuhören. Ich fühle mich so sicher und warm.

»Aber warum bin ich nicht in die Hölle gekommen? Ich war auch ein böser Mensch?«, muss ich weiter nachbohren. Selbst durch sein langes, weißes Gewand kann ich erkennen, dass Gott anfängt, zu lächeln.

»Ethan, was ist besser; Als durch-und-durch gutherziger Mensch geboren zu werden... oder das innere Böse durch Liebe, Stärke und Beständigkeit besiegen zu können? Du wurdest auf den falschen Pfad geboren, Sohn. Doch du hast es geschafft, den richtigen zu finden« Er spricht mir gänzlich aus der Seele – wie sollte er das auch nicht tun, er ist schließlich Gott. Aber was hat all das zu bedeuten? Ich schlage die Hände vor dem Gesicht zusammen und beginne, zu weinen. Ich fühle mich wundervoll, hier im Himmel. Aber ich flenne trotzdem.

»Du weinst, weil Juliet tot ist, richtig? Aber Ethan, du wirst sie wieder sehen. Schon in ein paar Minuten darfst du zu ihr, hier oben im Himmel. Und dann könnt ihr euch das schönste Leben machen, das ihr euch vorstellen könnt.« Ich erhebe meinen Kopf aus den Händen und sehe ihn wieder an. Meine Miene ist kritisch und er weiß bereits, was ich denke. Aber ich sage es ihm trotzdem, direkt ins Gesicht:

»Das hier ist nur eine Lüge. Wozu ist der Himmel gut, wenn er bloß das widerspiegeln soll, was die Erde nie sein könnte. Und dann sollen wir hier oben hausen, als wäre nie etwas gewesen? Für mich das nicht nur eine Illusion, sondern eine Lüge!«

Er schwebt. Stück für Stück schwebt er auf mich zu und für einen Moment befürchte ich, er würde mich jetzt in die Hölle schicken. Aber dennoch fühle ich mich sicher und geborgen. Und dann ergreift er das Wort: »Ethan, du bist einer der gutherzigsten Menschen, die je an dieser Pforte standen. Und ich gebe dir eine zweite Chance.« Er hielt kurz inne, sah mich jedoch weiterhin an. »Du kannst zurück auf die Erde. Zurück ins Leben.«

»Wie soll das funktionieren? Wo ist der Haken?«, frage ich ihn. Ich weiß bereits, dass es einen Haken gibt. Und ich kann ihn mir sogar schon ausmalen.

»Es gibt zwei Möglichkeiten, dir diesen Wunsch zu erfüllen. Du wirst dich entscheiden müssen. Wenn du zurück auf die Erde gehst, gilt das nur für dich alleine. Alle Menschen, die du verloren hast – inklusive Juliet – werden nicht mehr da sein. Du kannst ein neues Leben anfangen, dir eine neue Freundin suchen, eine neue Familie. Du wirst niemals vergessen können, was in deinem bisherigen Leben passiert ist. Aber in nur wenigen Minuten könntest du auf deiner eigenen Beerdigung aufwachen und wieder leben, während dein Sarg noch in der Kirche liegt. Du würdest einfach heraussteigen und den Menschen erzählen können, was passiert ist. Dadurch würdest du sogar mir helfen, mehr Gläubige zu gewinnen. Es würde nunmal nie wieder so werden wie früher, wenn du dich für diese Wahl entscheidest. Aber immerhin würdest du wieder leben. Du kannst auferstehen, wie **Lazarus**«

Ich ziehe diese Möglichkeit in Betracht. Es würde immerhin bedeuten, dass ich zurück auf die Erde käme. Ich müsste keine Illusion leben. Aber ich wäre allein. Ich wäre gänzlich allein und ich weiß nicht, ob ich die Kraft habe, mir ein neues Leben aufzubauen. Ich muss es dennoch in Betracht ziehen, denn es bedeutete, die Wahrheit leben zu dürfen.

»Was ist die zweite Möglichkeit?«, frage ich ihn.

Er verschränkt die Hände ineinander, als würde er beten. Doch letztendlich soll das wohl lediglich darstellen, wie sehr er seine Worte betont. Schließlich ist er Gott und kann wohl kaum zu sich selbst beten.

»Die zweite Möglichkeit ist... ich drehe die Zeit zurück und schicke dich zu einem früheren Zeitpunkt zurück auf die Erde. Das bedeutet, du wirst leben. Sogar deine Eltern werden leben. Joey wird leben, Bobby wird leben, Kaskae wird leben, K'eyush wird leben... doch auch Victor wird dann wieder leben. Sie werden alle leben. Doch außer deinen Eltern und Joey wird dich niemand wieder erkennen, wenn du ihnen gegenüber trittst. Es wird sein, als wären sie in deinem bisherigen Leben schlichtweg dement gewesen. Du kannst dich an sie erinnern, aber egal was du tust, sie werden dich niemals wieder erkennen. Es wird sein, als hättet ihr euch nie gekannt. Aber du hättest deine Familie zurück. Natürlich kannst du dich auf die Reise machen und Juliet auch in diesem Leben suchen. Aber wer weiß, warum sie sich in deinem bisherigen Leben in dich verliebt hatte und ob sie es wieder tut? Selbst ein klitzekleiner Funke – die winzigste Änderung im Universum – kann enorme Folgen haben und könnte bedeuten, dass Juliet dich in diesem Leben nicht ausstehen kann. Das ist nunmal die **Chaos-Theorie**«

Auch diese Möglichkeit muss ich in Betracht ziehen. Es wäre der einzige Weg, sie alle zu retten. Ich musste so viel leiden, auf diesem Pfad, den ich die letzten 21 Jahre beschritten habe. Und das hier wäre womöglich die einzige Möglichkeit, um all das auszugleichen. Wenn alle wieder leben könnten, wäre es das Leiden wert gewesen. Doch es bedeutet auch, dass ich Juliet nie kennenlerne. Folglich könnte ich niemals ein Heilmittel für Autismus herstellen. Außerdem bedeutet dieser Weg ebenfalls, dass ich lediglich eine Illusion lebe. Könnte es wirklich die Realität sein, eine Zeitreise zu machen und von vorne zu beginnen? Ich ziehe die **Chaos-Theorie** jedoch ebenso in Betracht wie **Lazarus.**

»Gibt es denn keine dritte Möglichkeit?«, frage ich Gott. »Kannst du mich nicht durch die Zeit reisen lassen, aber genau fünf Minuten vor meinem Todeszeitpunkt wieder auskommen lassen? Dann könnte ich verhindern, dass Juliet und ich in die Luft fliegen!«

Gott schüttelt lediglich den Kopf und sein weißes Gewand schaukelt dabei hin und her. »Das Universum muss immer in der Balance bleiben, Sohn«, erklärt er mir dann. »Du kannst nichts gewinnen, ohne etwas zu verlieren. Wenn ich dich per Zeitreise zurückschicken soll, dann nur auf dem genannten Pfad der Chaos-Theorie«

Er sieht mir an, dass ich mich schwer tue. Ich bin meinerselbst bewusst, obwohl ich mich im Himmel befinde. Aber das hier ist eine unmögliche Entscheidung.

»Habe ich denn keine andere Wahl?«, hake ich ein weiteres Mal nach.

»Doch, die hast du. Du kannst den **Stairway to Heaven** beschreiten und hier oben bei mir bleiben. Hier im Himmel. Das wäre, was ich tun würde – was die meisten tun. Selbst, wenn du dich entscheidest, auf die Erde zurück zu gehen – egal, ob per **Chaos-Theorie** oder **Lazarus** – irgendwann wirst du erneut sterben. Und dann wird es keine andere Wahl mehr geben, als den Himmel.«

Er kommt erneut einen Schritt auf mich zu. Dann fasst er mir mit einem Finger an die Stirn und injiziert mir eine Art Vision; Ich sehe eine Bambushütte und gleich dahinter einen hölzernen Steg. Es liegen zwei Hausboote im Wasser, denen die Namen *Franklin* und *Bee* aufgepinselt sind. Dann zoomt Gott aus dem Bild heraus und offenbart mir, dass es Kuba ist, das er mir gerade zeigt.

»Das ist nicht wirklich Kuba, Ethan. Es ist der Himmel. Für jeden Menschen nimmt der Himmel eine andere Gestalt an. Stelle dir vor, der Himmel sei ein gigantisches Hotel und jeder hier oben hat die Luxus-Suite gebucht. Für dich und Juliet sieht diese aus wie Cienfuegos, ein kleiner, kubanischer Ort. Joey und seine Freundin Lonney werden dort bei euch sein. Und im Nachbarort wohnen deine Eltern. Ihr könntet alle ein wunderschönes Leben führen, wie ihr es euch immer gewünscht habt. Und zwar bis in alle Ewigkeit. Du musst dich nur dafür entscheiden. Für diesen Weg, diesen **Stairway to Heaven**.«

Er löst den Finger von meiner Stirn und sieht mich erwartungsvoll an.

»Woher weiß ich, dass die Juliet, mit der ich im Himmel-Kuba leben würde, auch tatsächlich die echte Juliet ist? Kann es nicht sein, dass sie ihre eigene Hotel-Suite gemietet hat und ich lediglich mit einer Halluzination – einer Attrappe – zusammen leben würde?«

Gott schüttelt den Kopf und beginnt so gleich, mir meine Sorge zu nehmen: »So funktioniert der Himmel nicht. Wäre das, wie es hier laufen würde, dann hätte es weitaus mehr Menschen gegeben, die zum Leben zurück erwacht wären. Aber selbst die klügsten Köpfe der Welt – dazu zählt auch Albert Einstein, der, wie du weißt, ebenfalls unter Autismus litt – wollten lieber hier bleiben. Und du kannst sicher sein: Derart intelligente Menschen hätten durchschaut, wenn ich sie hintergehen wollte. Aber hier oben im Himmel gibt es keine Lügen. Ich gebe dir mein göttliches Versprechen.«

Ich weiß, dass ich ihm glauben kann. Ich weiß es einfach, ganz sicher. Aber dennoch würde der Weg des **Stairway to Heaven** bedeuten, dass ich eine Illusion lebe. Die Welt sähe vielleicht aus, als wäre sie real. Und ich werde mich fühlen, als wäre ich in Kuba. Aber so wäre es nie wirklich und was werde ich wissen. Dennoch ist das hier die einzige Möglichkeit, Juliet wieder zu sehen. Auch, wenn es nur eine Illusion wäre.

»Bitte entscheide dich, Ethan«, spricht Gott.

Die Entscheidung

Ich kann diese Wahl einfach nicht alleine treffen. Ich bin nicht stark genug dafür – aber ich weiß, dass du bei mir bist. Ich konnte dich mit meiner Geschichte berühren und nichts macht mich glücklicher. Es freut mich, dass du bis an diesen Punkt bei mir geblieben bist. Aber jetzt musst du mir bitte ein letztes Mal helfen. Welchen Weg soll ich einschlagen?

Du entscheidest: Was soll ich tun?

Wenn du findest, ich sollte den Pfad des **Lazarus** gehen und aus dem Himmel auferstehen, lies weiter auf **Seite 547.**

Wenn du findest, ich sollte den Pfad der **Chaos-Theorie** gehen und eine Reise in frühere Zeiten wagen, lies weiter auf **Seite 555.**

Wenn du findest, ich sollte den **Stairway to Heaven** beschreiten und zu all meinen Geliebten in den Himmel gehen, lies weiter auf **Seite 561.**

Das Ende

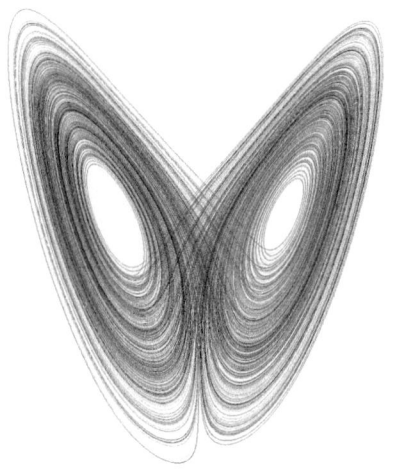

Lazarus

Meine Muskeln sind schwach. Ich erinnere mich daran, dass ich als Kind unter regelmäßiger Schlafparalyse litt. Und ich muss den Trick auch dieses Mal anwenden. Ich stelle mir vor, mein Arm wäre ein Faden. Vor meinem inneren Auge sehe ich, wie er größer und dicker wird. Langsam nimmt er eine Form an. Ich sehe, wie eine Hand am Ende des Fadens wächst. Dann wird der Faden hautfarben und ich beschließe, all meine Kraft in diesen einen Muskel zu setzen. Und es funktioniert. Ich erhalte die Kraft über meinen Körper zurück und schaffe es, die Augen zu öffnen. Vorsichtig setze ich meinen Rücken gerade und höre ein Kreischen. »Er lebt! Oh mein Gott!«, dringt eine laute, hohe Stimme an mein Ohr. Ich liege in einem Sarg, inmitten einer Kirche. Und es ist nicht irgendeine Kirche – es ist die Kirche in Barrow, Alaska. Ein Pfarrer steht direkt neben mir und kann kaum glauben, was er sieht. Er betet ein schnelles *Vater unser* und nähert sich mir dann langsam an.

»Gott hat mich zurück geschickt, Vater«, sage ich zu ihm und plötzlich schwindet der überraschte Ausdruck von seinem Gesicht.

»Natürlich. Ich habe es mir gedacht. Die Zeichen waren korrekt, ich habe sie alle lesen können.« Dann wendet er sich wieder der Menge zu, die mittlerweile alle aus ihren Bänken aufstehen. »Das ist die Macht Gottes, Bürger von Barrow! Sehet an, was er vollbracht hat! Er hat uns Ethan

Widow wieder gegeben – den Retter der Stadt!« Es dauert einen Augenblick, ehe die Menschen im Saal verstehen, was überhaupt gerade passiert. Aber dann fangen alle zeitgleich an zu jubeln.

»Ja, freut mich auch, euch alle wieder zu sehen«, rufe ich in den Saal, ehe ich mich aus dem Sarg erhebe und dem Pfarrer etwas ins Ohr flüstere: »Sagen Sie... ist Juliet auch wieder da? Lebt sie?« Er sieht mich mit einem traurigen Blick an, als würde er sich gar nicht trauen, weiter zu reden. Aber er tut es dennoch: »Es tut mir leid, Ethan. Juliet wurde bereits gestern eingeäschert. Und die Zeichen besagten...« Er hielt kurz inne. »Es tut mir so schrecklich leid. Aber Juliet wird nicht zurückkommen.«

Ich nehme mir keine Sekunde Zeit, ehe ich die Kirche verlasse. Ich gehe zurück zur Hütte, in der ich nur kurze Zeit vorher gestorben war. Und erst jetzt dämmert es mir. Ich brauchte einen Moment, um das alles zu realisieren, doch so plötzlich wird alles klar und deutlich.

Ich sehe vor meinen Augen, wie die Hütte in Schutt und Asche liegt. Überall sind bloß zerbrochene Holzteile. An einigen Stellen sind sie verbrannt, an anderen Stellen jedoch sind sie mit Blut verschmiert.

»Du kannst eine Weile in meinem Gästezimmer wohnen, Ethan«, dringt eine Stimme von hinten an mein Ohr. Ich drehe mich herum und freue mich, ihn zu sehen. Wenigstens er scheint noch zu leben.

»Danke Arluk. Ich weiß das wirklich zu schätzen«, antworte ich ihm dann.

»Aber es gibt da noch eine Kleinigkeit, um die ich dich bitten möchte. Nunja, ich... ich wurde zum neuen Bürgermeister von Barrow gewählt, nachdem Kaskae verstarb. Ich möchte, dass du meine Stelle übernimmst. Den Bürgern wäre es eine Ehre«, fügt er hinzu und sieht mich erwartungsvoll an.

»Mir auch. Ich werde das Amt gerne entgegen nehmen. Aber jetzt brauche ich einen Moment für mich. Haben wir hier noch irgendwo ein Schneemobil rumstehen?«, frage ich ihn und er deutet sogleich auf eines der Schneemobile, die den Angriff überstanden hatten.

»Da habe ich Verständnis für, Ethan. Nimm dir so viel Zeit, wie du brauchst. Und morgen ist ein neuer Tag.«

Ich drehe ihm den Rücken zu und gehe über das Eis in Richtung des Schneemobils.

»Da ist noch etwas«, rief er mir dann hinterher. »Es, äh... Ethan, es tut mir leid, wegen Juliet. Ich weiß, dass du sie sehr geliebt hast. Aber eines Tages wirst du in den Himmel kommen. Und dann siehst du sie wieder. Versprochen.«

Ich starte den Motor und drehe am Gas, ehe das Schneemobil mich über das glatte Eis Alaskas in die Ferne trägt. Ich fahre zwischen den Hütten durch und gelange schlussendlich an die Spitze des Point Barrow. Nicht weit von mir entfernt kann ich sehen, wie ein Rotorblatt aus dem Boden ragt. Nur wenige Tage zuvor hatten Juliet, K'eyush und ich an dieser Stelle die Stadt gerettet. Und es ist bedrückend, wieder hier zu sein. Doch ich bin stark.

Ich gehe zur absoluten Spitze des Ortes und setze mich an die Klippe. Meine Beine baumeln herunter und ich bin nur Zentimeter von der eisigen Kälte des Polarmeers entfernt.

Ich denke nach. Ich denke an all das, was wir erreichen konnten. Wir hatten es geschafft, ein Heilmittel für Autismus zu entwickeln. Und die Welt würde es mir danken, dessen bin ich mir bewusst.

Manchmal muss man eben Opfer bringen. Und das weiß ich jetzt. Ich bin jetzt ein anderer Mensch – ein stärkerer Mensch. Das Leben würde mir noch einige Jahrzehnte schenken und diese würden nicht einfach werden. Aber ich habe jetzt gelernt, dass alles einen Sinn hat. Ich bin gewappnet, für alles, was noch kommen mag. Und eines Tages sehe ich die Liebe meines Lebens in Himmel wieder. Doch bis dahin bin ich verwitwet. Bis dahin bin ich **Widowed**.

Das Ende

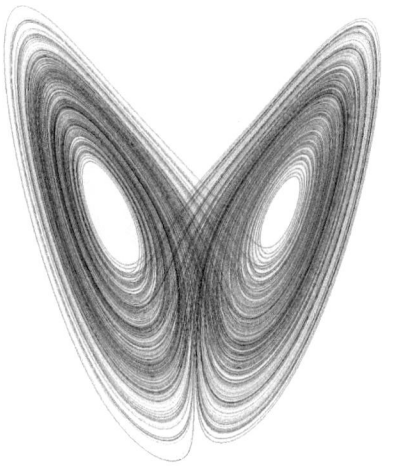

Chaos-Theorie

Aufgewacht. Ich sehe mich in meinem Zimmer um und erkenne es sofort wieder: Ich bin in Loverich, wo ich aufgewachsen bin. Bis zu meinem 14. Lebensjahr hatte ich dort gelebt. Und jetzt bin ich wieder hier. Ich versuche aufzustehen und erwarte, dass es mir schwer fallen würde. Doch so ist es nicht. Ich habe all meine kindliche Energie wieder. Vorsichtig und voller Panik gehe ich zum Spiegel und schaue hinein.

Es ist tatsächlich wahr. Ich sehe aus, wie mein 10-jähriges Ich. Interessiert erkunde ich mein Zimmer um herauszufinden, welches genaue Datum es ist. Auf einem Kalender lese ich dann:

20. Juli 2008

Das bedeutet, es ist kurz bevor ich auf die weiterführende Schule kommen soll. Ich erinnere mich noch daran, was damals alles dort passiert war. Und jetzt habe ich die Chance, das alles zu vermeiden. Ich kann von vorne beginnen. Jeden Fehler, den ich machte – all die Fehler, die dazu führten, dass meine Eltern, mein Bruder und all die anderen Menschen starben – kann ich jetzt bewusst verhindern.

Ich verlasse mein Zimmer und gehe die Treppe herunter. Es ist seltsam, wieder das graue Fließ der Stufen unter meinen Füßen zu spüren und zuzusehen, wie das helle Holz des Treppengeländers unter meiner linken Hand vorbei gleitet. Ich fühle mich, als wäre ich neu geboren – und das bin ich auch.

Dann trete ich ins Wohnzimmer ein und sehe sie dort sitzen. Alle drei von ihnen. Mein Vater, Franklin. Meine Mutter, Bee. Und mein kleiner Bruder, Joey. Sogar mein Halbbruder Henry ist da. Ich renne auf sie zu und nehme einen nach dem anderen in den Arm. Ich kann mir die Tränen gar nicht verkneifen, sie strömen einfach aus mir heraus.

»Was ist los, Ethan? Hast du schlecht geträumt?«, fragt meine Mutter. Meine Brüder sehen sich derweil erstaunt an und fragen sich wohl beide, ob ich verrückt geworden sei. Und mein Vater steht lediglich neben mir und wartet darauf, dass ich meiner Mutter antworte,

»Nein, Mama. Es ist alles okay. Es ist alles... perfekt«, offenbare ich ihr. Sie scheint nicht zu verstehen. Doch es gefällt ihr, ihren Sohn derart glücklich zu sehen.

»Aber wo ist Juliet?«, frage ich sie und plötzlich wird der ganze Raum still. Mein Vater greift zur Fernbedienung und schaltet den Fernseher aus, damit alle meinen Worten lauschen könnten.

Denn die nächste Frage erschüttert meinen Verstand:

»Ethan, wer ist Juliet?«, fragt mein Vater und sieht mich verwundert an. Für einen Augenblick weiß ich nicht, ob ich erneut anfangen soll zu weinen. Doch nachdem kurz darüber nachdenke, merke ich, dass das nicht notwendig ist.

»Tut mir leid, ich habe wirklich nur schlecht geträumt. Ich trinke ein Glas Milch, dann werde ich richtig wach«, sage ich zu meiner Familie.

Ich weiß, dass Juliet in Sicherheit ist. Irgendwo da draußen. Und eines Tages würde ich sie wiedersehen, denke ich mir.

Aber etwas gibt es, dass mich dennoch verunsichert: Was, wenn das alles tatsächlich nur ein Traum war? Was, wenn ich Juliet nie kennenlernte? Wenn ich Gott nie traf? Was, wenn das alles bloß ein Hirngespinst sein sollte?

Es ist mir egal. Denn ich weiß: Wenn das alles tatsächlich passiert war... Wenn es Juliet wirklich geben sollte... dann ist sie jetzt in Sicherheit. Und sollte ich sie eines Tages wiedersehen dürfen, dann wüsste ich, worauf das zurückzuführen sei...

Ich bin Ethan Widow. Und das hier ist die Chaos-Theorie.

Das Ende

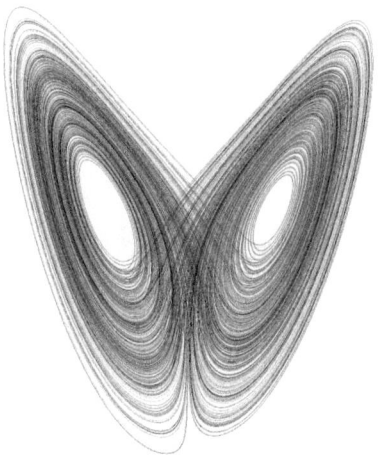

Stairway to Heaven

»Ich gehe den Stairway to Heaven«, sage ich zu Gott. »Ich bin bereit. Auf der Erde gibt es nichts mehr, das mich dort halten würde. Ich komme mit dir.«

Ich sehe durch sein weißes Gewand, wie er zu lächeln beginnt. Dann hebt er die Hand, um mit dem Finger zu schnippsen, doch plötzlich senkt er sie wieder.

»Es gibt da noch etwas, das du wissen solltest, Ethan: Du hast die richtige Wahl getroffen. Und... Das Heilmittel für Autismus war lediglich eine Lüge. Es hatte nie wirklich funktioniert.«

Ich sehe ihn aus verwunderten Augen an.

»Wie kann das sein? Ich wurde doch geheilt!« Alles, was ich an dieser Stelle will, ist eine Erklärung. Und ich hoffe, dass er sie mir geben würde.

»Der Impfstoff hat die Zellen des Vitek-Syndroms abgetötet, ja. Aber nachgewachsen sind nicht etwa geheilte Zellen, sondern exakt die gleichen. Etwas anderes konnte der Impfstoff nie. Und das würde er auch nie können.«

Langsam beginne ich, zu verstehen. Doch ein Teil ergibt noch immer keinen Sinn:

»Wie kann es dann sein, dass ich plötzlich so anders wurde? Ich war doch viel fröhlicher, nachdem mir der Impfstoff injiziert wurde. Und in mir drin waren keine Anzeichen von

Kontrollverlust, wie es nunmal für das Vitek-Syndrom typisch ist. Und Anzeichen für Autismus waren auch keine mehr da!«

Er kommt einen Schritt auf mich zu und bereitet mich darauf vor, in den Himmel zu gehen. Er streichelt über meinen Kopf und sagt dann:

»Verstehe mich nicht falsch, Ethan. Du *bist* geheilt. Es liegt bloß nicht am Impfstoff. Es war Juliet, die dich geheilt hat. Sie alleine. Nur durch ihre Liebe warst du in der Lage, das Vitek-Syndrom und den Autismus zu besiegen. Ich versuche nun schon seit einer Ewigkeit, euch Menschen das zu erklären. Dabei ist es doch so einfach: Die Liebe heilt euch. Sie kann alles heilen. Sogar Autismus. Ich habe es Juliet auch schon erklärt und sie verstand es sofort. Du solltest jetzt zu ihr gehen, Ethan. Wir sehen uns mit Sicherheit wieder. Wann immer du eine Frage hast, sieh einfach in den Himmel und rufe nach mir. Ich bin immer für dich da. Und noch viel wichtiger... Juliet ist immer für dich da.«

Dann schnippst er mit dem Finger und ich schließe meine Augen. Als ich sie wieder öffne ist er bereits verschwunden.

Vorsichtig sehe ich mich um. Das Licht an diesem Ort gefällt mir. Es fällt in einem angenehmen Orange. Ich merke, dass der Sonnenuntergang bevorsteht. Ohne die Füße von der Stelle zu bewegen, drehe ich mich um. Ich sehe Juliet in der Ferne. Sie kommt gemeinsam mit einer jungen Frau, die ich nicht kenne, den Weg entlang spaziert. Ich sehe mich weiter um und es fühlt sich an, als würde ich diesen Ort kennen. Ich stehe am Bug eines Hausboots, auf dessen Rumpf der Name *Franklin* gepinselt ist. Hinter mir steht ein weiteres Hausboot mit dem Namen *Bee.* An der Wand der Kajüte hängt ein Kalender. Und er ist eingestellt auf den 11. Juli 2023 – das bedeutet, es ist mein 25. Geburtstag. Und es ist ein besonderer. All das hatte angefangen, als eine schlecht gelaunte Richterin zu mir sagte, spätestens mit 25 Jahren würde ich im Gefängnis sitzen. Jetzt steht fest, dass sie falsch lag. Ich blicke ein weiteres Mal zu Juliet und möchte zu ihr rennen, doch etwas lenkt mich ab;

»Na, hast du mich vermisst?«, höre ich meinen Bruder Joey rufen. Ich drehe mich um und schaue dem offenen Ozean entgegen. Joey steht auf einem kleinen Fischkutter. Ein offenes Boot mit Außenbordmotor. Er fährt mir entgegen und ich bin so überglücklich, ihn zu sehen. Sogar so glücklich, dass ich mich kurzerhand entschließe, die Hosen runterzulassen und ihm mit meinem Hintern zuzuwackeln. Er kann sich das Lachen nicht mehr verkneifen. Dann bücke ich mich nach etwas, das zu meinen Füßen steht und werfe es ihm zu; Eine Flasche echter, kubanischer Rum – wahres Gourmet-Zeugs. »Alter, na los! Du solltest schon mal vorglühen! Das wird 'ne fette Party heute Abend, das verspreche ich dir!«

Er schüttelt lediglich den Kopf, muss dabei aber weiterhin lachen. Ich erkenne, dass dies wirklich mein Bruder Joey ist – und nicht etwa eine Projektion in meinem Kopf.

Dann springe ich vom Boot runter und gehe über den Steg in Richtung von Juliet und der fremden Frau. Überraschenderweise schenkt mir letztere zuerst eine Umarmung und klärt mich dann auf: »Ich bin Lonney. Joey hat dir sicherlich von mir erzählt. Willkommen im Himmel, Ethan. Ich bin schon eine Weile hier und... ich bin froh, dass ihr alle hier seid. Danke für all deine Taten. Ich danke dir tausend Mal. Wärst du nicht gewesen, hätte ich Joey vermutlich nie wieder gesehen. Und achja... herzlichen Glückwunsch zum Geburtstag!« Ich verstehe sofort, dass sie die Wahrheit sagt, also erwidere ich die Umarmung. Dann lasse ich sie los und sehe Juliet überglücklich an. Ihr kommen Tränen, noch bevor ich ein Wort sagen konnte. Dann springt sie mir in den Arm und flüstert mir ins Ohr: »Ich habe dich so vermisst, Ethan. Endlich bist du bei mir! Es gab keinen Tag, an dem ich nicht an dich gedacht habe. Ich liebe dich so sehr.« Mein ganzes Gesicht wird von ihren Tränen durchnässt und ich antworte: »Ich liebe dich auch. Juliet, ich habe mit Gott gesprochen. Er hat mich vor eine Entscheidung gestellt, und... und ich habe die richtige getroffen.« Dann löse ich mich aus ihrem Arm und merke, dass es meine eigenen Tränen sind, die mein Gesicht durchnässen. Es ist ein unglaublich emotionaler Moment. Einen Moment lang starre ich sie nur an, aber dann reiche ich ihr die Hand und klettere mit ihr auf das Dach unseres Hausboots. Dort oben verweilen wir für einen Augenblick. Ich lege meinen Arm um sie und sie kuschelt sich an mich. Gemeinsam schauen wir in den knallroten Sonnenuntergang. »Wir sind zusammen, Ethan. Wir sind endlich wieder bei einander. Es wird vielleicht etwas dauern, bist du das zu schätzen lernst, aber es...«

Ich falle ihr mitten ins Wort:

»Nein. Das tut es nicht. Ich weiß es auch jetzt schon. Aber...« Ich halte kurz inne und sehe sie wortlos an. Mein Blick schweift hin und her zwischen ihr und dem Sonnenuntergang.

Jetzt fällt sie mir ins Wort: »Keine Sorge, Liebling, es ist alles perfekt! Es sind alle wieder da! Deine Eltern wohnen im Nachbarort. Und Joey und Lonney sind überglücklich, einander wieder zu haben. Und sogar dein Auto! Dein geliebtes Auto! Es steht in einer Garage in Cienfuegos!«

Ich lächel sie an und gebe ihr einen dicken Kuss auf die Stirn. Dann fahre ich fort: »Juliet, ich bin auch überglücklich, dass du bei mir bist. Das Leben könnte kein bisschen schöner sein, als es gerade ist. Aber ich muss mich dennoch bei dir entschuldigen. Egal, wie glücklich du glaubst, gerade zu sein: Wenn ich nicht gewesen wäre, dann wäre jetzt alles anders. Es ist meine Schuld, dass wir heute an dem Punkt stehen, an dem wir nun mal sind. Allein meine Schuld und das erkenne ich jetzt. Aber ich werde nie aufhören, dich zu lieben. Niemals. Ich habe noch nie irgendeinen Menschen so geliebt wie dich. Und selbst in der kurzen Zeit, als du schon hier oben warst und ich noch mit Gott redete... selbst da habe ich dich schon vermisst. Ich liebe dich unendlich, Juliet. Und das wird sich niemals ändern. Aber genau deshalb muss ich mich bei dir entschuldigen und dich fragen, ob du dieses Leben auch tatsächlich genau so sehr möchtest, wie ich. Es tut mir alles so schrecklich leid. **Juliet... kannst du mir verzeihen?«**

Sie nimmt mich in den Arm, während die Sonne am Horizont untergeht. Für einen kurzen Moment schaue ich rüber zu Joey und Lonney, die gerade die Musikanlage auf ihrem Hausboot in Betrieb nehmen. Sie stellen sie auf volle Lautstärke. Dann schaue ich weiter dem Sonnenuntergang zu. Der Wind weht uns durch das Haar und im Hintergrund untermalt ein Song diese perfekte Szenerie, als ich Juliet einen liebevollen Kuss auf die Stirn gebe. Ich werde nie aufhören, sie zu lieben.

And she's buying a stairway to heaven.